文学批评方法

理论与实践

李艳云◎著

光明日报出版社

图书在版编目（CIP）数据

文学批评方法：理论与实践 / 李艳云著 . -- 北京：
光明日报出版社，2025.2. -- ISBN 978 - 7 - 5194 - 8525 - 2

Ⅰ. I06

中国国家版本馆 CIP 数据核字第 2025NJ6542 号

文学批评方法：理论与实践
WENXUE PIPING FANGFA：LILUN YU SHIJIAN

著　　者：李艳云

责任编辑：陈永娟　　　　　　　责任校对：许　怡　乔宇佳

封面设计：中联华文　　　　　　责任印制：曹　净

出版发行：光明日报出版社

地　　址：北京市西城区永安路 106 号，100050

电　　话：010-63169890（咨询），010-63131930（邮购）

传　　真：010-63131930

网　　址：http：// book. gmw. cn

E - mail：gmrbcbs@ gmw. cn

法律顾问：北京市兰台律师事务所龚柳方律师

印　　刷：三河市华东印刷有限公司

装　　订：三河市华东印刷有限公司

本书如有破损、缺页、装订错误，请与本社联系调换，电话：010-63131930

开　　本：170mm×240mm

字　　数：246 千字　　　　　　印　　张：15

版　　次：2025 年 2 月第 1 版　　印　　次：2025 年 2 月第 1 次印刷

书　　号：ISBN 978 - 7 - 5194 - 8525 - 2

定　　价：78. 00 元

目 录
CONTENTS

导　言 ·· 1

第一章　社会历史批评：理论与实践 ······················· 9
　第一节　社会历史批评理论渊源 ···························· 9
　第二节　社会历史批评的实践操作 ····················· 15
　第三节　社会历史批评实践 ································· 19

第二章　印象批评：理论与实践 ···························· 33
　第一节　印象批评理论的产生与发展 ··················· 33
　第二节　印象批评的理论特征与实践操作 ············· 38
　第三节　印象批评实践 ······································ 44

第三章　形式主义批评：理论与实践 ····················· 50
　第一节　形式主义批评理论的出现与发展 ············· 50
　第二节　形式主义批评的实践操作 ····················· 59
　第三节　形式主义批评实践 ································· 67

第四章　结构主义叙事学批评：理论与实践 ·········· **96**

第一节　结构主义叙事学理论发展 ·········· 96

第二节　叙事学批评方法实践操作 ·········· 105

第三节　结构主义叙事学批评实践 ·········· 112

第五章　女性主义批评：理论与实践 ·········· **132**

第一节　女性主义批评理论的产生和发展 ·········· 132

第二节　女性主义批评的实践操作 ·········· 137

第三节　女性主义批评实践 ·········· 140

第六章　文化批评：理论与实践 ·········· **180**

第一节　文化批评的出现与发展 ·········· 180

第二节　文化批评的基本特征与关注焦点 ·········· 184

第三节　文化批评实践 ·········· 191

第七章　审美批评：理论与实践 ·········· **198**

第一节　审美批评理论的发展 ·········· 198

第二节　审美批评的实践操作 ·········· 203

第三节　审美批评实践 ·········· 209

参考文献 ·········· **228**

导　言

一

文学批评作为专门学术术语源于欧洲，英文是 literary criticism 或 criticism of literature。该词在英文中带有判断、辨别的意思。中国古代没有"文学批评"这样一个术语，与之相近的意思一般称为文学"评"或"论"。《文心雕龙·论说》载："评者，平理。"这句是评价裁判之意，"论者，伦也"，也就是阐发道理。在这里，"评论"是分而论之，合用之为评判、阐释之意。直到明清之际，汉语"批评"含有的比较、评定之意逐渐被应用到文学领域中，指对书籍、文章加以批点评注。在李贽、金圣叹等人的小说评点中，"批评"一词频频出现，虽直接指文学作品的批点评注，但已经包含了分析比较和评判是非优劣等内涵，蕴含着现代"文学批评"的某些内涵。作为现代通行学术术语，"文学批评"是在晚清到五四时期从西方译介而来的。文学批评作为文学批评学的核心概念，因为不同的使用群体其内涵与外延往往有很大的伸缩变化。例如，在南帆的《文学批评手册——观念与实践》中，其对文学批评的界定："文学批评乃是批评家通过文字对作品、作家以及文学史的解释、分析、判断与评价。"① 在这里，南帆是从一个专业批评家的角度对"文学批评"做出概念阐释，而其他研究者对"文学批评"概念的界定又宽泛了很多。例如，在王一川主编的《文学批评教程》一书中，研究者将"文学批评"定义为"批评主体站在人类文学经验的基础上，直接面对具体的文学作品及其经验所进行的包含价值判断的、艺

---

① 南帆.文学批评手册——观念与实践［M］.北京：北京师范大学出版社，2011：4.

术性与科学性统一的学科实践"①。在这里，批评主体不再局限于类似南帆的"批评家"，而是扩展为具有一定文学经验的阅读者、评论者。其他研究者的论著中对"文学批评"这一理论术语的表述，也有些微差异，但这些对文学批评的概念阐释基本在两个向度内。一是广义上的对文学作品包括诸多文学现象的评议、阐释，其主体既包含非专业批评家的普通文学接受者，也包含专业评论家，批评对象既包括具体的文学作品，也包括人类文学史上诸多的文学现象，批评目的既包括对具体作品的解读、阐释，总结作家创作特征、创作规律，指导读者阅读，也包括对人类文学现象做规律性的总结，进行理论归纳。这里的文学批评实则包含了文学批评与文学理论双重含义。二是狭义的文学批评，其专指批评主体在文学鉴赏的基础上，在一定批评理论指导下，对具体文学作品、作家创作活动、读者接受活动等文学现象所做的分析、阐释的实践性活动。本书中，"文学批评"取其狭义。

文学批评广义、狭义之分和人类对文学现象的认识变化有关。在中国，早期的文学形式是"诗""乐""舞"不分的，文学与其他艺术类型是共生共融的，并未独立。不但如此，文学也并未与其他社会科学，如哲学、历史、宗教等分割开来，而是融在其中。孔子对《诗经》的评价"诗三百，一言以蔽之，曰：'思无邪'"是融在其学术思想论著《论语》中的。战国中后期，文学逐渐与哲学、历史等其他社会意识形态分离，直到魏晋南北朝时期，文学才完全独立，这期间对文学现象的认识、文学规律的总结多是夹杂在各种思想论著和历史论著之中的，如《老子》《庄子》《孟子》《春秋》《左传》《史记》等。《文赋》《文心雕龙》《诗品》的出现标志着文学的自觉与独立，之后不同历史朝代对诗、词、小说不同文体和不同作家的具体作品分析、评价、阐释多是融文学理论与文学批评为一体的。在西方亦是如此，从古希腊时期柏拉图的《文艺对话集》、亚里士多德的《诗学》，到文艺复兴时期戏剧理论，再到新古典主义、启蒙主义、浪漫主义、现实主义等不同时代的文艺思潮，文艺理论思想与具体的文学批评也多是杂糅在一起的。直到19世纪、20世纪，随着文学活动的日益频繁丰富以及职业评论家的出现，狭义"文学批评"的概念才渐渐出现、成熟。

---

① 王一川.文学批评教程［M］.北京：高等教育出版社，2009：13.

二

文学批评首先是一种对文学批评对象进行评析、鉴别、阐释的实践活动，在这一活动过程中，批评主体始终在一定文学理论的指导之下，基于自己的审美理想与特定的文学批评标准对批评对象做出判断、分析。这一过程是以理性的逻辑思维为主导的，批评主体对文学批评对象进行反复考量、思索，基于既往文献史料研究分析，运用特定评价标准衡量，得出"客观"的评价，因此文学批评具有科学实证的理性色彩。普希金指出："批评是科学。"韦勒克（Wellek）也有批评是"理智的认识"之说。然而，文学批评的主要批评对象是文学作品，且其批评的深入是建立在主观性较强的文学鉴赏的基础之上的，这就使文学批评不免依据审美的、情感的艺术思维方式来展开与实现。英国诗人王尔德（Wilde）曾就文学批评的艺术色彩做出了这样的论断："批评本身就是一种艺术。艺术创造暗含着批评能力的作用，没有后者就谈不上前者的存在，因此，'批评'在这一字眼的最高意义上说，恰恰是创造性的。"[1] 德国施莱格尔（Schlegel）也曾指出："只有通过诗才能批评诗。如果艺术评价本身不是艺术作品……那么它在艺术世界中就丝毫不能获得公众的承认。"[2] 因此，基于批评对象的艺术性，批评过程中对情感、形象等审美要素需进行艺术的理解，文学批评也确实具有了一定的艺术性。然而，我们需要强调的是文学批评的艺术思维方式是需要统辖在文学批评整个过程中的理性逻辑思维之下的，批评者对文学艺术的理解、作家审美情感的心领神会都需在批评的客观冷静态度制约下进行分析、判断，因此文学批评过程始终是一个艺术思维与科学理性思维相互交融的过程。总体来说，科学理性思维统辖整个思维过程，批评主体在批评过程中基于审美鉴赏基础上的审美感受、审美思考均需要借用专业的理论术语、可操作的批评方法、严密的逻辑结构进行表述，只有这样，批评者的批评才能保证客观、公允。这并不意味着，文学批评类似科学数据一般冷冰冰的，因为其关涉人类的审美经验、人类丰富复杂的情感，批评主体在批评过程中也会渗入自

---

① 赵澧，徐京安. 唯美主义 [M]. 北京：中国人民大学出版社，1988：159.

② 转引自古典文艺理论译丛编辑委员会. 古典文艺理论译丛：第 2 辑 [M]. 北京：人民文学出版社，1961：51.

己的审美经验与价值判断，所谓"一千个读者就有一千个哈姆雷特"，因而文学批评在展开过程中难免会掺杂批评主体的主观好恶。在行文风格上，不同批评主体因为各自的理论修养与艺术修养不同，批评方法的选用、批评语言也会有一定的差异，因而文学批评也会有风格化的差异。例如，印象批评语言多散漫，主观性强，感性色彩浓厚；审美批评则专注于文学作品的审美要素，批评语言审美质素凸显；历史批评、后殖民主义批评等批评模式因涉及社会学、历史学、人类学等知识要素，其批评风格要更宏厚、沉稳。无论批评者在文学批评的过程中融入了多少自己的审美理解、行文风格、个人顿悟，其行文始终要遵循严密的逻辑性，借用既有的批评术语（若是自创的批评术语，也需要进行必要的解释说明，指出此术语的可行性）来进行分析和评判，因此仍要体现文学批评学学科的科学性、严谨性。

除此之外，不同的批评者因为其各自的性别、身份、阶级、阶层等因素，在批评过程中，亦会有自己价值观的渗透，这就使文学批评不免具有意识形态性。文学批评的意识形态性，强调文学批评反映不同阶级、阶层或集团的意志、利益，它是特定话语与社会权力关系发生冲突的敏感地带。文学批评之所以具有意识形态性，首先在于文学作品本身具有意识形态性。文学本身具有倾向性和认识性，反映特定阶级、阶层的意志、利益。《红楼梦》被视为封建贵族的一曲挽歌；《水浒传》传达出了对农民起义的理解与支持，鲁迅的《药》则客观地反映了辛亥革命的历史局限性。文学批评还通过对文学思潮、文学运动的评估，对文学批评自身的检讨，以及对其他文学现象的衡定，表现出它作为意识形态评价的效能。19世纪的浪漫主义文学和古典主义文学之争，即深刻地体现了封建贵族意识形态和资产阶级意识形态之争。其次，批评家本身属于特定阶级、阶层，进行批评时常会自觉不自觉地流露出个人的意识形态倾向。《毛诗序》中提出优秀的诗歌作品应该要表达作家的真实情感，但又要求这种情感是"发乎情、止乎礼"的，符合儒家"中和"之美。新文化运动之际，陈独秀的《文学革命论》提出："推倒雕琢的、阿谀的贵族文学，建设平易的、抒情的国民文学；推倒陈腐的、铺张的古典文学，建设新鲜的、立诚的写实文学；推倒迂晦的、艰涩的山林文学，建设明了的、通俗的社会文学。"从这些主张中，我们可以明显地感受到文学批评的意识形态。对社会主义文学的批评，我们要坚持"为人民服务、为社会主义服务"的方向，坚持实事求是，全面辩证，以正面引导的态度，倡导正确的创作思想，热情评价、介绍优秀的文学作品，帮助人们提高鉴赏水平。

三

文学活动可以分为文学创作活动和文学接受活动。文学批评作为接受活动，其对文学创作、对文学接受本身有着重要的意义。

首先，文学批评对文学创作具有一定的建议或引导作用，体现出社会合力借用文学批评对文学创作产生的影响力。古罗马时代的著名诗人、评论家贺拉斯（Horatius）曾用磨刀石与钢刀比喻批评家与作家的关系，他说："我不如起个磨刀石的作用，能使钢刀锋利，虽然它自己切不动什么。我自己不写什么东西，但是我愿意指示：诗人的职责和功能何在，从何处可以汲取丰富的材料，从何处汲收养料，诗人是怎样形成的，什么适合他，什么不适合他，正途会引导他到什么去处，歧途又会引导他到什么去处。"[①] 文学批评者特别是职业批评家凭借自身的职业素养与敏锐的鉴别力，通过对作品的分析评判，影响作家的创作，因而对作家产生巨大的影响作用。这种作用主要表现在两方面：一方面，它通过对具体作家作品的分析评价，指出其思想和艺术方面的优劣得失，从而有益于作者总结自己的创作经验，扬长避短，或端正其创作思想，或弥补其艺术欠缺；另一方面，它提出完善其作品的意见，促使作家创作水平的提高。

其次，文学批评影响读者对作品的理解，并对其文学价值观念产生一定的影响与塑造作用。匈牙利文论家阿诺德·豪泽尔（Arnold Hauser）曾指出："没有中介者，纯粹独立的艺术消费几乎是不可能的……艺术风格越是发展，艺术作品新奇的成分就越是丰富，艺术消费者对作品的接受就越是困难，这时就越需要中介者的参与和帮助。"[②] 文学批评家可以作为文学接受的中介者存在。在批评活动中，批评家可以把自己对作品的感觉告诉读者，但这还不是真正意义上的文学批评，他还必须告诉人们这部作品究竟说了些什么，如何理解其意义，以及这部作品有哪些特色和成就等，这需要通过对文本的阐释才能获得。一般来说，文本的意义都不是单一的。文学作品意义的丰富性，一方面是由文本提

---

① 贺拉斯. 诗艺［M］//诗学·诗艺. 杨周翰，译. 北京：人民文学出版社，1962：153.
② 豪泽尔. 艺术社会学［M］. 居延安，译编. 上海：学林出版社，1987：151.

供的，另一方面则是读者的多样化解读赋予一些伟大、优秀的文学作品的，其意义往往是丰富的，有些甚至是矛盾的。

　　文学批评是作家与读者的桥梁，是文艺传播过程中非常重要的一环。好的文学批评应该为读者更深刻地阐释文学作品的审美内容与形式、思想与风格，分析作品的艺术形象和美学意义，揭示作家创作的时代特色和历史渊源，从而帮助读者更好地理解作家的创作，甚至批评家以深刻的理论目光和崇高的思想，照亮读者的心灵，也超越作家对自己作品的理解，并反馈读者的意见，使作家从批评中获益。

　　最后，文学批评通过对作家作品的分析与评价表达出特定价值观念与理想，由此对社会产生直接或间接的影响。文学批评不只对文学文本做出释义，它还把触角伸向广阔的社会领域，通过对作品的阐释，从而对社会生活发言，这就是文学批评意识形态功能的价值所在。文学批评的意识形态功能主要指通过文学批评中的价值导向，影响人们的意识和行为，提高读者理解现实生活、辨别美丑善恶的能力，从而维护或批判某种意识形态，推动社会的进步。这一功能是历代批评家或知识分子介入社会的一种重要方式，一些批评家以直面现实的勇气，通过分析文学现象来回答或提出当今社会关注的一些问题，从而对现实产生影响，引导读者提升人生境界。文本的政治和意识形态因素成为当今文学批评的重要目标。西方一些批评家以其不妥协的姿态将文学与政治的关系演绎得十分鲜明，他们通过解读文学与政治、个人与社会、政治权力与社会异己因素等的关系，揭示文学作品中隐藏的社会压迫、性别歧视和文明面目掩藏下的野蛮与侵略，表现出对社会的抗争。西方马克思主义批评就是把文学批评视为抵抗资本主义社会的武器，来反对霸权话语和抵制异化。女权主义批评则要求女性读者在阅读时改变原有的立场和思维习惯，在与文本的关系由一个赞同型读者变成一个反抗型读者，通过这种拒绝赞同的行为，把根植于心中的男性意识去掉，这样通过改变读者的意识和她们与被阅读文本的关系来改变这个世界。

　　优秀的批评家能够敏感地捕捉最新的文学思潮、创作倾向、文艺动态，及时地关注、深入地研究，并发出声音，通过著书撰文进行有效的引导，不但会对创作者制订或修正他们的创作计划提供有益的帮助，而且为决策部门制定相关的文学政策提供资料依据与借鉴。每个时代都有每个时代跳动的最强音，弘扬主旋律与提倡多样化历来是我们国家的文艺方针政策。

四

文学批评在文学活动中发挥着重要的作用，在不同历史时期，文学批评的呈现面貌各有不同，文学批评文本也呈现出了一定的时代特色。例如，中国古代对诗歌的评论有诗评、诗话、论诗等，而对词的评论则以词话为主。明清时期，小说开始繁盛，出现了评点。具体而言，文学批评的文本样貌主要有以下几种类型。

1. 以论文方式呈现出来的评论。这种文体能够充分细致地展开阐释，逻辑严谨而又文采斐然地表现内容，适用重要的、复杂的、论争性的问题。当下常见的学术性强的文学批评文章多是这种文体。

2. 随笔。这种文体呈现出来的文学批评，行文自由，作者侃侃而谈，印象式批评多采用此种文体。

3. 序跋。中西方文学批评发展史上，采用此种文体的文学批评文章不在少数，如汉时的《毛诗序》《楚辞章句序》，18 世纪法国雨果的《〈克伦威尔〉序》、英国华兹华斯的《〈抒情歌谣集〉序》等。

4. 以诗论诗体。以诗歌作为文体，在诗歌中阐释对诗作的认识、评判。杜甫的《戏为六绝句》、贺拉斯的《诗艺》和布瓦洛的《诗的艺术》都用诗的形式来写。

5. 评点。评论者通过题头批、文末批、眉批、夹批、旁批等方式，对作家作品做三言两语的短评，评语多精练有力、切中肯綮，如毛宗岗评点《三国演义》，金圣叹评点《水浒传》《西游记》，脂砚斋评点《红楼梦》等。

此外，格言体、评传体、书信体、对话体也是批评者常用的文体。这些中西方文学批评发展过程中常用的文体，因其适用性，在文学评论者的运用过程中，常形成不同风貌，影响着作家的创作与读者的接受度。论文的严谨，随笔、书信体的娓娓道来，序跋、评传的随意性与针对性的统一，诗体融诗艺与批评为一体的精致，使文学批评的样貌愈加多样化。

随着文学活动的日益频繁，文学理论与文学批评活动也更加繁盛，特别是进入 20 世纪之后，诸多文学批评流派兴起，"批评的时代"到来。文学批评模式除了一些传统的批评模式，还有更多的新兴文学批评模式，除了传统的社会历史批评、审美批评、印象式批评，心理学批评、文化学批评、语言学批评、人类学批评等纷至沓来，令人眼花缭乱。各种批评学派依据各自的理论资源，从多个视角、多个维度对不同作品、不同文学现象或者同一作品、同一现象进行解读。例如，社会学批评侧重文学与时代的关系，考察时代发展变化带给文学在内容和形式上的变化，他们相信"文变染乎世情""兴废系乎时序"，把文学与时代、政治、社会变迁紧紧相连；心理分析学派则注重作家与读者的心理研究，阐明作家如何带着自己内心的隐秘情感体验进入文学创作中，读者又是在怎样的原始心理驱动之下进行文学接受的，"前意识""意识""潜意识""集体无意识"等理论术语成为他们阐释问题的关键术语。读者反映，批评是放弃一般文学研究从作品或者作品生产者入手的方法，把读者作为研究对象，从读者的阅读经验和审美体验中来分析作品审美价值生成的奥妙。结构主义批评家致力寻找文学作品背后的共同框架，如共同的原型或者母题和共同的结构等。女性主义批评、新历史主义批评、后殖民主义批评等这些批评思潮或批评视角使批评家对文学文本以及各类文学现象的解读异彩纷呈。在这些批评中，文学理论不断汲取养料，理论资源不断积累；在文学批评的不断实践过程中，那些具有经典潜质的优秀文学作品，在批评家批评的反复淘洗中，其审美异质、创新质素等经典因素被逐一挖掘出来。批评家夏志清冲破既定的经典框架，通过对沈从文和张爱玲作品的研究解读，指出其作品的创新性，从而把他们的作品纳入现代文学史经典之作的行列中，使现代文学史得到新的书写。在当代文学的创作过程中，莫言、余华、陈忠实、苏童等作家的优秀作品，也正是在批评家对其作品的批判分析过程中被筛选出的，他们为后人书写文学史提供了一个潜在的经典体系。我们由此可以看出，文学批评、文学史及文学理论之间的互动关系。

在这个人人都是文学接受者、人人又都是文学创作者的全媒体时代，诸多文艺现象发出自己的声音，已经成为许多人的日常诉求，笔者才情有限，在本书中仅根据自己的理论储备及批评写作经验，选出几类常用且较易操作的文学批评方法，从理论阐释与实践操作两方面做出自己对文学批评这门学科的研究尝试。需要指出的是，本书中每章的文学批评实践并不是严格单一的该章节对应的批评方法的实际运用，而是以该章节对应的批评方法为主要指引，其中也夹杂着其他批评视角。这也说明，文学批评实践因为面对的是鲜活的文学事实，批评实践在批评视角与批评模式的选用上，往往更加灵活，甚至出现交叉混用，而这最终都是服务于对文学现象的清晰阐释之上的。

第一章

社会历史批评：理论与实践

中西方文学批评发展史上，社会历史批评是产生较早、使用频率很高的一种批评模式。此种批评模式强调文学与现实生活的关系，认为文学的发展不可避免地要受到社会发展、政治因素、经济因素、社会道德心理等因素的影响，因而文学作品自身也不免会成为社会意识形态投射的产物。社会历史批评以社会学理论为基础，从社会历史发展的视角来分析、阐释文学作品和各类文学现象，强调文学是社会历史的产物，一方面要把文学放入"历史"情境中研究，另一方面又需关注文学对社会产生的诸多影响力。

第一节 社会历史批评理论渊源

社会历史批评把文学与现实生活紧紧联系起来，认为文学源于现实生活，且应该服务现实生活。这种批评观念，在中西方早期的文学思想中都可以找到诸多相关论述。

一、早期社会历史批评观念的表述

社会历史批评方法作为自觉的批评理论始于 19 世纪的法国。中西方从社会影响与时代发展的角度来阐释对文学现象、文学作品的认识与评判古已有之。

在中国先秦时期，许多典籍中就已经记录了很多对文学现象认识的观点，其中包含了社会历史批评观念的相关论说。孔子《论语·阳货》中曾记录孔子之言："子曰：小子何莫学夫《诗》？《诗》可以兴，可以观，可以群，可以怨。迩之事父，远之事君，多识于鸟兽草木之名。"孔子认为《诗经》有

"兴、观、群、怨"四种功能，也就是审美功能、认识功能、交流功能、社会批判功能。关于"观"，何晏在《论语集解》中引郑玄注"观风俗之盛衰"，指出通过文学作品可以了解一个时代的社会风貌。当然，这种对社会风貌的了解是有其政治目的的，所以后世宋儒朱熹又将"观"注为"考见得失"。在《左传》《国语》的一些历史记录中，它们对文学的功能也有"观诗知政""献诗讽谏"说。《左传》中记录了襄公十九年（公元前554年）季札在鲁国观乐时所发表的评论，其中在乐工演奏《周南》《召南》时，季札说："美哉！始基之矣。犹未也，然勤而不怨矣。"演奏《郑风》时，季札说："美哉！其细已甚，民弗堪也，是其先亡乎！"演奏《小雅》时，季札说："美哉！思而不贰，怨而不言，其周德之衰乎？犹有先王之遗民焉！"① 季札对不同乐曲的评价反映出当时主流的文艺观念，即文艺作品中潜藏着民风和整体的社会治理样貌，通过对文艺作品的考察，可以反观出国家的治理状况。这种观念实则暗合了社会历史批评的两个主要理论观点：一是文学是反映社会现实生活的；二是文学需服务社会，产生其社会影响力。孔子的"兴、观、群、怨"说，"观"和"怨"分别强调了文学的反映功能，以及文学能够通过"怨"对社会产生批判的反作用，这些观点都属于社会历史批评思想的范畴。战国时，孟子提出了著名的"知人论世"说。《孟子·万章》中："孟子谓万章曰：一乡之善士，斯友一乡之善士；一国之善士，斯友一国之善士；天下之善士，斯友天下之善士。以友天下之善士为未足，又尚论古之人。颂其诗，读其书，不知其人，可乎？是以论其世也，是尚友也。"② 在孟子与万章关于读书的对话中，孟子提出要对作家"知其人""论其世"的观点。"知其人"就是要了解作者的生平事迹、生活遭际、思想情感和审美趣味；"论其世"就是要认真考察作者所处的时代风貌、社会生活、历史事件、写作背景等。孟子把"颂其诗，读其书"与"知其人，论其世"联系起来，把作家的创作和时代联系起来，这在当时是很重要的见解，因为他实质上是看到了文学作品总是特定时代的产物。汉时，《毛诗序》中直接引用了《乐记》中的名句："治世之音安以乐，其政和；乱世之音怨以怒，其政乖；亡国之音哀以思，其民困。声音之道与政通矣。"③ 这句话指出文艺作品与特定时代政治之

---

① 杨伯峻. 春秋左传注 [M]. 北京：中华书局，2016：1283-1286.
② 赵岐，注. 孙奭，疏. 孟子注疏 [M]. 上海：上海古籍出版社，1990：189.
③ 郭绍虞. 中国历代文论选 [M]. 上海：上海古籍出版社，2001：30.

间的关系。《毛诗序》不仅认识到了文艺与现实政治之间的紧密关系，而且认为文艺作品会对现实社会产生教化作用。《毛诗序》开篇曰："《关雎》，后妃之德也，风之始也，所以风天下而正夫妇也。故用之乡人焉，用之邦国焉。风，风也，教也；风以动之，教以化之。"它具体指出"经夫妇，成孝敬，厚人伦，美教化，移风俗"的实际社会治理功能。① 由此，儒家现实主义文艺观更加成熟起来，逐渐成为中国古代主流的文艺观。之后，南北朝的《文心雕龙》有"文变染乎世情，兴废系乎时序"的文艺思想，唐朝韩愈有"文以载道"说，白居易有"惟歌生民病，愿得天子知"的祈愿，这些都是对文艺反映现实的自觉认识，特别是由最初的思想家、理论家到艺术创作者的转化，更可以表现出创作者已经自觉地把文艺与社会生活直接关联在一起，从生活出发回到现实生活是其创作的内在轨迹。

在西方，把文艺与社会现实、社会功用关联在一起的观念也是主流的文艺思想。从古希腊时期开始，文艺模仿现实的"模仿"说在西方很长时期内占据主导地位。柏拉图的"理式"说，认为文艺与"理式"世界隔了两层，文艺不能真实反映"理式"世界，但是间接承认了文艺是对"现实"生活的模仿，肯定了现实生活是文艺的来源。之后，亚里士多德进一步修正了柏拉图的观点，从正面肯定了文艺是对现实生活的模仿这个命题，指出这种模仿是一种真理性的模仿。柏拉图与亚里士多德的文艺观之所以有分歧，在于两者在文艺功能上的看法不同。柏拉图认为文艺应该引导青年人成为合格的"城邦保卫者"，发挥积极的国家建设功能。通过对包括《荷马史诗》这样经典性文学作品的审查，柏拉图认为多数文艺作品是对"人性中低劣部分"的模仿，文艺对理想国的建立并没有多少助益，因而要把诗人驱逐出理想国。亚里士多德是从正面肯定文艺的社会作用的，他认为文艺创作者不仅可以描述"已经发生的事"，还可以描述"可能发生的事"，也就是带有一定规律性的普遍的事，肯定了文艺反映现实生活的真实性。同时，他肯定了文艺积极的社会功能，即"卡塔西斯"说。在《诗学》中，他指出悲剧引起的"感伤癖"和"哀怜癖"并非如柏拉图所认为的是人性中的低劣部分，人应该保持感情的适中，感情的适中被亚里士多德认为是美德，而悲剧的作用——"卡塔西斯"（在中国学者这里被翻译为净化或陶冶）有助于人们宣泄情感，使情

---

① 郭绍虞. 中国历代文论选［M］. 上海：上海古籍出版社，2001：30.

感得到锻炼，从而保持感性与理性的平衡，有助于美德的形成。古希腊时期，人们对文艺的认识始终和文艺的社会功用联系在一起。古罗马时期，贺拉斯则提出"寓教于乐"说，他说："诗人的愿望应该是给人益处和乐趣，他写的东西应该给人以快感，同时对生活有帮助。"①　"寓教于乐，既劝谕读者又使他喜爱，才能符合众望。"②　贺拉斯肯定了文艺的道德功能和娱乐功能，认为文艺的娱乐功能有助于社会教育功能的实现。古希腊、古罗马的文艺观念直接影响了西方之后文艺复兴、新古典主义和启蒙主义时期的文艺观点。在这些历史时期，文艺模仿说和文艺的社会伦理功能论一直占主导地位，社会学批评视角一直是主流的批评视角。直到18世纪，启蒙主义、浪漫主义思潮出现，文学批评模式逐渐多样化。

二、社会历史批评的产生与发展

社会历史批评作为一种由来已久又影响深远的批评模式，与人类早期对文艺与现实生活关系的功利性认识有关，而作为一种自觉的批评理论，社会历史批评则正式诞生于19世纪的法国。法国的斯达尔夫人（Madame de Staël）与泰纳（Taine）分别从理论上阐释了文艺与社会现实诸要素的紧密关系。斯达尔夫人在《从文学与社会制度的关系论文学》和《论德国》中，提出了南方文学与北方文学的概念，并就两者的形成原因加以阐释。她认为文学有南北方文学之差异，南北方不同的地理与气候影响了人们的性情，因此反映到文学作品中，南方文学更加轻松欢快，更加崇尚古典，而北方文学则富于哲理，气质阴郁。这一观点肯定了地理位置、自然环境对文学样貌的影响作用。在发表于1800年的《从文学与社会制度的关系论文学》的序言中，她指出："我的主旨在于考察宗教、风尚和法律对文学的影响，以及文学对宗教、风尚和法律的影响。"③　从宗教和社会风尚等文学外部生存场域的大环境中来看待文学的生产及其对这些外部大环境的进一步影响，她把文学放在了一个动态的社会意识形态相互作用的场景之中。沿着斯达尔夫人于社会大环境中考察文学样貌的脉络，法国艺术理论家泰纳更加明确地提出了著名的

①　贺拉斯. 诗艺 [M] // 诗学·诗艺. 杨周翰，译. 北京：人民文学出版社，1962：155.
②　伍蠡甫，蒋孔阳. 西方文论选：上卷 [M]. 上海：上海译文出版社，1979：113.
③　斯达尔夫人. 从文学与社会制度的关系论文学 [M]. 需继曾，译. 北京：人民文学出版社，1986：12.

"三要素"说。泰纳在《〈英国文学史〉序言》中指出"种族""环境""时代"三种要素决定了文学的创作和发展。种族指"天生的和遗传的那些倾向，人带着它们来到这个世界上，而且它们通常更和身体的气质和结构所含的明显差别相结合。这些倾向因民族的不同而不同"①。环境是种族赖以生存的各种外在因素，不仅包括气候等自然环境，实际还包括社会政策等各种意识形态形成的人文环境。时代则被认为是文学发展的"后天动量"，是"有标记的底子""人们在不同的顷间里运用这个底子，因而印记也不相同，这就使得整个效果也不相同"。② "三要素"为社会历史批评提供了一定的理论基础和研究范畴，与斯达尔夫人的相关学说一起为社会历史批评的发展指出了更加明确的研究路径。因当时西方科学主义与实证主义盛行，文学创作上现实主义思潮正盛，社会历史批评契合了当时的时代精神，再加上其批评实践的可操作性，因而成为19世纪法国及其他西方国家非常流行的一种批评方法。

此外，19世纪俄国革命民主主义批评家们通过一系列的批评活动更加丰富了社会历史批评方法体系，使这一批评方法更加灵活，更具有现实针对性。别林斯基、车尔尼雪夫斯基、普列夫汉诺夫、杜勃罗留波夫等批评家自觉运用社会历史批评方法，把文艺与社会生活，特别是社会政治生活紧密联系在一起，进一步延伸了社会历史批评的深度与广度。别林斯基指出："文学是社会生活的表现，应该是社会赋予它生活，而不是它赋予社会生活。"③ 他肯定社会生活是文艺产生的土壤，并认为："艺术必须首先是艺术，然后才能是社会精神和倾向在特定时期中的表现。"④ 这种文学既要反映现实生活，又要保持其艺术审美性，更加丰富了社会历史批评理论，使其更加科学和成熟。车尔尼雪夫斯基提出"美就是生活"的理论命题，认为艺术的美源于现实生活，艺术发展要以时代的发展为自身的使命，文艺要体现时代的要求。他把文艺发展置于人类特定的时代样貌中，并与特定群体关联在一起。杜勃罗留波夫

---

① 泰纳.《英国文学史》序言［M］//伍蠡甫，胡经之. 西方文艺理论名著选编：中卷. 北京：北京大学出版社，1986：149-152.

② 泰纳.《英国文学史》序言［M］//伍蠡甫，胡经之. 西方文艺理论名著选编：中卷. 北京：北京大学出版社，1986：149-152.

③ 别林斯基. 别林斯基选集：第二卷［M］.满涛，译. 上海：上海译文出版社，1979：421.

④ 别林斯基. 别林斯基选集：第二卷［M］.满涛，译. 北京：时代出版社，1953：414-415.

则提出文学的"人民性"原则，主张文学要表达人民的思想情感，表现人民的生活和愿望，文学要成为"有力的武器"，为改善社会这个事业而服务，重视文学的现实批判功能。

　　进入 20 世纪，社会历史批评方法依然是非常重要和流行的批评方法之一。这个时期，社会历史批评除了强调文学外部政治、道德、时代等要素对文学的影响，以及文学自身所产生的意识形态功能，文学与社会更多的深层互动关系也成为重要的研究范畴。卢那察尔斯基、戈德曼和卢卡契等理论家，把文学与社会现实的关系中诸多隐秘不易察觉的因素逐一梳理，做出阐释，拓展了社会历史批评研究的深度与广度。苏联时期的卢那察尔斯基在马克思主义思想的影响下，认为要把文学艺术的研究视界放在整体的社会结构中，从经济基础与意识形态的互动关系中考察文学的形成样貌以及发展变化。文学艺术与现实社会生活的紧密关系依靠"社会阶级结构"基础上的"阶级心理"来实现，而"阶级心理"是应该放在由阶级思维、阶级语言等阶级整体文化的文化群落中来考察的。这种认识无疑对从社会学角度研究文学渗入了细微而又更加本质的东西。匈牙利的卢卡契认为，文学要反映现实生活，这种生活是一种"总体生活"，是透过现象看到本质、通过个别看到一般和普遍性的整体性生活。因此，他称赞巴尔扎克的作品把握了资本主义上升时期的社会历史发展趋势，而莎士比亚的戏剧则体现了人对时代的抗争，显示出了人在时代重压之下体现出的自我尊严与价值。法国批评家戈德曼提出了"有意义的结构"概念，认为文学艺术与一定的社会现实和社会集团有着紧密的关联。他认为人们对文学的研究应该从特定集团的精神结构入手，进行发生结构主义的考察。对文学"有意义的结构"的研究，就是要对构成艺术作品的不同要素的各种必要关系的集合体，做出相关的仔细勘探，以此探寻结构形成与发展的逻辑起点。他对文学的研究加入了更多的社会学因素，包括政治、宗教、阶级等，这些因素共同打造出特定的集团并形成集团意志，一个作家通过作品来体现与特定集团思想体系的精神一致性。戈德曼的这种"有意义的结构"思想，把对文学的社会学研究深入更加深层的社会结构之中。社会历史批评的发展也越来越多地渗入了文化的因素。

　　作为具有现代性的、自觉的批评方法，社会历史批评在中国出现是在 20 世纪之后，随着国内各种社会矛盾的加剧，同时伴着西方各种社会思潮的影响，社会历史批评因其与社会现实、时代政治等社会性要素的紧密关系，成为中国当时非常主流的一种批评模式。鲁迅、茅盾、瞿秋白等人受到俄国革命民主主义批评思想以及马克思主义理论的影响，从文学的时代性、阶级性、思想倾向性等方面入手撰文，创作出一批非常有影响力的文艺批评作品。特别是茅盾，他提出一系列文艺创作主张，强调文艺的社会性与时代性，强调社会学角度的"作家论"，他的文学批评多以社会历史批评作为批评方法，为社会历史批评在中国的发展开辟了道路。进入 21 世纪，中国当下的文学创作以现实主义为主，社会历史批评在当下文学批评模式中，依然是一种常见的批评模式。

第二节　社会历史批评的实践操作

社会历史批评强调文艺作品与社会现实的关联性，特别重视对现实主义创作倾向的文艺作品的研究，因其现实针对性和现实影响力，它相对其他批评方法是一种更容易操作的批评方法。

一、操作原则

第一，社会历史批评考察文艺与现实之间的关联性，文艺作品的"真实性"是其考察的要点之一。所谓的"真实性"，即文艺作品反映现实生活的真实程度，这种真实不仅要求来自现实生活层面的形似，还要求所反映事件内在逻辑符合规律。亚里士多德在《诗学》中指出："诗人的职责不在于描述已发生的事，而在于描述可能发生的事，即按照可然律或必然律描述可能发生的事。"这是对文学真实性的要求，文艺作品反映现实生活，不仅要从细节中体现出现实生活的真实样貌，还要从事情发展过程中预见历史发展的必然性。文学作品的真实，不是细枝末节生活真实的罗列，而是需要作家运用高超的艺术概括能力，选择有代表性的人物、事件进行提炼、加工，从人物、事件的个别中体现出生活现实，作家加工、提炼、呈现作品的能力决定了作品的质量。作家笔下的艺术世界可以有真实生活场景的原型，如沈从文的湘西世界、鲁迅的绍兴小镇、莫言的东北高密乡。人物也可以从现实生活的真实情境中塑造出来，如《祝福》中的祥林嫂，是融合了鲁迅身边的单妈妈、亲戚家的阿姊和乌石山上看坟的女人的经历而来的；《狂人日记》中的"狂人"

也有自家亲戚的影子，这些原材料为作家创作提供了素材。然而，作家必须按照艺术规律对其再创造才能使作品中生活的真实在艺术世界中获得更本质的呈现，因此判断一部作品是否优秀，不仅要对其"真实性"做出判断，还要对其"真实性"呈现的艺术手法做出评判。关于这一点，别林斯基有"艺术首先必须是艺术"的论断，马克思主义的文艺观中也指出文艺作品必须符合"历史的"和"美学的"创作原则。

第二，社会历史批评要注重对"环境"的考察。"环境"作为法国评论家泰纳"三要素"说之一，在社会历史批评理论体系中占有很重要的位置。"环境"在西方文艺思想发展过程中一直属于重要的研究范畴，莱辛、黑格尔、狄德罗、左拉等人对"环境"都有所论述。社会历史批评理论体系中的"环境"包含前者论述中的要义，但又对此有所拓展，概括起来"环境"有以下几重含义：一是自然环境，包括地理环境、气候条件等因素；二是社会环境，包括政治、经济、文化、宗教等大的时代文化气候与环境，也包括具体的个人生活条件、活动场所、人际关系构成的具体生活语境。从"环境"角度对作家创作的艺术文本进行考察，批评家需沿两个向度进行。一是作家如何将社会文化气候这一大"环境"编织进文本中，也就是作家如何实现对真实社会现实环境的模仿与反映，在将社会环境编织进文本的过程中，文本选择了什么，舍弃了什么，强调了什么，掩藏了什么，这都是评论者在运用社会历史批评方法进行评论时应该注意到的。二是文学文本创作是如何受到文学外部诸多社会因素的影响——政治学、经济学、社会心理、语言文化等——进行文学生产的，具体表现为作家创作选择的思想主题以及作品选择呈现的话语形式，这些文学的外部社会因素是如何介入文本内部，进而影响文本呈现出的整体样貌的。

第三，社会历史批评还要重视对作品倾向性的考察。倾向性即作品整体呈现出来的意识形态选择，常常表现为思想倾向性、政治倾向性、道德伦理倾向性等。倾向性是文学作品现实价值指引功能的具体表现。文学作品不仅反映现实生活，而且必须对现实生活产生实际的影响，文学干预现实反作用于现实的实现，依靠的正是文学作品的倾向性。文学创作追求真、善、美的统一，文艺批评者运用社会历史批评对作品展开评判时，对其"善"的倾向性考察，就是要甄别其"善"的内容、"善"的目的，以及其最终的实际影响。

二、操作方法

批评家运用社会历史批评进行文学作品评判，主要从以下几方面入手。

第一，对文学作品的内容做社会历史考察，分析其内容的社会历史风貌，对作品的再现性与表现性做出评判。社会历史批评理论强调文艺与社会现实的关联，认为社会生活是文学的唯一源泉，文学要反映社会生活，这种反映是积极能动的反映。批评家对文学作品进行社会历史批评视角的研究，首先要考察文学作品中具体的社会历史内容，这些历史内容反映了怎样的时代风貌，作品反映了怎样的社会心理。因此社会历史批评首先强调文学作品的认识功能，考量作品的认识性，分析其社会历史内容，须着眼作品的真实性。路遥的小说《平凡的世界》，该作品成功塑造了孙少平与孙少安两个农民形象，两个人物及其他人物之所以鲜明、生动，就在于作品给予这些人具体的生活情境以及改革开放前后陕北农村的整体经济、文化状况等，这使人物在"环境"所造就的命运中艰难地行走有据可依、有理可循。20 世纪 90 年代，贾平凹的小说《废都》出版发行后，曾引起评论界的轰动，关于作品的争议一直延续到今天。我们若从社会历史批评视角来看待这部作品，把作品放置在 20 世纪 90 年代经济、文化转型带给人的巨大思想冲击导致人在道德及各种欲望之间盘桓的情境中，这部作品的"文化隐喻"性就不言而喻了，可能争议也会少一些。当然，这只是一个解读视角，一部作品是否优秀，其衡量的指标往往是其是否有足够多的艺术留白，为之后的研究者提供更多的阐释空间与阐释视角。从社会历史批评视角展开对文学作品的阐释，其阐释起点往往是对作品自身的社会内容的阐释。这些历史内容呈现在叙事性文学作品中须依托人物具体的生活情境，作家须从细节入手，做到细节的真实，据此才能唤起读者对作品的参与感，引起读者的阅读兴趣。同时，文学作品对社会历史内容不仅要做好再现，还要在其中渗透个人的情感价值指引，对其有所表现。这样的作品才有灵魂，能吸引读者主动思考，作品的倾向性也恰恰体现在作家对生活的主动"表现"之中。给予人物怎样的命运交际，给予时代风云怎样的合历史规律的走向，都可以体现出作品的思想倾向性，这些都是社会历史批评必须关注到的研究点。

第二，对作家的创作从"知人论世"的角度分析其创作的内在动因，分析作家与时代、环境及具体生活情境的关系。战国时期，孟子提出了"知人论世"的文学批评方法，他指出阅读一个作家的作品首先要对作家有所了解，知道他的生平嗜好、兴趣志向、命运遭际，这样能够更好地理解作品，同时还要了解作家所处时代的政治、经济、文化样貌。结合时代对作家的影响来阅读作品，这种批评方法就是典型的社会历史批评方法。批评家了解作家、了解作家所处的时代对文学作品的阅读有时能起到事半功倍的作用，如以下三首咏柳诗：一是盛唐贺知章的《咏柳》："碧玉妆成一树高，万条垂下绿丝绦。不知细叶谁裁出，二月春风似剪刀。"二是晚唐李商隐的《柳》："曾逐东风拂舞筵，乐游春苑断肠天。如何肯到清秋日，已带斜阳又带蝉。"三是北宋曾巩的《咏柳》："乱条犹未变初黄，倚得东风势便狂。解把飞花蒙日月，不知天地有清霜。"这三首诗虽同为咏柳，但是细看，它们表达的思想与情感基调各不相同，如果结合作者所处时代与其命运遭际来了解，三首作品的内在差异会更加清晰明确。贺知章生活在积极向上、昂扬奋发的盛唐，他的这首诗通过赞美柳树，进而赞美春天，讴歌春的无限创造力，实际上是一曲时代的颂歌。李商隐生活在晚唐，他早期因文才而深得"牛党"要员令狐楚的赏识，后来"李党"的王茂元爱其才将女儿嫁给他，他因此遭到"牛党"的排斥。从此，李商隐便在"牛李党争"的夹缝中求生存，辗转于各藩镇当幕僚，郁郁不得志，潦倒终身。他的这首诗以柳之春日繁盛与秋日零落憔悴做对比，暗自抒发了早年生活富足闲适与晚年生活飘零孤独的悲伤之情。曾巩生活在王安石变法的时代，一方面，他和王安石既是同乡又是挚友，这决定了他在政治态度上不反对变法；但另一方面，他又对王安石变法的过急步骤及其任用的一些飞扬跋扈的小人不满，所以他较任何人都更处于一种微妙的境地。他的诗明在写柳，暗在以柳喻人，通过对"狂""蒙"等带有明显感情色彩的关键词的分析，我们知道他表达的是对倚势猖狂、得志小人的憎恶之情。不同的思想内涵决定了不同的表达方式，贺诗重在写景，李诗重在抒情，曾诗重在议论，各擅所长，体现了各自的时代特征。我们通过对以上三首诗的分析，可见"知人论世"的社会历史批评方法在解读作品中的重要性。同样，对现当代作家的作品解读也是如此，鲁迅在日本遇到的"幻灯片"事件对其弃医从文的影响，以及其作品始终对国民劣根性的关注都可以对其整体文学创作做一注解，而路遥与其夫人林达的婚姻生活也影响了他的小说《人生》《平凡的世界》的创作。批评家如果不进入作家的生活中，不了解作家所处的时代，就会影响对作家作品的整体把握与理解。

第三，考察文艺作品的现实影响力，指出其现实价值所指。社会历史批评关注文学反映了怎样的社会生活内容，关注文学作品创作怎样受到社会时代的影响，同时也关注文学作品对现实社会生活产生了怎样的影响，实现了怎样的社会效益。先秦时期，孔子指出诗可以"兴、观、群、怨"，认为文艺作品可以帮助统治者勘察民情，具有"观"的功能，同时通过阅读过程中的情感交流实现"群"——人际交往和谐团结的功能。在中西方文艺思想发展的过程中，人们对文艺的社会功能的强调，一直是各个时代文论家关注的要点。社会历史批评强调文学作品须对现实有所反映，这种反映不是被动的，而是唤起人们实际的感知，促使人在思想精神层面有所惊异、有所触动。通过文学作品实现阅读者对现实生活的反思，实现阅读者精神境界的提升，这一直是文学创作者的创作诉求。文学作品不仅有帮助人们实现对特定时代生活有所认识的功能，正如巴尔扎克的《人间喜剧》被誉为"资本主义社会的百科全书"，还具有启发读者深入省思、提升人生境界的功能，正如《平凡的世界》带给一代代身处逆境的年轻人对命运不甘妥协的精神启悟。

第三节　社会历史批评实践

批评实践一

人民需要文艺，文艺需要人民，文艺要热爱人民
——从《金谷银山》看关仁山对"以人民为中心"创作导向的践行

2014 年 10 月，习近平总书记在北京组织召开文艺工作座谈会并发表重要讲话，对我国社会主义文艺的建设与发展做出了重要指导。会议之后，全国文艺工作者纷纷学习领会习近平在会上所讲的精神，将这种精神作为自己文艺创作的方向与路标。正是在这种精神的指引之下，我国文艺创作领域近年来佳作频出，创作数量与质量都取得了喜人的成绩。这些作品本着"深入生活、扎根人民"的创作态度，坚持"以人民为中心"的创作导向，展现出了我国文艺发展的新气象。

2017 年，创作出"中国农民命运三部曲"《天高地厚》《麦河》《日头》，

被誉为河北作家"三驾马车"之一的关仁山，历经三年又出新作《金谷银山》。该作品延续关仁山长久以来的现实主义创作风格，将写作视点依然定位在当下农村、农民身上。小说以轻喜剧的口吻勾勒出在新时代农村建设过程中，在京津冀协同发展的战略下，河北燕山山脉的白羊峪村发生的翻天覆地的变化，创造出了"范少山"这样形象鲜明的新农民形象。小说出版之后，评论界予以高度关注，评论家们对作品所体现的现实主义创作态度、理想的浪漫主义情怀以及作品自身的思想价值与艺术价值一致给予了肯定。小说也顺利入选第二届"中国长篇小说年度金榜"。《金谷银山》的创作与所取得的成就，一方面体现出了作家关仁山高超的创作才能、敏锐的社会洞察力，另一方面体现了习近平总书记关于社会主义文艺建设一系列讲话对关仁山文艺创作的影响，作品本身也是作家关仁山对习近平总书记文艺思想艺术实践的直接成果。关仁山自己也曾坦言："习近平总书记在党的十九大报告中，提到必须坚持以人民为中心的创作导向，在深入生活、扎根人民中进行无愧于时代的文艺创造……我刚刚出版的长篇小说《金谷银山》，其指导思想和创作导向，就是以人民为中心，塑造新时代农民的英雄形象。"①

一、以温暖乐观的笔法，对当代北方农村经济发展、农民现实生活境遇的理想观照

2014 年，习近平总书记在文艺工作座谈会上的讲话中指出："能不能搞出优秀作品，最根本的决定于是否能为人民抒写、为人民抒情、为人民抒怀。"② 小说《金谷银山》就是这样一部"为人民抒写、为人民抒情、为人民抒怀"的作品。该作品真实反映了以白羊峪村为代表的北方农村农业经济在发展过程中遇到的种种困难，关仁山用积极乐观的手法勾勒出中国北方农村未来发展的方向与前景。与作品相关的人物近百人，这些人物多是白羊峪本地的农民，同时也包括外国商人、私企老板、政府官员、大学教授、支教教师、当红明星、城市"驴友"等社会各阶层人物，他们在封闭、落后的白羊峪村逐渐发展为开放、充满活力的美丽乡村的过程中纷纷出场。这展示出了白羊峪这个中国小小的农村在发展过程中与当下社会各个阶层之间的勾连关

---

① 关仁山. 寻找具有时代精神的英雄形象［N］. 人民政协报，2018-01-08（10）.
② 习近平. 在文艺工作座谈会上的讲话［N］. 人民日报，2015-10-15（2）.

系，通过白羊峪农业经济发展这样的情境设置，折射出中国当下在社会主义新农村的建设过程中，农民这一社会基本群体的命运与社会心理变化，以及在此情境之中社会各阶层整体的文化生态状况。作品整体洋溢着积极乐观的叙述热情，具有强烈的主旋律色彩与时代精神，体现了关仁山文艺创作"以人民为中心"的创作原则。

新时代以来，书写农村的小说作品并不少见，但是多数作品都是从文化反思的层面，从农业文明与工业文明的冲突、碰撞的视角反观农村与农民的，这些作品也包括关仁山自己的"农村三部曲"等作品。在这些作品中，农民与农村多是被反复观察的对象，作家对其笔下的形象多少都带有打量者与被打量者的距离感，作家难以与作品中的形象建立亲切的认同感，所以读者从作品中读出来的作家的情绪多是迷惘而又复杂的。习近平总书记在文艺工作座谈会中指出："文艺创作如果只是单纯记述现状、原始展示丑恶，而没有对光明的歌颂、对理想的抒发、对道德的引导，就不能鼓舞人民前进。应该用现实主义精神和浪漫主义情怀观照现实生活，用光明驱散黑暗，用美善战胜丑恶，让人们看到美好、看到希望、看到梦想就在前方。"①

关仁山《金谷银山》正是这样一部让人们看到美好、希望，看到梦想在前方的作品。作家用现实主义的创作笔法，为社会主义新农村的建设描绘出一幅符合科学发展观、体现了现代文明理念的可持续发展模式的图画，为新时代农村经济发展点燃一盏希望的明灯，作品的情感基调始终是积极乐观的。作家带着欣喜与赞赏的目光，一步步推进自己心爱的主人公的发展与奋斗进程。作品塑造了几十位农民形象，有作家欣赏的农民改革家范少山，机灵贤惠的杏儿，传统又带有理想精神的范老井、泰奶奶，也有勤劳精明又不乏自私的"白腿儿"，落后、懒惰、油滑的田新仓，还有不作为、坐等看好戏的村支书费大贵，打尽小算盘的暴发户马玉刚等。对这些人物，作家的创作态度并不是泾渭分明、非黑即白的，对自己赞赏的人物的书写也并非一意拔高，而对试图进行嘲讽的人物则是戏谑，但又不乏温暖，整部作品体现出更多的是作家对笔下这群人的热爱与理解。作家把每个人物还原到其生存语境之中，对其善恶、美丑的评价不乏人文关怀的性质，因此整部作品相对于其之前的小说作品表现出一种温暖与和谐的基调。关仁山在提到《金谷银山》的创作

---

① 习近平. 在文艺工作座谈会上的讲话［N］. 人民日报，2015-10-15（2）.

过程时，也提到自己创作态度的变化："……我今年创作了新的长篇小说《金谷银山》。连同之前的农民三部曲，我的创作状态可以说是从寻找、失望、希望，到再寻找再失望（有时是绝望），最后绝处逢生。我的创作心情也是从彷徨、苦恼，到悲喜交集，逐渐变化。"① 关仁山在《天高地厚》的后记中说过："农民可以不关心文学，文学万万不能不关注农民。"② 正是抱着这种创作理念，关仁山进入文坛以来，其创作视线从未离开过农民。《金谷银山》创作姿态的调整更体现了关仁山用文艺更好地反映人民、更好地服务人民的决心。

　　除了创作姿态的调整，《金谷银山》吸引人的地方还在于其以现实主义创作手法，把新农村建设中出现的新经验与新问题纳入自己的小说叙述中并用乐观、温暖的笔调给予"理想的观照"，使作品具有强烈的时代气息与主旋律色彩。《金谷银山》反映了当下农村经济发展存在的一系列现实问题，这些问题包括经济发展向前推进的问题，也包括经济发展过程中乡村文明建设问题。小说通过范少山一家人的探索试图对这两个问题进行回答。小说有两条线索，叙述主线是范少山回乡创业建设绿色乡村，辅线则是范老井苦苦寻找康熙皇帝御赐的《白羊峪村训》碑。范少山返乡后面对的是一个只有 17 户人家、交通不便、落后、封闭的小山村，留在村里的基本上是老弱病残，是没有多少能力进城务工的群体。政府要求白羊峪村民集体搬迁到山下，而故土难离的传统思想与下山后再就业的问题又使这些留守在白羊峪的 17 户人家陷入观望与犹疑中。一方是政府的各类农村扶贫政策，一方是落后山区中农民的迷茫与无望。范少山凭着自己在北京卖菜时锻炼出来的市场洞察力，准确抓住了"金种子"这一白羊峪特色品牌，发展绿色经济，在此基础上进一步种植"金苹果"等其他有机果蔬，并利用现代信息技术与现代经营管理方式，实行公司股份制，大大调动了村民参与种植与经营的热情，使白羊峪村在短短两三年间实现脱贫。白羊峪脱贫后范少山带领村民修路、办学，利用沼气发电、建立村民食堂等。公路在政府政策的支持下彻底修通以后，范少山又看到了白羊峪村自然风光背后潜藏的旅游经济资源，倡导村民利用农闲时间大搞农家乐，利用县电视台以及微信等自媒体进行宣传，将白羊峪由一个被遗忘的

---

① 关仁山，张平. 作家应与自己所处的时代肝胆相照［EB/OL］. 中国作家网，2017-10-30.

② 关仁山. 天高地厚［M］. 北京：作家出版社，2009：479.

小村落打造成城里人眼中的"美丽乡村"。

相对于范少山在乡村经济建设中踏踏实实地实践，范老井、范德忠夫妇在小说中更多的是一种白羊峪精神的实践，范老井作为猎人，一生与狼为敌，在养鹿过程中渐渐形成与狼的复杂情感。白羊峪村虽然是穷乡僻壤，但是没有逃脱现代工业经济对其自然资源的侵夺，山林面积减少，土地受到化肥的侵蚀，狼这一物种在白羊峪一带也渐渐少见起来。与白羊峪相隔不远的黑羊峪村则因为铁矿厂建立后的工业污染，不适宜居住，村民集体搬迁之后，终遭废弃。范老井老了，生活在白羊峪周围一带的狼也仅剩一只瘸腿狼，范老井最终与最后一只狼和解。人类对自然资源的一味破坏与占有，使范老井与最后一只狼的和解充满了悲怆的意味，这一情节的设置，在全书欢快、喜剧性的叙述风格之下更显沉重与别有深意。范老井一直执念于《白羊峪村训》碑，这带有了现代救赎的寓意。老德安的自杀、乡村伦理的坍塌、村民在乡村建设过程中的短视使范少山不得不去思考白羊峪村存在与发展的精神底气，范老井倔强地要守住一方乡土，拒不搬迁，执念于寻找《白羊峪村训》碑，希望借此找到白羊峪的精神根基，这使范少山的思考有了范老井式的回应。范德忠夫妇一有时间就会以"神雕侠侣"的形式，默默种下一棵树苗，二十多年后，一片原本荒废的土地重新焕发了生机。这些人物及其所思所为加深了小说思想主题的深度，使现代乡村建设有了更深层的精神文化内涵。

《金谷银山》不同于其他书写农村的小说，它是对现代农村发展中新经验、新问题的及时捕捉和对这些新经验、新问题做乐观、理想式的回应。土地流转政策在农村施行，土地复耕技术的运用，土地托管服务、农产品生产与销售的"互联网+"模式，文化节、生态旅游项目等使这部描写农村的小说作品紧扣时代主题，该作品传达着当下农村建设最鲜活的经验与未来发展的无限可能。离开农村成为城市人，不再是农村人追寻的理想生活，发展绿色经济，守住土地，打造美丽乡村，使现代农村生活成为城里人希望过的理想生活，城乡文明相互对话、相互滋养——小说为我们提供了一幅未来中国的发展图景，正如有的评论家分析所言，"《金谷银山》在乡土文学发展中的意义值得充分肯定。小说打破了城乡二元思维，为新时代如何书写新农村的重建提供了可借鉴的经验"①。同时，白羊峪村现代发展的成功，并不是作家一

---

① 雷达.从乡土文学土壤中开出的鲜花［N］.河北日报，2017-12-22（11）.

厢情愿的乌托邦式理想诉求，而是作家在深入农村生活，熟悉当下国家土地政策及各项惠农政策后，在农村经济建设取得诸多成功经验的基础上理性思考之后的形象化表达，这与关仁山长期挂职农村、深入基层生活所获得的农村经验密不可分。关仁山在构思《金谷银山》的过程中，有半年多时间在昌平曹碾村和迁安白羊峪村体验生活，并对五十多位农民进行走访，积累了大量的一手资料，作品中的"范少山"形象与发生在"白羊峪"村的诸多事件，都直接源于体验生活时所积累的原始材料。

二、作品创造出"范少山"这样的新时代农民形象

新中国成立后，关于中国农村和农民的书写从来就没有停止过，以赵树理、柳青为代表的作家，书写的是 20 世纪五六十年代农业合作化发展进程中的农村，他们笔下的中国农村充满朝气，虽然在个别农民身上依然能够看到封建旧式农民的落后与保守，但是以王金生、梁生宝为代表的新农民形象则更代表着新的时代语境下农民的成长。20 世纪七八十年代则出现了周克芹的《许茂和他的女儿们》、高晓声的《陈奂生上城》、路遥的《平凡的世界》等一系列反映农村、农民的作品。在这些作品中，我们看到作家着墨更多的是质朴、平凡的普通农民形象，相对 20 世纪五六十年代作家主要塑造的农民形象，他们渐渐褪去了农业建设带头人的光环，作品的着墨点也不再是这些形象在农村经济建设中的"大有作为"，而更多地展现他们在时代裹挟之下的复杂心路历程。20 世纪 90 年代到今天，随着市场经济的高度发展、文化语境的宽松，文学创作类型日益多样化，文学创作领域佳作频出，一大批优秀的文学作品一一问世。在这些作品中，关于中国农村的乡土叙述不在少数，刘醒龙、关仁山、谭文峰、何申、王祥夫等一批优秀作家直面市场经济大潮下农村经济建设、精神文明建设过程中遇到的诸多问题，纷纷从不同视角展开自己的思考——工业文明与农业文明的冲突与碰撞带来的传统价值观念的动摇和丧失，以及农民在此过程中的心灵的动荡与命运的变迁，这些成了作家写作的一个重要方面。在这些叙述中，作品关注现实的广度与深度都拓宽了，在农民形象塑造方面，传统农民形象塑造多姿多彩，而具有现代意识、走在新时代现代化农业建设途中的新农民形象却塑造不多，正如有的评论家所指出的，"从 20 世纪 90 年代直至 21 世纪的今天，乡村小说始终以执着、沉重的步子探索前行。我们在缓缓展开的'乡村画卷'中，看到了乡村社会的艰

难和困境，城市现代文化对乡村文化的温柔'殖民'，千千万万农民工在城乡间的疲惫奔波……看到了作家在他们的笔下所寄寓的思想批判、文化反思、情感矛盾以及在乡村叙事方式、方法上的种种努力……但在徜徉、沉醉之余，我们忽然发现，在这幅斑驳陆离的乡村图画中，作为乡村和土地的主人、主体——农民，却似乎被淡化了、虚写了、缩小了"①。关仁山20世纪90年代进入文坛以来一直致力于乡土中国的书写，在这些书写中，他塑造出诸多的农民形象，不同于其以往以文化反思者身份塑造的农民形象，在《金谷银山》中，关仁山以平视、赞赏的眼光为我们描绘出一个新时代的农民英雄形象——范少山。不同于20世纪五六十年代"高大泉"式的农民英雄的乌托邦式建构，范少山这种形象是小说人物一步一步从自己的生活情境之中坚坚实实地走出来的。范少山有其现实生活原型，关仁山在其创作中提到他在长城脚下白羊峪村体验生活时，采访过一个打工回乡的农民，这个农民非常崇拜《创业史》中的梁生宝，他返乡后四处寻找小麦、谷子和大豆等老种子，但这些种子基本绝迹了。后来得知自家老姑奶奶死时带了一罐老种子进了坟墓，他买来猪、羊领牲，鼓乐队吹拉弹唱了三天三夜，从坟墓中挖出了老种子，在故乡梯田里建起了小小的种子库。这件事情深深感动了关仁山，在这种生活经验的基础上，关仁山再度加工创作，于是有了范少山这一形象。

范少山这一新时代农民形象更是基于作品中人物自身性格逻辑而形成的。小说中范少山有着传统农民质朴、善良、恭谨的一面，对故土有着难解的情结。第一场婚姻的失败成为他离乡的直接原因，多年后返乡亲历的老德安的死直接触动了他内心深处的乡土情结。多年在外打拼的生活给了他白羊峪村人没有的对现代文明的深切体验，内心深处对故土的热恋又不断撩拨着他——不能放任自己的家乡就这样荒芜、废弃。他忍受着妻子的误解，顶着父母的压力，面对家乡父老的质疑，开始为白羊峪村的未来发展寻找良方。在这个过程中，他借钱被拒，买种子被骗，金谷子、金苹果种植过程中又频遇虫灾，申请政府政策扶持屡遭搁置，同时白羊峪村及周边一些"不良"村民频频捣乱，正是在处理这些矛盾的过程中，范少山的形象一步步丰满起来，由最初的浮躁、短视一步步变得沉稳与睿智。在性格转变的过程中，乐观与倔强是人物一直没有改变的，正是这一鲜明的性格特点支撑着人物形象的整

---

① 段崇轩.聚焦新的农民形象［N］.文艺报，2006-04-11（3）.

体塑造。影响范少山返乡建设自己美丽家园的则是小说《创业史》中的人物"梁生宝"。梁生宝是范少山少年时的英雄偶像，更是范少山返乡建设家乡的精神路标。小说中多次提到了"梁生宝"形象在范少山脑海中的浮现，在范少山踌躇满志或遭遇现实困境自我怀疑时，他就会问自己如果是"梁生宝"会怎么办，也正因如此，范少山有着"梁生宝"式的农村改革者强烈的集体主义观念。他任劳任怨，有责任，有担当，在白羊峪村发展道路的探索中，他多次拿出自家的积蓄，甚至因为资金短缺为明星演员做替身去做高危动作。白羊峪的绿色乡村发展之路成功之后，范少山又通过土地流转制度进一步推动金谷子的大面积种植来带动周边农村绿色发展。范少山作为农民摆脱了传统农民身上的小农意识，体现了新时代农民较高的思想觉悟。不仅如此，范少山作为新时代农民，相较之前的农村改革者"梁生宝""孙少安"等，他熟悉关心国家农业政策，倡导绿色经济的发展道路，对现代乡土经济的发展有着敏锐的洞察能力——种植纯绿色有机粮食、水果，开山修路，开发白羊峪生态环境资源发展旅游业，发展农家乐。同时，他又有着积极的现代科技和信息意识，善于灵活运用现代科技信息手段，通过"互联网+"模式的运营及宣传手段，使白羊峪这样的自然资源相对匮乏、交通落后的小村落一步步成为游人眼中的美丽乡村。在这里，我们不得不提范少山有较高的情商，这也是范少山这个现代农民具有的特质之一。相对父辈农民在人际交往中的耿直与木讷，范少山能够比较灵活地应对各种人际关系，利用自己各种途径积累的人脉来帮助自己。农大的孙教授原本只是范少山北京卖菜时的顾客，他在金种子、金苹果种植过程中遇到的各种问题，孙教授提供了很多技术上的帮助。以前的雇主庞大辉、曾经的小学同学张小强以及当年所谓的情敌马玉刚，这些曾经和范少山有些许瓜葛的人，包括村里的混混大虎、白羊峪村的村支书费大贵，再到狡猾的日本商人田中二喜、合作伙伴沈雄以及暗恋自己的欧阳老师，范少山基本能够用或扮强或扮弱或装糊涂或精明的方法应对他们，而这些人中有许多人在范少山需要帮助时，最终都帮助了他。值得注意的是，在小说中，像范少山这样返乡创业的青年并不是个别存在，因此小说中也就有了"雷小军"这个人物。雷小军是一个虚写的人物，正是雷小军的示范作用，才使范少山的回乡创业显得更真实、可信，同时在范少山背后，似乎又可以看到千千万万的范少山走在建设家园的路上。总之，范少山是一个"热爱农村，热爱土地，有眼光，有胸怀，懂技术，闯市场，同时具备生命个体情怀"① 的新农民。这样的农民形象在当下作家的乡村书写中有其特殊的意义。"这是具有一定典型意义的人物，他的回归和重建具有重要意义——除了进城，守护、建设乡村也是农民在新时代的新选择，这在一定程度上开拓了书写乡土中国的更广阔的天地。"②

三、作品运用诙谐幽默的语言和轻喜剧式的写作风格，"以农民看得懂的方式进行文艺创作实践"③

《金谷银山》以党的十八大以来白羊峪村为代表的北方农村的变化，展现了中国农村在现代化建设的语境之下发展的方向与目标，这部作品被作者自己称为转型之作。关仁山进一步解释说："之所以称它为转型之作，一方面，小说中所书写的是党的十八大之后至党的十九大召开这段时期中国农民的创业奋斗史，这五年是我国社会转型最为关键的五年；另一方面，原来我写'农村三部曲'时笔触有些沉重，这部作品以轻写重，以实写虚，语言接地气，读起来轻松有趣，是一部贴近生活、贴近百姓，农民也能看得懂的书。"④

（一）语言轻松诙谐，具有强烈的生活气息

《金谷银山》语言生动、活泼，具有强烈的生活气息。小说中，长短句错落，以短句居多，且多是口语化的表达方式。例如，小说开篇"过了腊月二十三，雪下疯了，雪花缤纷不开脸"，"下疯了""不开脸"都是口语化的表达，符合普通读者对下大雪的认知心理。开篇首句奠定了全篇行文活泼的基调。又如，他对马玉刚回村的心理描写：

> 马玉刚是村里的富户，搬到城里住了，时常回村看看。有钱人在城里是窝不住的，总要衣锦还乡。为啥？显摆。你有钱，城里人不眼热，不眼红，因为四周都是生人，谁认识你呀？没处显摆。要想嘚瑟，就要回老家。让乡亲们都知道：俺有钱了！那些个过去瞧

---

① 关仁山，张平. 作家应与自己所处的时代肝胆相照 [EB/OL]. 中国作家网，2017-10-30.
② 李敬泽. 尝试新农村书写的更多可能性 [EB/OL]. 河北日报，2017-12-22（11）.
③ 肖煜，卢旭东. 关仁山：写出农民能看懂的作品 [N]. 河北日报，2017-11-13（6）.
④ 肖煜，卢旭东. 关仁山：写出农民能看懂的作品 [N]. 河北日报，2017-11-13（6）.

不起俺的，骂过俺的，恨过俺的穷光蛋、土包子们，服不服？哈哈，这才叫眨眼打哈欠——扬眉吐气呀！马玉刚回村里也是这样，脖子上的大金项链，跟拴狗的链子似的，就差个铃铛了。①

以口语化的描述方式揭露了一个暴发户"衣锦还乡"的心理，语言简短，不乏讽刺意味，从叙述学角度来看，这段叙述应该属于叙述者的"干预叙述"，在叙述过程中夹杂着叙述者自己的情感判断与价值判断，这样的叙述口吻符合读者大众对"马玉刚"式的"暴发户"进行评判的民间心理，容易与读者达成共识。在小说叙述中，民歌、打油诗也是很常见的，老德安想老伴的时候就会唱起山歌：走了一梁又一梁/妹妹俺等你在老地方/一等等到一更天/哥哥想妹妹心发凉/走了一梁又一梁/妹妹俺等你在老地方/一等等到二更天/哥哥想妹妹想断肠……泰奶奶在村里的庆丰收晚会上唱了昌黎民歌《捡棉花》，小说中，杏儿也会时不时唱贵州民歌给范少山听。民歌在小说中的出现一方面使小说叙述的节奏变慢，另一方面又增强了小说的乡土意蕴与诗意情感。打油诗则基本出自村民诗人余来锁之手，余来锁是一个热爱诗歌却总写不出好诗歌的农民。小说中有大量余来锁写的诗，这些诗歌一方面更好地塑造了余来锁这个略显夸张带有喜感的人物，同时也增加了小说的趣味性，另一方面可以放慢小说的叙述节奏，使读者的阅读张弛有度，同时也使作家的叙述有了细节性的质感。在《金谷银山》中还有许多民间俗语、歇后语以及部分流行语的使用，这些约定俗成的语言形式，增强了小说叙述的现实鲜活性，使小说叙述充满了浓浓的生活气息。特别是流行语的使用，如粉丝、驴友、微信、网红、点赞、电商、互联网+、明星代言、精准扶贫、土地流转、"一带一路"等，这些能反映当下中国社会时代气息与流行文化的流行语，增加了小说的时代气息与生活色彩。口语化的表达方式，民歌、俗语、打油诗以及部分流行语的使用，使读者看到小说背后有一个有着丰富农村经验和鲜活现实生活经验、亲切、率真的叙述者，同时这些带着丰富农村生活经验的语言，又可体现出叙述者对叙述接受者——有着丰富农村生活经验的叙述接受者——以农民为主的叙述接受者的预设。

---

① 关仁山.金谷银山［M］.北京：作家出版社，2017：6.

（二）轻喜剧风格的人物塑造和情节设置

《金谷银山》在人物塑造上颇具喜剧风格，特别是余来锁、田新仓这两个人物。余来锁身上的喜剧因素主要来自其诗歌写作及其与"白腿儿"的爱情故事。小说中余来锁写的诗歌有十几首，每首诗歌的出现都有特定的情境，而余来锁的诗歌内容往往与特定情境产生某种冲突，造成情境与诗歌强烈抒情性的不协调而产生一定的喜剧效果。例如，在老德安的葬礼上，余来锁即兴赋诗一首来表达自己的悲伤之情：你是谁/因为你/老天爷的眼睛都冻成了雪/纷纷扬扬落下/都是悲啊/你是谁/因为你/乡亲们的哭声传遍燕山/回回荡荡不去/都是情啊/你是谁/你就是老德安/一个白羊峪里的厚道人！

余来锁夸张的朗诵，加上诗歌这种文学性强的文体与现实生活情境在一起的不协调性，诗歌在作品中的出现并没有增强老德安死的悲剧性，反而削弱了葬礼的严肃性，从而呈现出某种喜剧效果。余来锁、田新仓与"白腿儿"的爱情纠葛一直贯穿全书。两个人对"白腿儿"展开追求的过程笑料不断，使小说始终有轻松诙谐的基调。如果说余来锁的喜剧要素主要来自人物自身诗性追求中刻意营造的情感光辉与现实生活的平庸与琐碎的落差，那么田新仓的喜剧因素则来自人物懒惰、不思进取的存在状态与过于敏感、细腻的情绪感知力的冲突。田新仓在白羊峪村里是一个不受人待见的年轻人，他整天浑浑噩噩、油腔滑调，过着贫穷的日子，却从未想过去改变自己，并且把自己在村里的游手好闲归于对"白腿儿"的守护上。他经常在与余来锁的争风吃醋中自哀自怜，在"白腿儿"以及后来的"欧阳老师"那里做着自以为痴情的守护举动，在范少山对白羊峪村的建设过程中，他也跑前跑后忙碌，但是这些忙碌中又常常夹杂着自己的小杂念和小自私，这些细节的设置常常使田新仓做出一些自认为庄重实则可笑的举动，这些人物情节的设置增强了小说的喜剧性。

小说的喜剧效果和一些喜剧人物有关，还和作家对一些特殊情境处理的方式有关。小说中，作家常常用以轻化重的笔法刻意对一些特殊情境特别是困难情境进行消解。比如，范少山在创业中遇到了问题，他去做演员替身挣钱或者找同学张小强寻求帮助；范德忠夫妇都是残疾人，但是两个人坚持种树，他们在种树过程中各自要克服自己身体的障碍，互相配合才能完成。这些情境都是困难型的情境，人物行为本身具有严肃性与庄重性，但是作家用轻松的口吻，甚至用调侃性的语言来叙述这些事情的发生与问题的解决。例如，范少山与张小强谈那些年追过的女孩情节的设置；又如，把范德忠夫妇称为"神雕侠侣"来强调两人的默契配合。这样的叙述方式消解了事件本身的严肃性，使小说抹去了正剧色彩，而带有一定的俏皮和轻松。

作家之所以选择采用这样轻松、通俗化的方式进行小说故事的讲述，究其根本在于作家有意调整自己的叙述方式，用大众特别是普通农民能够接受的方式去讲述农民自己的故事，真正做到创作的"以人民为中心"，这个中心不仅是写人民、为人民而写，还包括写给人民看。正是在这样的创作理念之下，关仁山带来了这部与之前作品风格不同的《金谷银山》。

载《唐山文学》2018 年第 9 期

批评实践二

论曹禺戏剧中女性的悲剧命运

在中国戏剧史上，曹禺对女性形象的塑造有着独特的审美价值。曹禺对命运悲惨的女性表现出了更多的理解和同情。这些女性形象丰满立体，她们有的温柔善良，有的敢爱敢恨、性格鲜明，有着独特的文学魅力。曹禺笔下的女性形象可以分为两类：一类是像繁漪、陈白露、花金子等具有抗争精神的女性，她们有着原始的生命力，有着冲破一切追寻自我价值的斗争精神；另一类是像侍萍、四凤、愫方等具有牺牲精神的女性，她们有着善良的品质，在残酷的现实面前却又只能沦为牺牲品。具有抗争精神的女性，她们爱恨分明，有朝气和激情，在新思想的感召下，她们开始冲破封建束缚，追寻新生活。然而，在整个腐朽、摇摇欲坠的社会中，根据她们各自的性格，她们的命运注定走向悲剧，或疯癫，或堕落。侍萍、四凤、愫方这样具有传统牺牲精神的女性，她们善良、贤淑，却亦不能在各自的生活中寻到理想的生存境遇，或者死亡，或者逃向未知。对这些女性形象及其命运的安排体现了曹禺对整个时代的思考与批判。

在这里，我们重点分析曹禺戏剧中女性悲剧命运产生的原因，主要体现为以下几点。

1. 男权专制下女性主体意识的残缺

几千年的封建文化，封建道德的三纲五常早已经根深蒂固，自然而然成为那个时代所有女性身上的枷锁，女性是作为男性的附属品而存在的，这种思想在无形中控制着女性。任何有自主意识的女性，在显示出与其所处的根深蒂固的文化不合作的态度即被称作异类。这种女性毕竟是少数，绝大多数女性在漫长的封建思想的桎梏下早已丧失女性主体意识，这是最可悲的。她们以为自己生来就该如此，不去反抗，做一个男性眼中的顺民。在男权专制的年代里，无数女性丧失了自主意识，卑微地活着。曹禺戏剧中的繁漪、陈白露等女性都是受五四思想影响的女性，她们果敢坚毅、敢作敢为，她们开始意识到自己的处境，开始追寻自身的价值。在当时，她们的主体意识并未全面建构，她们实现自身价值的第一步往往从爱情开始，在男权思想居于社会主流思想的时代语境之下，她们最终又注定沦为男子的附属品。繁漪将周萍看作生活的全部，陈白露在追求物质利益的过程中失去了精神家园。她们主体意识的残缺在于心理、意识上的不健全。她们的孤注一掷必然导致失败，她们思想上的偏执和局限是悲剧的起源。在一个以男子为中心的社会中，她们必然沦为时代的殉葬品。

2. 新旧社会秩序交替下女性的生存困境

曹禺所处的时代是中国社会变革期，当时的女性思想意识开始觉醒，但新的社会意识形态并未完全建立起来。女性觉醒后，无法找到自己新的价值以及安身立命之所。繁漪被囚禁 18 年，内心的欲望之火越烧越旺，乃至火山爆发，但她并不明白自己的人生价值，她将周萍作为追求目标，最终走向了疯癫；陈白露为了追逐物质利益，精神世界一片空虚，回不到本真的童年世界，只好选择自杀；花金子内心对爱情的渴望促使她相信世间有黄金铺满地的理想城；愫方牺牲一切去照顾曾家的老老少少，是男权文化被驯化的产物。曹禺的戏剧展示了中国半殖民地半封建社会底层民众以及不同阶层女性的生活。在新旧交替的社会文化体系中，旧的道德文化体系即使受到冲击，但其原有的对人性的压抑并没有随即改变。像侍萍、四凤等没有强烈自主意识的女性，她们只能被命运一步步推向死亡，而那些萌生出一定女性自主意识的繁漪、陈白露等女性因为找不到合理的解救自己的方式，又注定了自毁式的灭亡。

3. 女性解放运动在中国社会的断层

曹禺生活的时代，女性解放运动已经在国外许多国家取得了一定的成就，而在中国这样一个持续了几千年的封建国家只能进行渐进式的解放。从中国历史的发展进程来看，当时的中国并没有真正意义上的女性解放运动。五四时期出现的女性意识的觉醒，更多的是伴随着文学革命——人的解放而来的，女性只是作为人来解放，而不是以与男性有绝对区别的女性本身来建构自己的。有部分作家倡导女性独立，传播女性主义思想，但在中国革命滚滚洪流的席卷下，发不出自己的声音。五四时期，女性意识虽然开始觉醒，但没有找到生长的独立土壤。曹禺生活的时代是中国社会的大转型时期，这样的时代，很多人可能获得了思想的启蒙，却无法在社会制度上获得真正的自由，无法真正地追求自己的理想。女性作为特殊的群体，更是背负了太多的压迫，无法坦然地接受新思想。她们即使接受也找不到出路，这样才造成了像陈白露、繁漪、愫方等人的悲剧。她们的悲剧是性格悲剧，更是时代的悲剧，也是特定时代民族的悲剧。

曹禺的戏剧作品真实地反映了当时特定社会历史条件下女性的生存境遇和价值选择，在对女性形象的塑造与女性的命运探讨中，曹禺显示出其强大的历史理性能力，对女性群体在时代文化中整体的存在样貌做出描绘与思考。其笔下的女性形象在中国现代文学史人物画廊之中至今闪耀着动人的光辉。

载《长江丛刊》2016 年第 34 期

第二章

印象批评：理论与实践

作为一种批评方法，印象批评出现于 19 世纪，在 19 世纪末 20 世纪的西方一度盛行。印象批评注重批评者个人的主观印象与瞬间感受在批评文本中的传达，是一种评论者依据审美直觉，针对评论对象审美特性展开评论的评论方法。相对于其他批评方法，印象批评主体主观色彩强，重视批评文本直观印象带来的审美感受，重视批评的感性审美色彩与诗性特质。

第一节　印象批评理论的产生与发展

印象批评重主观感受与直觉印象，这种批评理念在中西方都有着悠久的历史。在中西方早期的文艺批评发展过程中，许多评论家不自觉地运用印象式批评方法展开对文学作品的评析。

一、中国传统印象式批评

作为一种批评手法，印象式批评在中国古代文学批评发展过程中由来已久。这与中国古代文学批评注重批评者诗性思维的批评思维模式与强调对文本瞬间感悟与直觉性判断的传统有关。

春秋时期，孔子提出诗歌功能的"兴、观、群、怨"说，重视诗歌作品带给人的直觉性的审美体验，后世文艺批评思想发展过程中对诗歌"兴"的审美属性一直是评论家关注的重点。在具体的文学批评文本实践过程中，钟嵘的《诗品》较早地从批评对象的审美属性结合批评主体的直观审美感知经验中对不同文学家的文学作品展开品评。例如，他对范云和邱迟的诗歌作品品评为"范诗清便宛转，如流风回雪。丘诗点缀映媚，似落花依草。故当浅于江淹，而秀于任昉"①。他把文学作品内在审美韵味转化为具体可感的审美形象。晚唐司空图的《二十四诗品》以品的形式论及二十四种审美风格，司空图"借物取象"，通过含蓄蕴藉的审美意象唤起读者的审美感知，在对二十四种风格的论述中使批评对象的审美特性通过形象化的传递再次在评论过程中被感知。他在《典雅》一品中有句曰："玉壶买春，赏雨茆屋，坐中佳士，左右修竹。白云初晴，幽鸟相逐，眠琴绿阴，上有飞瀑。落花无言，人淡如菊，书之岁华，其曰可读。"司空图以具体审美意象"白云""幽鸟""修竹"以及"佳士"的具体行为动作"赏雨""眠琴"等来说明其"典雅"的风姿。他对"悲慨"则以"大风卷水、林木为摧"来形容，以"饮之太和，独鹤与飞。犹之惠风，荏苒在衣"显示"冲淡"。这些富有生气和动感的意象给人以美的享受，使读者在丰富的想象中沉浸在不同审美风格带给自己的审美触动之中。此外，南宋严羽的《沧浪诗话》、晚清王国维的《人间词话》等都代表性地凸显了中国古代印象批评作为一种重要的评论方法被评论者们自觉地运用。特别是从明代开始，针对小说这一文体，社会上出现了小说评点，虽然面对的是叙述性强、具有更多现实生活内容的小说文体，然而评论者的评判视角依然从自己的主观审美触感出发，选择运用形象化的语言来对作品展开评论。例如，金圣叹谈及《水浒传》的叙述节奏，曰"前文何等匆遽，此文何等舒缓，疾雷激电之后，偏接一番烟霏云卷之态，极尽笔墨之致"②。他评点《水浒传》武松打虎一段："我常思画虎有处看，真虎无处看，真虎死有处看，真虎活无处看，活虎正走，或犹偶得一看，活虎正搏人，是断断必无处得看者也。乃今耐庵忽然以笔墨游戏，画出全副活虎搏人图来，今而后，要看虎者，其尽到《水浒传》中，景阳冈上，定睛饱看，又不吃惊，真乃此恩不小也。传闻赵松雪好画马，晚更入妙，每欲构思，便于是密室解衣踞地，先学为马，然后命笔。一日管夫人来，见赵宛然马也。今耐庵为此文，想亦复解衣踞地，作一扑、一掀、一剪势耶。东坡《画雁》诗云：野雁见人时，未起意先改，君从何处看，得此无人态。我真不知耐庵何处有此一副虎食人方法在胸中也。"③ 在这里，金圣叹对"武松打虎"情节的赞叹，联系日常生活经验，从"真虎活无处看"进一步联想到"赵松雪画马"与"东坡《画

---

① 钟嵘，曹旭. 诗品集注［M］. 上海：上海古籍出版社，2011：412.
② 金圣叹. 金圣叹全集：二［M］. 南京：江苏古籍出版社，1985：117.
③ 金圣叹. 贯华堂第五才子书水浒传：上册［M］. 沈阳：万卷出版公司，2009：328.

雁》诗"，用通俗形象化的语言，感性地道出《水浒传》作者高超的语言表达技巧。金圣叹对《水浒传》等古典小说的点评，运用个人化、形象化的语言展开，将个人意会与审美心得感性化地表达出来，属于典型的印象式批评。

中国传统审美批评主要是重主观审美感受的印象批评，与中国古人对世界与自我生命的认知方式有关。中国古人主张"天人感应"的有机宇宙观，认为万事万物互有差别，又相互联系，触类而起，随兴而发。中国古代有"物感"传统。《礼记·乐记》中指出："凡音之起，由人心生也。人心之动，物使之然也。"汉时，班固《汉书·艺文志》中指出："感于哀乐，缘事而发。"钟嵘《诗品序》中进一步指出"气之动物，物之感人"。物既是自然外物，也包括"嘉会寄诗以亲，离群托诗以怨"的社会生活内容，而引起诸多人情感动荡的根源在于"气"。把自身生命存在作为"气"统辖下万物之一，从自身寻找万物融通之处，成为古人解释自身与外物关系的重要着力点。由此，对审美现象的研究，中国古人也更加重视审美主体自身切实的审美感受，在思维方式上并不讲求推理、论证，而是推崇"顿悟""灵感""妙悟"，强调"熟读玩味，自见其趣""不落言筌，自明妙丽"，即通过长期潜心地欣赏品味，达到直接领会和把握作品的情趣韵味的境界。这都使中国传统印象式批评具有了现代印象主义批评的某些特征，但需要注意的是，其并未形成相对完备的理论体系，其批评模式与兴起于西方19世纪末的印象主义批评还是有着很大不同的。

二、西方印象批评

印象批评是西方19世纪伴随着印象主义文艺思潮而出现的一种文学批评流派，主要的批评家有英国的查尔斯·兰姆、威廉·哈兹里特、瓦尔特·佩特、奥斯卡·王尔德和法国的安纳托尔·法朗士、于勒·勒美脱尔等。"印象主义"这一名称首先出自法国19世纪中期印象主义绘画派别。1874年4月，莫奈、雷诺阿等一批青年画家在巴黎的一间公寓举办了"无名画家画展"，"印象派"一词来自一名记者观看莫奈绘画《日出·印象》的看法。继之而起的后期印象主义画派则抛弃了前期印象主义画派提出的绘画要客观表现自然光色的主张，提出绘画不是画客观事物，而是画主体对客观事物的认识和体验。这一寻找表现现实世界新方法的印象主义思潮很快波及音乐、雕塑、文学及其他艺术领域，印象主义文艺思潮所奉行的这些新的艺术主张和创作实践呼唤着新的批评理论。印象批评正是在这块艺术土壤中成长起来的。除此之外，西方现代人本主义哲学思潮的出现和审美直觉理论的发展为印象批评提供了理论基础。西方现代人本主义哲学思潮发端于 20 世纪二三十年代，它是以反思和反叛传统理性主义的姿态出现的。以叔本华、尼采为代表的现代人本主义哲学思潮的研究人，他们认为这种心理意识只有凭借个人非理性的内心体验和只能意会不能言传的直觉才能形成。法国生命哲学代表人物柏格森则进一步深化了直觉理论。他认为宇宙最根本的是一种永不停息、持续不断的生命冲动，这种生命冲动不能通过理性理解，只有直觉能够把握它。现代人本主义哲学对作为个体精神存在的人的研究，直觉理论对审美过程中直觉作用的强调，均为印象批评的兴盛提供了思想武器。

早在 18 世纪末 19 世纪初，英国就出现了印象批评。英国评论家威廉·哈兹里特曾指出："对艺术，对趣味，对生命，对言语，你都是根据情感做决定的，而不是依照理性；这就是说，根据大量事物在你心目中的印象去定夺，这些印象是真实的、有根据的，尽管你也许不能把握个别的细节对它加以分析或解释。"① 他的文学评论也确实充满情感与想象力，注重个人主观审美感受的表达。直到 19 世纪末，法国作家法朗士出版作品集《文学生活》，集中地反映了印象主义文学批评的理论观点，印象批评作为独立批评方法开始被接受与运用。法朗士的印象主义批评观点首先体现为对文学批评中对形而上学美学追求的批判与反对，他指出"美学是没有一点实质的东西做基础的，它是一座空中楼阁"②，解决不了任何实际问题。基于此，他反对文学批评追求判断、理性和严谨，主张批评家对作品的主观印象就是批评的基础。他认为文学批评是艺术作品的一种样式，他指出："评论是一种小说，正如历史和哲学一样，它适用于那些善于思考和好奇心很强的人……优秀的评论家是那种能够讲述其心灵之名作之中奇遇的人。没有客观的艺术，更没有客观的评论。"③ "优秀的批评家就是这样一个人，他把自己对灵魂在许多杰出作品中

---

① 艾布拉姆斯 . 镜与灯［M］. 郦稚牛，张照进，童庆生，译. 北京：北京大学出版社，1989：207.

② 伍蠡甫，蒋孔阳，秘燕生 . 西方文论选：下卷［M］. 上海：上海译文出版社，1979：269.

③ 法约尔 . 法国文学评论史［M］. 怀宇，译. 成都：四川文艺出版社，1992：224.

的探险活动，加以叙述。"① 在法朗士看来，批评家的要务在于描述艺术作品中他内心所激起的观念、意象、情感等。他认为不同时代的读者对经典之作的接受是不同的，"每一代人都在大师们的作品里寻求新的感受"②，强调以个人主观态度去感受和品味艺术，突出文学阐释的个体参与性。这些观点集中体现了印象主义批评的批评态度。之后，越来越多的批评家参与印象批评的建设。这些批评家包括英国的瓦尔特·佩特，他在其作品《文艺复兴》的序言与结论中都强调文学批评要重视批评者感性、直观的感受。王尔德在《英国的文艺复兴》《作为艺术家的批评家》等著述中，也明确提出文学批评要关注作品的审美特性，并重视批评中美的创造。美国的爱伦·坡、门肯等人对文学批评中的直觉与神秘感等问题也多有讨论。

　　五四新文化运动前后，西方印象批评理论开始传入中国。中国的印象批评在继承传统注重个人感性、领悟的文学批评态度的基础上，加上对西方印象批评特别是法朗士印象批评的借鉴，有了两次大发展。一次是 20 世纪二三十年代，一批留学归国的批评家对印象批评产生浓厚兴趣，纷纷尝试以印象批评方法撰写批评文章，其中以留法归国的李健吾为代表。李健吾倡导印象主义批评理论，运用印象批评的方法进行文学批评实践，他的《咀华集》《咀华二集》是他印象批评的实践成就。此外，这一时期，朱光潜、沈从文、梁宗岱等人也纷纷运用印象主义批评理念进行文学评论，其在当时文学批评领域形成一定的影响力。到 20 世纪七八十年代，伴随着改革开放大潮带来的思想解放与个人主义的高扬，在文学批评意识上，一部分批评主体要求在批评中追求自我、表现自我，开始重新审视印象主义批评，并在理论和实践上做出有益的探索，其中以吴亮、贺兴安等人为代表。中国传统文学批评本身重直觉与感性，具有印象主义批评的某些特征，加之对西方印象主义批评理论的借鉴，印象主义批评在中国的发展过程中吸纳其他批评方法矫正自己的过于主观化。由此相对西方印象批评，中国当代印象批评显得较为成熟与多元。

---

① 伍蠡甫，蒋孔阳，秘燕生 . 西方文论选：下卷［M］. 上海：上海译文出版社，1979：269.

② 法约尔 . 法国文学评论史［M］. 怀宇，译. 成都：四川文艺出版社，1992：223.

第二节　印象批评的理论特征与实践操作

对文学批评性质的认识，其主要的观点有二。一种观点认为文学具有科学的性质，如俄国诗人普希金，他认为文学批评是科学，他说："批评是揭示文学艺术作品的美和缺点的科学。它是以充分理解艺术家或作家在自己的作品中所遵循的规则、深刻研究典范的作用和积极观察当代突出的现象为基础的。"① 这就强调了文学批评的客观性与理性认知的特点。另一种观点认为文学批评具有艺术性，批评家应具有一定艺术修养和较强的语言表达能力与想象力，批评家通过艺术的方式才能真正感知文学作品并道出其特定的审美意蕴。很明显，印象批评对文学批评的性质秉持后一种观点。

一、印象批评的理论特征

（一）重视文学批评的审美性

印象主义批评认为文学批评的任务是挖掘文学作品的审美内涵，并且对这种审美内涵通过批评文本进行审美再传达，注重揭示文学作品带给读者的审美感受，力求文学批评实现文学作品审美质素的再显现。例如，英国的王尔德指出："对一个事物的美的辨识，是我们所达到的最佳境界。"② 批评家"不仅向我们揭示美的意义，也向我们揭示美的神秘"③。中国现代批评家李健吾评价沈从文的《边城》时说："沈从文先生是热情的，然而他不说教，是抒情的，然而更是诗的。《边城》是一首诗，是二佬唱给翠翠的情歌。《八骏图》是一首绝句，犹如那女教员留在沙滩上神秘的绝句。"④ 李健吾用隐喻修辞形象化地传达了自己阅读沈从文作品的审美感知，通过艺术的方法传达艺

---

① 普希金．论批评［M］//伍蠡甫，蒋孔阳，秘燕生．西方文论选：下卷．李邦媛，译．上海：上海译文出版社，1979：373.
② 王尔德．作为艺术家的批评家［M］//赵澧，徐京安．唯美主义．杨慧林，译．北京：中国人民大学出版社，1988：177.
③ 王尔德．作为艺术家的批评家［M］//赵澧，徐京安．唯美主义．杨慧林，译．北京：中国人民大学出版社，1988：177.
④ 边城［M］//李健吾．咀华集·咀华二集．上海：复旦大学出版社，2005：26.

术感受。

印象批评着力对文学作品审美内涵的挖掘，并且更注重以艺术的方式去传达作品的审美内涵，这使印象批评实践者把文学批评本身视为一种艺术创作活动，从而要求自身批评文本的审美性。艾略特认为文学批评就是"用一首散文诗解释一首诗"的文学活动。李健吾的文学评论语言就常常以散文化的语调，用各种修辞，因而评论文本自身也成为文学作品本身，并带有很强的审美特性，如在对何其芳《画梦录》的评论中，他指出何其芳诗歌的独特审美魅力：

> 他把若干情境揉在一起，仿佛万盏明灯，交相辉映；又像河曲，群流汇注，荡漾回环；又像西岳华山，峰峦叠起，但见神主，不觉险巇。他用一切来装潢，然而一紫一金，无不带有他情感的图记。这恰似一块浮雕，光影匀停，凹凸得宜，由他的智慧安排成功一种特殊的境界。他有的是姿态。和一个自然美好的淑女一样，姿态有时属于多余。但是，这年轻的画梦人，拨开纷披的一切，从谐和的错综寻出他全幅的主调，这正是像他这样的散文家，会有句句容人深思的对话，却那样不切说话人的环境身份和语气。他替他们想出这些话来，叫人感到和读《圣经》一样，全由他一人出口。①

在这部分评论的语段中，作者运用比喻、排比等修辞手法，选用明灯、黄河、华山等兼具形声色的意象，调动读者的视觉、听觉、触觉来感知何其芳诗歌整体审美感受。在这里，李健吾的评论语言一方面感性地唤起读者的审美情境，使读者能够更直接地感受到评论对象本身的审美内蕴，另一方面评论语言本身兼具审美性，对评论本身的阅读亦是一种审美享受。著名美学家朱光潜明确指出："创造是造成一个美的境界，欣赏是领略这种美的境界，批评则是领略之后加以反省。领略时美而不觉其美，批评时则觉美之所以为美。不能领略美的人谈不到批评，不能创造美的人也谈不到领略。"② 朱光潜有着丰厚的西方美学、心理学修养，但他的批评坚守对批评对象的直觉感受

---

① 刘西渭. 咀华集 [M]. 北京：人民文学出版社，2001：119.

② 朱光潜. 朱光潜美学文集 [M]. 上海：上海文艺出版社，1982：80.

和印象，并把这种理性积淀与艺术感觉有机结合。他在这里言简意赅地讲透了文学批评与审美创造的关系。

（二）批评思维重直觉和印象

印象批评强调批评家的鉴赏印象，运用没有严格界定的术语，不重视逻辑的推理，也不注重对材料的收集和考证，因此印象主义批评"只是一种直观、一种直觉，一种美的印象的描述"①。印象主义批评强调审美印象，强调主体面对作品的瞬间感受，因此在印象主义批评过程中特别强调批评者的审美直觉能力。直觉指的是不通过概念、推理、逻辑验证的过程而瞬间把握事物本质的思维能力，审美直觉则是审美活动过程中审美主体对审美对象、审美特征进行直接把握的一种艺术思维能力。审美直觉体现为审美个体对审美对象审美特征的瞬间把握能力，注重审美个体对作品整体印象的感知。法国的印象批评家勒美脱尔认为："所谓的批评者，无论他是独断的与否，无论他挂的是怎样的牌子，总都不外是阐发一件艺术品在某一顷刻给我们的印象。"② 美国康奈尔大学著名的文学理论家 M. H. 阿伯拉姆也认为批评是"试图用文字描述特定的作品或段落的能被感觉到的品质，表达作品从批评家那里直接得到的反应"③ 的活动。西方印象批评家的批评实践也证明了这一点，如勒美脱尔对左拉《梦》的评述，法朗士的《论福楼拜〈通信集〉》和佩特对《蒙娜丽莎》的批评，主要传达了批评家对批评对象的个人主观感受和印象。在印象主义批评者看来，文学批评是一种通过审美直觉直接感知作品内在审美属性的过程，在中国传统的印象式批评中也有着类似的观点。严羽在《沧浪诗话·诗辩》中指出"大抵禅道惟在妙悟，诗道亦在妙悟"，"惟悟乃为当行，乃为本色"。严羽以禅论诗，强调解读作品"悟"的重要性，这里的"悟"即审美主体的审美直觉。严羽不仅指出对文学作品的理解需要通过"妙悟"这种艺术直觉的思维方式，还指出了"妙悟"是建立在"熟参"的基础上的，也就是对于作品全方位了解与理解的基础上，真正对作品做到了然于胸，才能实现"妙悟"，才能使"妙悟"具有一定的可操作性。

---

① 王先霈. 文学批评原理［M］. 武汉：华中师范大学出版社，1999：98.
② 勒美脱尔. 传统与嗜爱［M］//琉威松. 近世文学批评. 傅东华，译. 上海：商务印书馆，1928：47.
③ 阿伯拉姆. 简明外国文学词典［M］. 曾忠禄，郑于红，邓建标，译. 长沙：湖南人民出版社，1987：72.

（三）批评的主体意识与个性色彩

印象主义批评不仅把文学批评作为一种阐释活动，还把其当作一种艺术创作活动，因此印象主义批评带有鲜明的创作意识与个性色彩。印象批评家勒美脱尔指出："批评家也和其他无论哪种作家一样，不得不把他的气质和他的人生观念放进他的著作里面去。"① 法国法朗士则说："优秀的评论家是那种能够讲述其心灵在名作之中奇遇的人。没有客观的艺术，更没有客观的评论。""评论只随进行评论的人而具有价值，最有个人特性的评论是最引人注目的评论。"② 对印象主义批评者来说，没有主体意识的批评是毫无生气的，优秀的文学批评应该体现出鲜明的个性特征。

批评家李健吾深受勒美脱尔、法朗士等西方印象主义批评家的影响，崇尚批评主体的个性与创造性。在对林徽因《九十九度中》的评论中，李健吾首先用了大量篇幅畅谈自己对人生的感想，之后渐及作品论述人生的单纯与复杂，再论述这部小说的进步性，体现出批评家强烈的主体意识。李健吾视自我为批评标准，强调个人体验感悟，注重对作品的沉潜体味。在评蹇先艾的《城下集》时，他从自我阅读感受入手指出：

> 蹇先艾先生的世界虽说不大，却异常凄清；我不说凄凉，因为在他观感所及，好像一道平地的小河，久经阳光熏炙，只觉得清润可爱：文笔是这里的阳光，文笔做成这里的莹澈。他有的是个人的情调，然而他用措辞删掉他的浮华，让你觉不出感伤的沉重，尽量去接纳他柔脆的心灵。这颗心灵，不贪得，不就易，不高蹈，不卑污，老实而又那样忠实，看似没有力量，待雨打风吹经年之后，不凋落，不褪色，人人花一般地残零，这颗心灵依然持有他的本色。③

李健吾虽然尊重作者的个性，却绝不被作者意图牵引，不以作者为作品解释的权威。李健吾对巴金《爱情的三部曲》的批评，当时的巴金已是声名大噪的作家，新出版的作品又颇受好评，但李健吾发现这三部小说存在着共

---

① 勒美脱尔．批评中之人格 ［M］//琉威松．近世文学批评．傅东华，译．上海：商务印书馆，1928：40.

② 法约尔．法国文学评论史 ［M］．怀宇，译．成都：四川文艺出版社，1992：224.

③ 李健吾．咀华集·咀华二集 ［M］．上海：复旦大学出版社，2005：50.

同的倾向或者说缺陷，那就是过度的"热情"情调。这种"热情"导致了作品情感的泛滥，导致了叙述的粗放。后来，巴金提出反批评，李健吾又对自己的阅读"印象"进行了辩护。相较于同时期其他批评家，李健吾的批评往往独抒己见、实话实说，但在批评表达上则有情有理、坦诚婉转。

　　总体来看，印象批评关注批评对象的审美属性并以审美的方式传达文本的审美特色，因而相对其他批评方法，其感性主观色彩强，一定程度上影响了批评活动本身的严谨性与客观性。因此，在一些批评者的实际批评实践过程中，批评话语常常不能直接抵达作品内部，而只是呈现出一些浮光掠影的感悟。有的学者指出："有些批评家顺着李健吾式的路子跑，却走了极端，不问批评对象是否合适，都用印象式批评，写起文章完全不做理论分析，全靠'印象'与'感觉'，批评文章表面上很漂亮，可没有力度和深度。"① 印象批评尽管有一些不足和盲点，但印象批评在当今仍有其存在的意义。印象批评的存在强调批评者的主体意识，鼓励批评家的个性和风格的发展，可以作为对社会历史批评等批评方法的参照与补充，使当代文学批评的格局更加和谐。同时，随着西方崇尚科学性的文学批评思潮和流派的涌入，批评的理性的一面被进一步增强，而感性的一面被弱化。印象批评可在一定程度上弥补这一偏向。

二、印象批评的实践操作

　　作为一种批评方法，印象批评具有一定的实践操作性。印象批评以对作品的印象为评论的切入点，所以批评展开的起点即对作品印象的捕获。批评家要获得对作品的"印象"则要以"虚静"的审美心境进入文学作品中，消除自己对作品已有的认知与评判理性，以"虚空"的状态迎接作品带给自己的审美冲击。在这一过程中，批评者获得的"印象"往往带有个人色彩，它不是对作品的一般性感知和印象，而是批评者的灵魂与作品审美性遇合的产物，是批评者对作品独特的发现与审美体验，也蕴藏着批评者独有的人生经验与认知理性。李健吾对叶紫作品的评论就是从"叶紫的小说始终仿佛一棵烧焦了的幼树"的直接印象入手。印象批评需要评论者有很好的审美敏感性，能够对作品有着自觉的审美直觉，这就要求评论者具有一定的艺术修养与认知判断能力，评论者要具有较强的文字表达能力和文学创作能力，只有这样

---

① 　温儒敏．中国现代文学批评史［M］．北京：北京大学出版社，2000：148.

才能在一定认知理性的基础上通过自己的语言审美化地对文学作品展开具体分析研究与批评。

批评家李健吾指出："从'独有的印象'到'形成条例'正是一切艺术产生的经过。"① 印象批评的过程也是这样的过程，以直观的方式获取对作品的印象后，要让其形成"条例"，也就是让其从最初的模糊、朦胧到逐渐清晰、成形进而成为一个审美有机体，成为"一个境界"。这一过程建立在批评者对文本平和、细腻带有主观代入性的阅读与审视过程中。在这过程中，批评者抓住对文本的特殊感受进行言说与分析阐释。李健吾就李广田的诗歌做了以下的评述："我记得第一次芦焚先生抓住我的注意的，是他小说的文章，一种奇特的风格。他有一颗自觉的心，一个不愿与人为伍的艺术的性格，在拼凑、渲染、编织他的景色，作为人物活动的场所。"② 正是建立在对李广田作品"不愿与人为伍的艺术的性格"的整体感知的基础上，李健吾展开对其作品的评论。

印象批评被批评者自己视为一种艺术创作活动，本身具有审美性，因而在语言表述上，印象批评的文字描述或文字评述往往具有很强的抒情性。批评者多用清新活泼富于美感的语言描述自己对批评对象的鉴赏与感受，表达自身对作品的审美感受与阅读愉悦感。印象批评的评述方法灵活多样，或整体表述，或鸟瞰全篇，或专做一论，或点染评说，批评者常常运用各种文学修辞手法，或排比、对仗，或比喻、象征，或直抒胸臆，或含蓄蕴藉，因此批评文章常常灵活婉转、轻盈自如，并通过营造某种情调、氛围与意境，使读者陷入某种审美情境之中。

由此，印象批评的实际操作需要批评者通过对作品的阅读形成属于自己的审美印象并进而获得整体审美感知与理性判断，最后凭借批评者独有的审美直觉与较强的语言表达能力对作品做出审美评析。

---

① 李健吾．咀华集·咀华二集［M］．上海：复旦大学出版社，2005：15.
② 李健吾．咀华集·咀华二集［M］．上海：复旦大学出版社，2005：104.

第三节　印象批评实践

批评实践一

温柔的建构
——刘文青诗歌印象

　　当彩虹坍塌的时候/你是唯一可以信赖的高度（《蓝》）；与禅意中的锈色类似/与朝露类似/多么迷离/这不可叙述的香（《秋香》）；我是一个被蝴蝶赶出故居的人（《退守》）……刘文青诗歌的起笔总有几分意象堆叠的悬疑，不同诗歌意象内涵与外延的碰撞，使诗歌的抒情空间刹那间被打开。读刘文青的诗歌需静下来，诗人以颇为熟稔的技巧，在诗歌中配置部分不同的意象，这些意象各带使命，自行抒情，自行叙述，自己完成自己的建构，而诗人似乎跳脱其外。是的，我说的是，刘文青诗歌自然、隽永又饱含深情的抒情风格以及诗人在诗歌抒情的过程中自始至终节制与自律。

　　刘文青诗歌多以第一人称展开抒情，以"我"或"我们"作为抒情主人公，诗歌中自然也就预设了"你"或"你们"的存在，在刘文青的诗歌作品中，也确有一些作品，抒情过程中有"我"与"你"或"你们"的互动。这种人称布局，容易使作品构成情节猜想，更容易唤起读者的参与与情感认同，这种抒情视角情感的抒发往往较其他视角更酣畅尽兴，抒情主人公内心的情感状态也更易被读者捕捉与感知。在刘文青的诗歌作品中，抒情主人公却多以欲说还休的面目出现，虽然"我"是"我"，"我"在说，但"我"又是清风、鱼儿、香气、月光……"我"借用或被其他事物借用完成塑形。所以，在刘文青的诗歌中始终有一种美学张力，那就是诗人浓郁的情感与节制的情感抒发方式的对峙，这种对峙产生的审美涟漪依托的媒介就是诗人安置在作品中纷繁的抒情意象。

　　我们以诗歌《谷雨》为例。第一节：当故园的妆容被一场场暴雨切割/河流负责接纳哭泣的花瓣，也负责/把杂草丛生的记忆夷为平地。诗歌起笔险峻，故园与毁灭关联，作品铺设了暴雨、河流、花瓣、杂草等意象。第二节：

羊群向白云靠近/豺狼和骏马仓皇出逃/春天被草率装殓/孩子们用丛林法则/把她埋葬在沙漠。第二节承接第一节，继续蓄势，行为主体由自然物向社会物过渡，孩子们与埋葬对峙。第二节中的意象有羊群、白云、豺狼、骏马、春天、孩子们、她、沙漠。诗歌内部蓄积力量的爆发点在第三节。第三节：而我们/重新沦为手无寸铁的孤儿。第三节短短两句，戛然而止，而读者的审美涟漪才刚刚开始。这首短诗，句句设有意象，意象密集又互相指涉，诗歌的抒情与所指正是靠着这些纷繁意象传递的。由"暴雨"而来的粗暴毁灭感，因为"河流"的接纳与宽慰有所缓冲，"河流"却又有着消除记忆的功能，看似舒缓、宽容的力量有了更为致命的摧毁力。刘文青的诗歌常常选择这种具有内部结构张力的意象来行文，除了"河流"，《谷雨》中的"孩子们"亦是如此，在这里，孩子们既是新生力量又是毁灭力量。他们负责将"她"埋葬。"骏马"的"出逃"，"春天"的"装殓"，语义本身就相互悖反。"羊群"走向"白云"，有着被时间消解的空荡。正是因为诗歌中密集的歧义交叠的意象，刘文青的诗歌不需要诗人自己太多个人化的抒情语言的引导，诗歌抒情主题与审美空间自行在这些意象的搭建中生成。所以，"而我们/重新沦为手无寸铁的孤儿"这样的自我表述，水到渠成，却又直击内心。刘文青的诗歌篇幅都不长，但读下来是需耐着性子的，诗人将情感隐藏在每一字句之中或之间，每一字都需慢慢消化。作为诗歌的标题，它更需要我们反复揣摩。《谷雨》这首诗中，谷雨本是二十四节气之一，谷雨终，夏初至。谷雨意味着万物由春的萌动、试探到夏的勃勃生机、欣欣向荣的更迭。在这里，谷雨日就具有了春之终结的意味。诗人以"谷雨"为题，在谷雨时日的更迭中，"我们/重新沦为手无寸铁的孤儿"，就此有了缘由。一个敏感、深情、带有幻灭感的抒情主人公形象就此呈现。细读《谷雨》，我们虽感沉重却不绝望、荒凉，这与刘文青一贯的抒情策略有关，一是靠繁复、密集的意象抒情，二是意象轻盈、柔美。

例如，《牧羊人的背影》：水边是隆起的虹和旧梦/而市井被缩写在一枚枯叶上/蝉鸣随之落地飘零……诗歌的起笔依然是用兴的手法，伴随水、虹与旧梦而来的幻灭感；枯叶、蝉鸣、飘零这些语义组合又呈现出一片萧瑟。他梦见/那些滞留在童年的笑靥/正在沉沦/这个秋天/他故乡的河水渐又丰腴/翠鸟逐素云。童年的笑靥、故乡丰腴的河水、翠鸟的灵动、纯净的云朵，此部分诗句又跳脱出起笔诗句的阴郁色彩，因为"梦见"。他被圈养的村庄之外/残阳如血，归人如泣/他/把羊群赶回自己荒芜的内心。诗歌情绪再转，村庄之外，残阳、归人。最后，诗句落在——他/把羊群赶回自己荒芜的内心，有失落，有宽慰。这首诗依然是意象密集的，并且不同结构层的意象间有着情绪的反转与疏离，互相对峙。这首诗也依然呈现出了孤独的主题，但是这种孤独不是呼号式抑或自怨自艾式，而是平静的体认。与《谷雨》一样，诗人的情感始终是收敛在意象之中的，这种情感多带有感伤色彩，这种感伤因为对人生有着善意的理解，又有着一份慈悲与安详。同样，两首诗也都多选取了轻盈、柔美、舒缓的形象作为主要意象——《谷雨》中的河流、羊群、白云、孩子们、花瓣、骏马等；《牧羊人的背影》中的流水、虹、蝉鸣、夕阳、翠鸟、素云、羊群等。这种意象结构布局及意象选择偏好绝不是偶然的，在《假如》《退守》《蓝》《小满》等诗歌中都是有迹可循的。诗人意象运用上的策略与诗人诗歌写作中的主题之间往往构成强大的审美张力，使刘文青诗歌更具别样审美韵味。《谷雨》中的幻灭、遗忘主题，《牧羊人的背影》中的孤独主题，这些主题是中西方文学史上永恒的母题，千百年来多少文人墨客各自用自己的方式做着不同的表达，每一种表达中透露的是作家对自我及生命宇宙的理解。生命的漂泊感、孤独感甚至宿命感是刘文青诗歌中常见的主题（可参见《我们》《经过》《紫色信函》《蓝》等作品），而蝴蝶、流水、白云、羊群、游鱼等意象也是其此类诗歌中常见的意象。诗人用轻盈、舒缓、柔美之物延宕生命的孤独感、宿命感等复杂情感，在意象的密集呈现之中，这种延宕的美感反复叠加从而造就了刘文青诗歌绮丽、高逸、舒缓、蕴藉的美学风格。

文学评论中常用"文如其人"来评价作家作品风格与作家个性、气质、禀赋的内在一致性，我们以为这样的认识是有一定道理的。刘文青为人宽厚、内敛，写诗多年，佳作颇多却一直行事低调，近些年更是以提携后辈诗人为要。他曾经与诗人潞潞谈过自己的创作经验，他把诗歌创作比喻成"放羊"，随性、自然方是诗歌创作的最佳境界。可以说，其诗歌自然、酣畅不做作的气度，便是其创作观的最佳诠释。

载 2019 年 11 月 1 日《山西日报·文艺副刊》

批评实践二

电影《爱情的牙齿》印象

十载春光，三段恋情。青涩少女，成熟少妇。

时间的流逝，没有留下什么，鲜活的感情渐行渐远，只是身体的疼痛不时地提醒着人们发生过什么。

如果爱情注定幻灭，在时间的灰尘里，我该怎样记住你？——这就是电影《爱情的牙齿》给我们提出的命题。

就在那个下午，我看完了这样一部让人清醒的难以自禁的电影。我想，我的不安总该是有理由的。我之前看过了那么多部电影，却不曾有这样久久不能平息的莫名的悲戚与感怀——是女人太过真实的情感表达让我动容，还是影片所要表达的命题太过沉重？

一段青涩的还未开启的初恋，用一记板砖和男孩子的溺水做了沉重的铭记。与中年男人不合时宜却又自焚般的恋情，在引产的疼痛中以及自此相伴的别人的白眼中被反复提及与回忆。活在这两者加在自己身上与生命相随的肉体疼痛所唤起的真实情感体验里，钱叶红很难去经营苍白、琐碎的婚姻生活。那两段曾经的恋情，又是否真实，一段纯洁犹如清澈的小溪，一段热烈犹如燃烧的火焰，在时间的流逝中，却都消融在无息的空气里。现在，那爱情是否只是幻觉？

一、疼痛与爱情

疼痛是一种最直接让人关注自己身体的方法，没有什么方法比疼痛让人更觉得自己在活着。影片本就是爱与痛的变奏，这种痛不仅是爱情带给主人公心灵上的痛楚，而且更多的是肉体疼痛所代表的生命鲜活的状态。当心灵不能主动承受与表述某种生存重压或者某种生存状态时，身体就成为这种压力的承担者与表述者。身体的破损以显性的姿态，提醒与表露着内在的你的某种存在状态。

三段恋情，均与身体的疼痛有关。这些疼痛让一段段爱情在身体上有了附着点。前两段爱情中的疼痛，都是主人公被动地去承受。因为，这些时时隐隐约约的痛（何雪松的板砖带给钱叶红身体上的痛，中年男人带给钱叶红更多的是引产带来的耻辱，这种耻辱犹如那块板砖遇到合适的气候，总会牵扯出更多的痛感）让钱叶红在此时一遍遍地重温与感受着彼时的那段感情与那个人。两个男人以及两段感情由此得到佐证。

毫无疑问，婚姻于钱叶红来说只是一个摆脱现实困境的避难地。五年的两地生活无波无澜地过着，因为丈夫的不在场，她从没有主动地想过，他们之间是否有爱情。当几年后，丈夫真正地回到了这个家庭，她不得已每天去面对这样一个陌生人。她决定离婚，因为在她的心里，婚姻与爱情有关。在爱情中只有带给她痛感的人，她才能够记住他。"只有疼痛才能让我记住你。"丈夫说。之后，他拔掉了自己的虎牙，因为他也想让痛来铭记。钱叶红或许只有此时才了悟了感情的玄机——痛感让人铭记。

所以，她主动来到牙医诊所，要求在不打麻药的情况下拔掉和丈夫虎牙同样位置的一颗牙。

当爱情注定荒芜，当你注定转身而去，我该怎么做才能在时间里留住你？

如果爱情非要这样费尽心机，非要这样鲜血淋漓地来铭记，那么，爱情最初的重量在哪里？

二、爱情的重量——疼痛与记忆

昆德拉在他的小说《不能承受的生命之轻》中曾经表述过生命轻与重的辩证关系。欢乐、微笑、成功、喜悦在传统价值观中被视为正价值，被人们肯定与追求，而悲伤、失败、眼泪、痛苦被视为负价值而被否定与回避。这些生命中的负价值却增加了生命的质感，让我们紧贴生存的大地，有意义地前行。

电影《爱情的牙齿》探讨的实则是同一个话题。爱情如果仅是同喜、同乐，没有认真的付出与长久的别离，那还能成为爱情吗？因为那些隐痛，爱情甚至超越了原来的意义。

只是，任何的爱情都有保质期，没有什么可以抵得过时间。在时间里行走，遗忘让一切曾经的努力毫无意义，当我注定会在彼时遗忘你，此时我又怎愿舍弃？

影片又似乎看透了时间的玄机，故选择身体的痛苦来承受与抵抗时间流逝中遗忘的无情。只是，这种体肤的疼痛在时间的流逝中又会坚持多久？爱情本就是一种行为艺术，只有在自身的表演中才呈现其真正的意义，之后的追悼或者回味，变成爱情的另一重所指，证明着爱情的短暂与易逝。

　　"疼痛是通往爱情的捷径。"（本片导演语）钱叶红在身体的疼痛中亲历了三段感情，而这些感情是否真的如她身体痛感带给她的那般鲜活？当与丈夫离婚后，钱叶红遇到了那个让她自焚般恋过的中年男人——这个男人给她的是她认为最刻骨铭心的爱情。这次相遇的结果，只是证明了那段感情只是过去式的存在，与现在毫无关系了。钱叶红怅然若失，她不明白自己铭记这么多年的人，为何此时如此陌生、毫不相干。她在街头闲走了一天，似乎寻找着什么——用记忆来维系的爱情，只是记忆编造的一场幻觉——爱情只是现在进行时！当钱叶红用拔牙来告别自己的婚姻时，她所做的只是为了铭记一个爱过自己的人，在疼痛中她试着找寻爱情，而爱情又岂是在刻意的身体疼痛中找得到的东西？那些痛，那些疤痕，在时间中有时只是一张张票根，告诉你，你曾经到过哪里，而现在你却早已不在那个地方了。

　　所以，对《爱情的牙齿》这部电影，我更想说，身体的疼痛是通往爱情遗骸的捷径！

第三章

形式主义批评：理论与实践

　　形式主义批评是关注文学作品自身语言结构、形式特点和文学风格的一种批评方法，这种批评模式最早出现在 20 世纪一二十年代，从俄国形式主义到新批评再到结构主义批评都可归于形式主义批评模式之下。之前的西方文学批评或注重模仿论，来阐释文艺与现实生活的关系；或注重表现论，来解决文学与人主观世界的关系问题。形式主义批评的出现可以说是对 19 世纪以来的社会学批评以及实证主义批评等关注文学外部因素批评方法的一种反驳，将文学批评研究的重点由内容转到形式。"形式主义批评家所研究的核心问题可以简述为文学作品是什么？文学作品的形式和效果是怎样的？这些形式和效果如何实现的？这些问题的答案都应该直接来自作品文本。"① 本书中的形式主义批评主要讨论 20 世纪初的俄国形式主义批评流派和 20 世纪三四十年代出现在英、美国家的新批评流派。

第一节　形式主义批评理论的出现与发展

　　形式主义批评作为 20 世纪西方最为重要的文学批评方法之一，其出现和发展与现代西方文化发展中的科学主义思潮与语言学转向有着紧密的关系。

一、俄国形式主义
俄国形式主义作为西方现代形式主义流派的源头，出现于俄国十月革命

---

① 古尔灵，雷伯尔，莫根，等．文学批评方法手册［M］．姚锦清，黄虹炜，叶宪，等译．沈阳：春风文艺出版社，1988：95.

之前，由两个组织自发组成，即 1915 年成立的莫斯科语言学会和 1916 年成立的诗歌语言研究会。前者以罗曼·雅各布森和波格蒂莱夫为代表，后者以什克洛夫斯基、坦尼亚诺夫为代表。这两个组织都采用索绪尔的现代语言学模式研究语言与文学，尽管分处两地，但它们的理论主张基本一致，形成了名为形式主义的文学流派。"形式主义"一词是由对手加给他们的贬义词，后人沿用此词，指称他们的批评理论为"俄国形式主义"。十月革命后，形式主义继续发展，但从 1923 年托洛茨基在《文学与革命》一书中批判形式主义开始，它一直受到攻击，到 1930 年在外界政治压力下，什克洛夫斯基发表声明放弃其文学主张，形式主义开始销声匿迹。后来，雅各布森流亡到布拉格，建立了布拉格语言小组，在海外延续了形式主义传统，后来被纳粹强行解散，雅各布森不得不流亡于美国，在那里他们又建功立业，影响了英美新批评在20 世纪三四十年代的发展走向，到了 20 世纪五六十年代，研究俄国形式主义成了一种潮流。

俄国形式主义主要的理论主张有以下三种。

（一）文学是一种独立自足性的存在

俄国形式主义宣称，文学是一个独立有序的自足体。它独立于作者和欣赏者之外，独立于政治、道德等意识形态之外，甚至独立于社会生活之外。俄国形式主义代表人什克洛夫斯基认为文学不在于通过什么方式反映生活，而在于以何种技巧构造"语言事实"。他说："我的文学理论研究的是文学的内部规律。如果用工厂作比喻，那么我感兴趣的不是世界棉纱市场的行情，不是托拉斯的政策，而只是棉纱的支数和纺织的方法。"① "艺术永远独立于生活，它的颜色从不反映飘扬在城堡上空的旗帜的颜色。"② 什克洛夫斯基强调文学艺术的独立自足性，艺术不去"反映飘扬在城堡上空的旗帜的颜色"，也就是不去反映社会生活中最为主流或者庄重、神圣的精神意义取向，艺术是独立于主流意识形态的，包括政治、宗教、道德等内容，它有自身的本质与规律。

雅各布森则对文学作品的独立自足性做了最为有力的说明，他指出文学

---

① 什克洛夫斯基，等. 俄国形式主义文论选 [M]. 方珊，等译. 北京：生活·读书·新知三联书店，1989：14.

② 什克洛夫斯基，等. 俄国形式主义文论选：前言 [M]. 方珊，等译. 北京：生活·读书·新知三联书店，1989：11.

与非文学的区别在于"文学性"。"文学性"是俄国形式主义批评的核心概念，它是指文学之所以能够成为文学的独特性质，是因为文学能够与其他学科区分开来，成为一门独立自主的系统科学的显著标志。雅各布森说："文学科学的对象不是文学，而是'文学性'，也就是说使一部作品成为文学作品的东西。不过直到现在，我们还是可以把文学史家比作一名警察，他要逮捕某个人，可能把凡是在房间里遇到的人，甚至从旁边街上经过的人都抓了起来。文学史家就是这样无所不用，如个人生活、心理学、政治、哲学，无一例外。这样便凑成一堆雕虫小技，而不是文学科学，他们仿佛已经忘记，每一种对象都分别属于一门科学，如哲学史、文化史、心理学等，而这些科学自然也可以使用文学现象作为不完善的二流材料。"① 在这段文字中，雅各布森提出形式主义批评研究的对象不是文学作品自身，而是文学性，也就是文学割裂与其他非文学要素如社会学、历史学、哲学、心理学等之后属于自身独有的内部的审美特性。雅各布森强调的文学性包括文学的语言、结构和形式，包括文学的手段和方法，但不包括文学的内容。文学性表现在作品的语言中，文学要从语言学研究文学，而不能只从其他学科研究文学。确定文学的研究对象对文学批评是至关重要的，这决定了批评家该采取何种批评方法来研究文学作品。在形式主义者看来，文学性只能在纯粹的文学世界中寻找，其立足点不是对形象思维的运用，也不受艺术家创作激情的支配，而在于文学作品的技巧的运用和选择，即对文学作品结构的处理。文学是一种超然独立的自足体，一种与世界万物相分离的自在之物。形式主义者特别关注语言形式的操作所产生的审美效果，他们运用大量语言学和修辞学的术语来分析文学作品的文学性特质，如转喻、暗喻、象征、对话等，这些成为俄国形式主义者常常用到的术语。

"文学性"作为俄国形式主义最为重要的概念，有着重要的意义，"一方面，它强调文学之所以成为文学的内在依据，并进而维护了文学作品的独立自足性；另一方面，它揭示了文学构成的内在秩序，特别使诗学与语言学联姻，从而使文学研究走向科学化"②。

---

① 转引自托多罗夫. 俄苏形式主义文论选［M］. 蔡鸿滨，译. 北京：中国社会科学出版社，24.

② 邱运华. 文学批评方法与案例［M］. 北京：北京大学出版社，2006：42.

（二）文学"形式"的新界定——"形式决定一切"

传统的文艺观将内容视为作品表达的东西，而将形式视为对内容的表达。俄国形式主义不满传统的内容与形式的二分法。一方面，他们认为传统的形式与内容的划分带来的是概念的含混不清，形式是个含混不清的词，且通常被内容这个词束缚，而内容这一概念更为混乱、更不科学。另一方面，他们力求凸显形式在文学研究中的地位，并希冀以"形式决定一切"来代替"内容决定一切"。日尔蒙斯基指出："艺术中任何一种新内容都不可避免地表现为形式，因为在艺术中不存在没有得到形式体现即没有给自己找到表达方式的内容。同理，任何形式上的变化都是新内容的发掘，因而既然根据定义来理解，形式是一定内容的表达程序，那么空洞的形式就是不可思议的。所以，这种划分的约定性使之变得苍白无力，而无法弄清纯形式因素在艺术结构中的特性。"① 艺术的内容不能脱离艺术形式的普遍结构而独立存在，作品呈现的世界无论怎样客观真实，也不是现实生活本身，而是被作者加工改造了的艺术形象。这些艺术形象本身是艺术形式和文本结构的组成部分。没有文学形式的存在，这些文学形象以及文学作品本身就不会存在，因此俄国形式主义者认为，文学性研究的不是文学的内容，而是要研究文学的形式，这是文学研究走向独立性和科学性的关键所在。

什克洛夫斯基认为"形式为自己创造内容""新形式不是为了表达新的内容而出现的，它是为了取代已经丧失艺术性的旧形式而出现的"②。因此，形式主义者提出以材料与手法对形式与内容进行置换，认为材料与手法的区分能指明对诗歌的形式因素进行理论研究的一种新途径。所谓的材料，一是包括思想、观念、主题在内的思想材料，二是语言材料，包括语音、语词等。对形式主义者来说，材料并不具有自身独立的意义，仅仅是一些原始的素材，它必须经过手法的加工与变形才得以进入文学作品当中。因此，手法在形式主义那里就是对材料的设计、加工与处理。在形式主义者那里，传统上属于内容的部分，如题材、人物、事件等都属于形式部分，传统上属于内容的部分必须经过作家加工、改造才能成为作品的一部分。在形式主义者眼中，作

① 日尔蒙斯基. 诗学的任务 [M]//什克洛夫斯基，等. 俄国形式主义文论选. 方珊，等译. 北京：生活·读书·新知三联书店，1989：211-212.
② 转引自朱立元，张德兴，等. 西方美学通史：第六卷 [M]. 上海：上海文艺出版社，1999：241.

品加工、改造、审美处理的过程也就是形式化的过程，应该纳入形式的范围中。这样，他们实现了对"形式"概念的重新界定，形式创造了内容，创造了文学作品，因此他们强调从形式构成中去阐释内容所具有的构形效果。

（三）陌生化理论

"陌生化"是与"文学性"直接相关联的俄国形式主义的另一个核心概念。俄国形式主义研究的中心是"文学性"的问题，他们认为"文学性"又源于语言形式，那么什么样的语言才真正具有文学性？什克洛夫斯基提出了"陌生化"的概念来阐释语言所具有的文学性效果，他认为只有"陌生化"的语言才具有文学性。他指出：

> 为了恢复对生活的感觉，为了感觉到事物，为了使石头成为石头，存在着一种名为艺术的东西。艺术的目的是提供作为视觉而不是作为识别的事物的感觉；艺术的手法就是使事物奇特化的手法，是使形式变得模糊、增加感觉的困难和时间的手法，因为艺术中的感觉行为本身就是目的，应该延长；艺术是一种体验事物的制作的方法，而"制作"成功的东西对艺术来说是无关重要的。①

什克洛夫斯基认为文艺作品的美感只产生语言、叙述方式、情节构造等形式上的独特性，与内容无关。艺术的技巧就是使对象陌生，使形式变得困难，延长人们审美感知的过程。他认为，文艺创作不能照搬所描写的对象，而是要对这一对象进行艺术加工和处理。陌生化则是艺术加工和处理的必不可少的方法。这一方法就是要将本来熟悉的对象变得陌生起来，使读者在欣赏过程中感受到艺术的新颖别致，经过一定的审美过程完成审美感受活动。在他看来，人们对生活中许多熟悉的事物习以为常，浑然不觉其独特的性质，习惯使人们对这些事物（包括言语行为）的感受变成自动的。艺术的任务就在于恢复人们对事物本来面目的感受，让人们带着一种新眼光去看熟悉的事物，从而产生一种新奇感，这就是陌生化技巧所产生的效果。陌生化是艺术加工和处理的基本原则。

---

① 什克洛夫斯基. 艺术作为手法［M］//托多罗夫. 俄苏形式主义文论选. 蔡鸿滨，译. 北京：中国社会科学出版社，1989：65.

"陌生化"是俄国形式主义提出的核心概念，也是形式主义文论中最富有价值而且至今仍有启迪意义的思想。所谓的陌生化就是将对象从其正常的感觉领域中移出，通过施展创造性手段，重新构造对对象的感觉，从而加大认知的难度和拓宽认知的广度，不断给读者以新鲜感的创作方式。文学的价值就在于让人们通过阅读恢复对生活的感觉，使人们在这一感觉的过程中产生审美快感。审美感觉的过程越长，文学作品的艺术感染力就越强，陌生化手段的实质就是要设法增加对艺术形式感受的难度，增加审美欣赏的时间，从而达到延长审美过程的目的。陌生化也可以理解成奇特化、反常化、间离化，或反熟悉化。受到陌生化概念的启发，布莱希特提出了"间离效果"（alienation effect）的观念。他认为，文学作品往往被当作对社会现实的真实再现，使读者或观众在读书或观剧的时候不自觉地将自己等同于作品中的人物，从而丧失了在清醒状态之中的批判能力，这在政治上产生了倒退的后果。他让女演员扮演剧中的男性，就是为了将男性角色陌生化，提醒观众注意这个角色的男性属性。

形式主义者的一个重要理论主张就是，文艺创作的根本目的不是要达到一种审美认识，而是要达到审美感受，这种审美感受就是靠陌生化手段在审美过程中加以实现的。什克洛夫斯基将研究文学价值的重点放在读者的审美感受上，文学作品与其他非文学作品的本质区别就在于人们在阅读过程中能否产生审美感受。文学的价值就在于让人们通过阅读恢复对生活的感觉，在这一感觉的过程中产生审美快感。什克洛夫斯基在托尔斯泰的小说中发现了大量运用陌生化手法的例子。他指出了托尔斯泰小说中存在着"不用事物原有的名称来指称事物，而是像描述第一次看到事物那样去加以描述"的陌生化现象。他还把陌生化理论运用到小说研究中去，提出了两个影响广泛的概念，"本事"和"情节"。作为素材的一系列事件，"本事"变成小说"情节"，必须经过作家的创造性变形，使其具有陌生的新面貌，作家越自觉地运用这种手法，作品的艺术性就越高。

二、英美新批评

英美新批评是现代西方的一个文学批评流派，"新批评"因兰色姆于1941 年出版的《新批评》一书而得名。其发展分三个阶段。第一阶段是 20世纪 20 年代，英国的 T. S. 艾略特、I. A. 理查兹和威廉·燕卜荪以及美国的约翰·克罗·兰色姆和艾伦·退特等人，开始提出一些新批评的基本观点并付诸实践。20 世纪 30 年代和 40 年代为第二阶段，这一时期认同并支持新批评这种形式主义的人大量增加，新批评的观点迅速扩展，直接影响了文学期刊、大学教学和课程设置。其主要代表人物除上述五人外，还有 R. P. 布莱克默、科林斯·布鲁克斯、雷内·韦勒克和 W. K. 维姆萨特等。第三个阶段从 20 世纪 40 年代末延续到 50 年代后期，这一时期新批评占据了主流地位，形成了制度化的批评模式，失去了"革命的"气息，批评家的著作大多阐述新批评的原则，缺乏创新。到 20 世纪 50 年代末，新批评失去了它的生命力，虽然在大学教学中仍被应用，但许多人认为它已经过时，人们开始以新的理论观念对它进行批判和超越。英美新批评以文本为中心，认为文学的本体即作品，文学研究应以作品为中心，对作品的语言、构成、意象等进行认真细致的分析。他们尤其注重诗歌文本的细读，把诗歌文本看成一个独立自足的有机整体，着重考察诗歌语言的反讽、悖论、象征等构成的张力结构。

新批评与俄国形式主义有许多相似之处，它们主要的目的都是探讨独特的文学性所在，但新批评与俄国形式主义又有许多不同，它有自身的特性。布鲁克斯把新批评的特征概括为五点：（1）把文学批评从渊源研究中分离出来，使其脱离社会背景、思想史、政治和社会效果，不考虑"外在"因素的纯文学批评，只注意文学客体本身；（2）集中探讨作品的结构，不考虑作者的思想或读者的反应；（3）主张一种"有机统一"的文学理论，不赞成形式和内容划分的二元论观念，强调作品中词语与整个作品语境的关系，认为每个词对独特的语境都有其作用，并由它在语境中的地位产生意义；（4）强调对单个作品的细读，特别注意词的细微差别、修辞方式以及意义的微小差异，力图具体说明语境的统一性和作品的意义；（5）把文学与宗教和道德区分开来，这主要是因为新批评的许多支持者具有确定的宗教观而又不想把它放弃，也不想以它取代道德或文学。新批评的主要理论主张有以下几点。

（一）文学本体论

兰色姆认为，批评应当是一种客观研究或内在研究。"本体，即诗歌存在的现实"，文学作品本身就具有本源价值，本体论批评就是对文学作品这个独立自足的存在物做客观科学的研究，他提出"构架—肌质"论。维姆萨特和比尔兹利写的《意图谬误》和《感受谬误》进一步确立了文本的中心地位。文学作品是一个有其自身特征的独立客体，只有在作品中才永存着一种"规范体系"。以作品为本体，从文学作品本身出发研究文学的性质成为新批评的理论核心。

本体论本是一个哲学术语，兰色姆却把它用于文学理论中。他在《世界的形体》中反复阐释他所谓的"本体论"的批评观点，首次提出了批评应着眼诗的"本体"理论，因为诗是一种具有"存在秩序"的"本体"。诗是一个独立的话语制成品，布鲁克斯在《精致的瓮》里声称，真正值得注意的是"诗之所以是诗"，一首诗就是一个独立自足的实体。新批评著名的"意图谬误"强调，一首诗的意义在它的内部，是由其话语层面的语法、词义等决定的，不决定于诗人在谈话、书信或日记里吐露的意向；抒情诗中的"我"不代表"诗人"自己，而是诗歌中的戏剧化人物。作品的意义与作家的意图不相干，不能把作家在别的场合表现的意图强加到作品中。同样，人们研究作品也没有必要考虑作家的主观意图。"感受谬误"则针对读者而言，告诫读者不要盲目地动情，错误地认识和分析作品。换句话说，读者的感觉不一定是可靠的。这样，新批评就确立了作品/文本的核心地位。维姆萨特还认为，诗人不可能离开作品来表现情感，只有通过诗歌语言才能表达情感。他反对把作品当作诗人表达情感的工具，思想情感的生命不在于诗人而在其诗歌之中。韦勒克和奥斯丁·沃伦合著的《文学理论》用了大量篇幅来论证不应当花大力气进行"文学的外部研究"，他们强调"文学研究的合情合理的出发点是解释和分析作品本身"，有关作者生平、所处社会环境以及创作过程的考究，表明作品只是作家表现自我的注脚而已，这类因果式研究、编年史式的解释，属于作品的外部范畴，并未触及作品的本质。总之，新批评的本体论认为，作品是文学活动的本质与目的，作品应成为文学研究的核心，文学批评应以作品为本体，反对把作品视为作家与读者的中介，驳斥浪漫主义文论家把作家当作文学的起点、作家表现自我才有了作品的观点。

（二）有机整体论

在新批评理论家的眼里，一首诗不仅是一个独立自足的天地，而且还是一个有机的整体。瑞恰兹在《文学批评原理》里把诗定义为"某种经验的错综复杂而又辩证有序的调和"。诗的本质就是矛盾的调和，这种调和处于一种富有活力的动态状势中，诗的意向、情感、思想、内涵、外延等有机地交织在一起。在保持动态平衡这点上，诗歌与戏剧是类同的，内在的矛盾冲突深深织进了两者的肌体中，形成一种结构性的张力。因此，读者接受一首诗应当对其多种意义进行整体的把握，诗歌需要细致的感受而不宜妄加说明。新批评特别反对用意译的办法把一首诗简单化，使其成为一个平面的陈述，人们称这种做法为"意释误说"。与俄国形式主义极端强调形式不同，新批评认为作品的内容和形式是一种辩证的构成体，无论是诗歌、戏剧或小说，其中的事件都是内容的部分，但把这些事件组织规整为情节的结构方式，它们则又属于形式的部分。文学作品的内容包含各种因素，既有内容与形式，又有感性与理性、内涵与外延、想象与张力等成分，它们的内在构成是一个辩证的有机体。部分可以决定整体的含意，整体又制约着每个部分的精微意义，甚至每个字、词、句都会在由其相关意义构成的语境中呈现出它的特定意义。所以，新批评强调进入作品内部，全面而又细致地对作品的内容、形式、结构、意象、词语等进行整体的把握和分析。

（三）语境理论

语境理论是新批评语义分析的核心问题，也是人们理解新批评方法的前提。这一理论由瑞恰兹提出，后来得到新批评派的赞同和运用。新批评的语境和语言学说的语境不完全一样。语言学中的语境指的是某个词、句或段，以及与它们的上下文的关系，正是这种上下文确定了该词、句或段的意义。在此基础上，瑞恰兹进一步扩大了语境的范围。瑞恰兹指出："最一般地说，'语境'是用来表示一组同时再现的事件的名称，这组事件包括我们可以选择作为原因和结果的任何事件以及那些所需要的条件。但是，由于我们所讨论的代表特性的功效，意义所依赖的因果关系的再现形式十分特别。在这些语境中，一个项目——典型情况是一个词——承担了几个角色的职责，因此这些角色就可以不必再现。于是，就有了一种语境的节略形式，这种形式只有在生物的行为中才表现出来，而且在人类的行为中表现得最广泛、最明显。当发生节略时，这个符号或者这个词——具有表示特性功能的项目——就表示了语境中没有出现的那些部分。"① 从上面瑞恰兹对"语境"的描述，我们可以看出，文体意义在作品中变动不居，意义的确定是文辞使用的具体语言环境复杂的相互作用的结果。一个词是从过去曾发生的一连串复现事件的组合中获得其意义的，那是词使用的全部历史留下的痕迹。同时，词义又受具体使用时的具体环境（包括上下文，风格、情理、习俗等）的制约。瑞恰兹

---

① 赵毅衡．"新批评"文集［M］．天津：百花文艺出版社，2001：333-334.

已经把"语境"的范围从传统的"上下文"意义扩展到最大限度，不仅是共时性的"与我们诠释某个词有关的某个时期中的一切事情"，而且是历时性的"一组同时复现的事件"。在瑞恰兹的理解中，词义是由纵横两种语境的相互作用确定的。燕卜荪的《复义七型》就是运用瑞恰兹的语境理论对文本进行细读的，他的论述越出文本范围，吸收历史、文化、心理等因素作为阐发的证据，涉及了整个文明史。由此可见，新批评的语境理论具有十分开阔的视野，体现了新批评对文学语言的新认识。语境构成了一个意义交互的语义场，词语在其中产生了丰富的言外之意。

第二节　形式主义批评的实践操作

形式主义批评关注作品的形式，强调批评的"客观性"，关注文学文本本身，只在文本内部探究作品的内在特性。俄国形式主义与英美新批评包括结构主义批评各自建立了自己的理论观点与概念范畴，这些理论观点与概念范畴具有一定的实践操作性。

一、俄国形式主义批评理论的运用——陌生化理论的运用

俄国形式主义理论家雅各布森说："文学科学的对象不是文学，而是'文学性'，也就是说使一部作品成为文学作品的东西。"[1] 也就是说，文学研究的对象是文学本身的特性，是文学与一切非文学比较所具有的差异性，是文学之所以为文学的那种东西。文学的文学性如何得以展现，如何才能让读者强烈地感受到文学性？俄国形式主义者认为，是陌生化的作用使文学性得以展现。所谓的陌生化，是指对日常语言以及前在的文学语言的违背，从而创造出一种与前在经验不同的特殊的符号经验。这种对日常语言的偏离和传统文学语言的反驳，体现了陌生化质的规定性：取消语言及文本经验的前在性。取消前在性，意味着在平常的创作中要不落俗套，要将普通的、习以为常的、陈旧的语言和生活经验通过变形处理，使之成为独特的、陌生的文本经验和

---

[1] 转引自托多罗夫. 俄苏形式主义文论选 [M]. 蔡鸿滨，译. 北京：中国社会科学出版社，1989：24.

符号经验。前在性的取消，就是要打破我们接受文本的自动化的常规反应，将文本的可感性前置。陌生化正是一种重新唤起人们对周围世界的兴趣、不断更新人们对世界的感受的方式。作者在创作过程中要力求文本的可感性前置，接受主体也必须摆脱感受性的惯常化，突破事物的实用目的，超越个人的种种利害关系和偏见的限制，带着惊奇的目光和诗意的感觉去看事物。由此，原本司空见惯、习以为常、毫无新鲜感可言的事物，就会焕然一新，变得鲜明可感，从而引起人们的关心和专注，重新回到原初感知的震颤瞬间。什克洛夫斯基说："艺术的目的是提供作为视觉而不是作为识别的事物的感觉；艺术的手法就是使事物奇特化的手法，是使形式变得模糊、增加感觉的困难和时间的手法……艺术是一种体验事物的制作的方法，而'制作'成功的东西对艺术来说是无关重要的。"①

什克洛夫斯基认为，"诗歌语言确定为受阻碍的、扭曲的语言"。他号召诗歌语言创作的陌生化，掀起了诗歌创作新奇化的思潮。什克洛夫斯基认为，包括声音、意象、节奏、韵脚、语法结构、各类修辞等在内的文学构成要素，都具有"陌生""疏离"的效果，而诗歌相对其他文体更注重自身语言的高度蕴藉性，因而其也是更加高度"陌生化"的语言。日尔蒙斯基运用形式主义方法对普希金的诗《为回到遥远祖国的岸》进行了细致分析。他首先对诗歌的整体结构方式进行了剖析，指出了诗歌的分行分节方式和押韵方式，揭示了诗歌韵律结构的特点。他立足诗歌语言与实用语言的差异，具体细微地分析了诗歌语言是如何偏离日常语言而产生审美效果的。其中包括诗中诗人所使用的种种修饰的语言、修辞技巧和语词组合技巧。他指出这些独特的语言表达方式不仅提供了生动的场景和细腻的情感体验，还使读者的注意力转移到视觉形象上了，延长了读者对事物的感受的过程，更新了读者的陈旧经验。这正是陌生化的诗歌语言给读者带来的审美感受。在对诗歌语词技巧进行了局部的细节分析后，日尔蒙斯基最后对诗歌的整体风格进行剖析，并表明了自己的批评观念：普希金《为回到遥远祖国的岸》不是直接吐露情怀的抒情诗，它提供了生动的场景，有着叙事的成分，其抒情色彩是通过音韵的感染和韵律的排偶，以及各种语言的修饰来实现的。诗人的感情似乎回到了

---

① 什克洛夫斯基. 艺术作为手法 [M]//托多罗夫. 俄苏形式主义文论选. 蔡鸿滨，译. 北京：中国社会科学出版社，1989：6.

过去，在那里凝滞，其并被升华为超时间的不变的物，只到末段，才回到现在时态的瞬间。节奏的缓慢使诗歌必然带有各种修饰语，整首诗的结构呈现出舒缓、平稳、有序的节奏。其中流宕着浓郁的抒情成分和生离死别的场景却让人为之震撼和感动。语言极为朴素，没有华丽辞藻的修饰，也没有奇异独特的暗喻，甚至丝毫没有背离习用口语的朴素性和明确性，而诗人在词的选择和搭配上却独具匠心，技巧的使用也达到了炉火纯青的程度，使仅仅表现普通场景的诗歌产生了不同寻常的审美感染力。诗人的技巧表现在对词汇富有个性、绝不重复和具有综合力的选择与搭配上，每一个后面的词对前面的词总给新的补充，不断增加话语的内涵力量。普希金的这首诗与浪漫主义抒情诗那"歌曲式""激情式"的风格迥然不同，它表现出追求语词的物性含义和音乐般的抒情的感染力。由此，日尔蒙斯基的分析方法为我们的诗歌研究提供了思路，一是从作品语言本身的陌生化处理来寻找作品的审美特异点，这些陌生化处理包括语序的措置、语言的变形，如语言的拆分、嫁接、变更语义等，节奏、韵律、各类修辞手法的运用等，据此分析作品具有强大审美魅力的内在原因。二是从作品整体风格入手，分析语言局部的陌生化处理对作品整体风格的影响。

　　什克洛夫斯基还指出"托尔斯泰小说中常常不用事物原有的名称来指称事物，而是像描述第一次看到事物那样去加以描述"①。例如，托尔斯泰的《量布人》以马作为叙述者，以马的眼光看私有制的人类社会；在《战争与和平》中以一个非军人的眼光看战场，这些都在陌生化的描写中使私有制和战争显得更加刺眼、更加荒唐不合理。他在小说研究中，提出了两个影响广泛的概念，"本事"和"情节"。作为素材的一系列事件，"本事"变成小说"情节"必须经过作家的创造性变形，具有陌生的新面貌，他认为作家越自觉地运用这种手法，作品的艺术性就越高。小说陌生化常常表现为以下两方面：一是视角的陌生化，选用独特视角如动物视角、疯人视角、儿童视角等来展开小说叙述。例如，什克洛夫斯基指出的托尔斯泰作品中以马作为叙述人的动物视角，《狂人日记》中的狂人视角，都属于偏离正常叙述的陌生化视角。二是小说情节的特殊组合或情节的创造性扭曲，属于将"本事"转化为"情

---

　　① 什克洛夫斯基. 艺术作为手法［M］//托多罗夫. 俄苏形式主义文论选. 蔡鸿滨，译.
北京：中国社会科学出版社，1989：7.

节"，这一过程常常经过陌生化处理才能吸引读者，作品因情节的特殊处理而具有特有的审美魅力。例如，改变事物的常规比例，固定并着重渲染某些细节，通过改变故事叙述节奏或顺序放大突出某些情节等，如意识流小说。小说的陌生化同样也反映在语言的运用上，但并不像诗歌刻意追求语言的陌生化，其更加倚重对人物性格、环境、故事做出的夸张的、大幅度的特异化处理。

二、新批评理论观点的运用

（一）细读法

新批评作为在西方文学批评领域有着重要影响的批评流派，其在文本解读方面成绩斐然，其批评理论具有较强的实践性，这与其主张的文学批评方法——细读法有着紧密的关联。新批评主张将文学文本内在结构作为主要研究对象，而不关注时代、道德、宗教以及作家自身等文本之外的外在因素。新批评要求批评家把目光从作品与作家、作品与读者感受方面移开，专注文本自身，特别要关注其认为最具有代表性的文体——玄学诗和某些有此特点的现代诗。这些都是不自觉地运用了节奏、韵律、语调，采用了隐喻、象征、含混、悖论、反讽等各种修辞手法，形成了有张力的意象结构，作品完全由"肌质"构成，理解作品必须从"肌质"入手，因此想要对作品进行了解，就需要对作品细节展开研究。布鲁克斯说，诗人"必须建立细节，依靠细节，通过细节的具体化而获得他多能获得的一般意义"[1]。由此，布鲁克斯提出细读法。细读就是要对作品做充分阅读和深入研究，从作品细节入手，细心揣摩，仔细推敲诗歌的语言和结构，通过对诗歌语言中的悖论、反讽、含混等因素的分析，考察这些因素在作品中的深层意义。显然，要实现新批评的阅读方式，要找出含混、悖论、隐喻、反讽、象征及其形成的张力和统一的结构，批评家或读者必须仔细阅读作品——也就是人们常说的新批评的"细读"。

美国学者文森特·B. 雷奇对"细读"做了如下概括，即在进行细读时，新批评一般要做的是：（1）挑选短的文本，通常是超验主义的诗或现代诗；（2）排除"生成"的批评方式；（3）避免"接受论"的探索；（4）设想文

---

① 赵毅衡．"新批评"文集［M］．天津：百花文艺出版社，2001：377．

本是一个独立自治的、非历史的、处于空间的客体；（5）预设文本既是复杂、综合的，又是有效、统一的；（6）进行多重回溯性的阅读；（7）设想每个文本都是由冲突力量构成的戏剧；（8）连续不断地集中于文本及其在语义和修辞上的多重相互关系；（9）坚持基本上是隐喻的因此也是奇妙的文学语言的力量；（10）避免释义和概括，明确这种陈述不等于作品的意义；（11）寻求一种完全平衡或统一的、由和谐的文本因素组成的综合结构；（12）把不一致和矛盾冲突置于次要地位；（13）把悖论、含混和反讽看作对不一致的抑制和对统一结构的保证；（14）把（内在的）意义只视为结构的一个因素；（15）在阅读过程中注意文本的结构和经验方面；（16）力图成为理想的读者并创造出唯一的、真正的阅读——把多种阅读归类的阅读。按照雷奇的概括，新批评的细读显然不同于其他批评解释和阅读实践。对新批评来说，"阅读"既需要解释也需要评价，而细读过程本身就包含着批评判断的标准。由此，细读法可以归纳为以下几点。一是选择短小精悍、意蕴丰富的文学作品，如玄学诗或现代派诗歌，也包括中国古典诗歌。这些作品充满含混与歧义，适合新批评做精微的语义分析，同时细读法要求读者对作品做回溯性的反复阅读。二是在阅读过程中，对诗歌的语言保持敏感性，要在回溯性阅读的基础上注意诗歌语言之上的暗示、联想关系，仔细分析作品中如悖论、反讽等自身包含着多重意蕴与含混关系的修辞要素。三是想象文本都是由具有冲突力量构成的戏剧，是复杂、综合又统一的张力结构，在分析中发现其各种复杂性因素构成的意义结构与阐释空间，通过分析，在复杂语义场中找到结构平衡的语义要素。

燕卜荪的《复义七型》和布鲁克斯与沃伦合编的《理解诗歌》都是运用细读法分析诗歌的具有代表性的评论著作。

（二）与细读法相关的重要概念、范畴

1. 张力

"张力"（tension）1937年由美国批评家艾伦·退特在《论诗的张力》中首次提出。它是由两个英文词"外延"（extension）和"内涵"（intension）去掉前缀而形成的，意谓紧张关系。艾伦·退特说："我说的诗的意义就是指它的张力，即我们在诗中所能发现的全部外延和内涵的有机整体。"① 就词汇意义而言，内涵是指一个概念所反映对象的本质属性，外延则是这个概念所确指的对象范围。退特进一步发挥，认为内涵是词语的暗示意义或感情色彩，外延则是词语的词典意义或指称意义，张力是二者的协调。诗歌是所有意义的统一体，从最极端的外延意义（extension），到最极端的内涵意义（intension），两者之间往往形成一种"张力"（tension），构成了诗歌的内部结构。张力所突出的是诗歌语义结构的复杂性，新批评认为具备张力的诗才是好诗，而玄学派的诗是符合这一要求的。退特分析了玄学派诗人约翰·多恩的诗句：

> 因此我们两个灵魂是一体的，
> 虽然我必须离去，然而不能忍受
> 破裂，只能延展
> 就像黄金被捶打成薄片。

他认为这些诗句是充满张力的，诗句中蕴含着把整体的、非空间的灵魂容纳在一个空间形象里的逻辑上的矛盾：有延展性的黄金是一个平面，它的表面可以无限延展下去，而灵魂就是这种无限性。黄金的有限形象，在外延上和这个形象所表示的内涵意义的无限性是相互矛盾的，但这种矛盾不会使这种内涵失去作用。黄金所表示的"珍贵""永恒"与黄金形象相得益彰，诗歌的全部意义在内容上蕴藏在明显的黄金外部呈现之中，共同丰富了这对情人之间的情感意蕴，因而诗歌实现了内涵与外延的统一，形成了诗歌的张力。

人们从诗歌内部去厘清各种复杂的关系，观察这些关系怎样达到一种协调或者平衡的状态。"张力"论后来成为"新批评"重要的理论基础，受到新批评派的普遍赞同，他们有时直接将新批评称为"张力"诗学，可见"张力"说在新批评中的重要地位。

2. 含混

含混（ambiguity）出自燕卜荪的《含混七型》（又称《复义七型》），又

---

① 退特．论诗的张力［M］//赵毅衡．"新批评"文集．天津：百花文艺出版社，2001：130.

译为模糊、复议、晦涩等，是新批评常见的术语，指一个单词或者表现方法
导致的多义或歧义，并引发了不同的态度与感情。燕卜荪给复义下的定义是
"任何语义上的差别，不论如何细微，只要它使同一句话有可能引起不同的反
应"① 就形成了语义的含混现象。含混是文学语言、语义，特别是诗歌语言
最重要的特点。文学作品"意"的不可言说性和语言本身的含义对作家言说
的干扰，使文学文本具有多重含义的可能，其既可以强化作家所要表达的意
思，也可能与作家的本意冲突甚至相悖，"含混"就此出现。燕卜荪认为含混
的作用是诗歌的基本要素之一。在《复义七型》中，他"按照逻辑和语法的
混乱程度"罗列了含混的七种类型，使含混程度一层层提高。第一型："说一
物与另一物相似，但它们却有几种不同的性质都相似。"例如，莎士比亚十四
行诗中有一诗句："荒废的唱诗坛不再有百鸟歌唱。"鸟歌唱的树林被比作教
堂中的唱诗坛，这是因为它们有诸多相似的性质，"由于不知道究竟应该突出
哪一种因素，因此就有一种含混之感"。第二型：上下文引起数义并存，包括
词义本身的多义和语法结构不严密引起的多义。例如，艾略特的诗句："魏伯
特老是想着死，看到皮肤下面的骷髅；地下没有呼吸的生物，带着无唇的笑，
仰身向后。"第二句使用的分号作用不明，若相当于句号，第三句中的"生
物"就是主语，若相当于逗号，"生物"就与前一句中的"骷髅"并列为宾
语。"这微小的怀疑使这首诗的主旨——超越知觉的知觉——变得更加怪异"。
第三型："两个意思，于上下文都说得通，存在于一词之中。"双关是最明显
的例子。第四型："一个陈述语的两个或更多的意义相互不一致，但能结合起
来反映作者一个思想综合状态。"第五型："作者一边写一边才发现他自己的
真意所在。"第六型："陈述语字面意义累赘而且矛盾，迫使读者找出多种解
释，而这多种解释也相互冲突。"第七型："一个词的两种意义、一个含混语
的两种价值，正是上下文所规定的恰好相反的意义。"与此相应，他分析了三
十九位诗人、五位剧作家和五位散文家的二百多部作品的片段，来证明含混
在文学作品中无处不在，文学批评不存在终极阐释。

3. 反讽和悖论

布鲁克斯在燕卜荪的细读法的基础上又做了进一步的深化，他强调一种

---

① 燕卜荪. 含混七型［M］//赵毅衡. "新批评"文集. 天津：百花文艺出版社，2001：
343.

有机的文学观，强调诗歌的文本研究，从诗歌的内在结构入手对诗歌进行分析和研究，提出了反讽和悖论两个概念。他认为，反讽和悖论是诗歌语言的本质特征。

反讽（irony）源于古希腊的喜剧，主要作为一种语言修辞手法，德国浪漫主义理论家施莱格尔兄弟则把反讽上升到哲学的高度，他们认为反讽是把握世界本体的一种方法。新批评派中的艾略特、瑞恰兹也都涉及反讽，燕卜荪的含混中其实也包含了反讽，但没有展开，布鲁克斯对它做了详细的解释，他认为，反讽是"语境对一个陈述语的明显歪曲"①，是诗歌的结构原则。因为，语境对词语的歪曲，造成了"能指"与"所指"的断裂，"能指"不再指向一个确定的"所指"，而指向另一个"能指"，词的意义也就发生了扭曲与变形，当言辞的表层结构始终处于词不达意的状态，而真正的语义则意指方向的反面时，诗歌就出现了反讽。悖论（paradox）又译"反论""诡论""矛盾语"，是指那种表面上自相矛盾而实质上千真万确的语句。在布鲁克斯看来，悖论不仅是语义陈述的特征，而且是诗歌的基本结构，是诗歌的本质特征。他说："诗歌的语言是悖论的语言。"② 创造悖论的方法是对文学语言进行反常处理，将逻辑上不相干或者语义上相互矛盾的语言组合在一起，使其在相互碰撞和对抗中产生丰富和复杂的含义。莫言在《红高粱家族》中有这样的语句："我曾经对高密东北乡极端热爱，曾经对高密东北乡极端仇恨，长大后……我终于悟到：高密东北乡无疑是地球上最美丽最丑陋、最超脱最世俗、最圣洁最龌龊、最英雄好汉最王八蛋、最能喝酒最能爱的地方。"这些句子中将意义相反的字词组合在一起，热爱—仇恨、美丽—丑陋、超脱—世俗、圣洁—龌龊，这些相互矛盾的字词的组合拓展了句子丰富的表意空间，表达了"我"对"高密东北乡"复杂的情感。

从传统修辞学的角度来看，悖论强调"似是而非"，反讽则有"口是心非"的味道，具有谐谑讽刺的意味，但两者又有共同的特点，它们的语言都是矛盾的，都是具有"张力"的，因而它们成为新批评重要的批评术语。

---

① 布鲁克斯. 反讽——一种结构原则［M］//赵毅衡. "新批评"文集. 天津：百花文艺出版社，2001：376.
② 布鲁克斯. 悖论语言［M］//赵毅衡. "新批评"文集. 天津：百花文艺出版社，2001：354.

4. 隐喻

隐喻，又称暗喻，从形式上来说，隐喻隐去喻词，由本体和喻体直接结合构成，这使隐喻的重心由一般比喻强调本体、喻体之间的"比"转向了突出两者之间的"同"，由此也使这样一种结合含蓄的意味更加丰富。布鲁克斯说："我们可以用这样一句话来总结现代诗歌的技巧，重新发现隐喻并且充分运用隐喻。"① 隐喻的特点是通过类比的方法使人在意念中观照两种事物，用诉之感官的意象去暗示无法理解而诉之感官的意象，从而使人的心灵向感观投射诗中的隐喻。其与作为一般修辞手段运用的隐喻有着明显的区别，一般修辞手段运用的隐喻，喻体往往是为了说明本体的某种性质而存在的，因而当我们获得本体性质的把握后，喻体亦可以不再关注。在诗中，构成隐喻的本体、喻体同时是诗歌意象的组成部分，在两者的交叉、分离和叠印中，它们共同完成诗意的传达。新批评认为，要使比喻有力，应该将不同语境的事物联系在一起，强调类比事物之间的矛盾性和异质性，相互比喻的两个事物之间的距离越远越好，如果它们之间的联系完全违反逻辑，含义就更丰富。

第三节　形式主义批评实践

批评实践一

陌生化理论视域下莫言《丰乳肥臀》之解读

"陌生化"又称"反常化"或"奇异化"，由俄国形式主义的代表人物什克洛夫斯基提出，是俄国形式主义文论的一个核心概念。俄国形式主义认为文学的本质在于文学性，而"陌生化"则是文学性产生的根本原因。"艺术的手法是事物的'陌生化'手法，是复杂化的手法，它增加了感受的难度和时间，既然艺术的领悟过程是以自身为目的的，它就理应延长。艺术是一种体

---

① 布鲁克斯. 反讽——一种结构原则［M］//赵毅衡. "新批评"文集. 天津：百花文艺出版社，2001：377.

验事物之创造的方式，而被创造物在艺术中已无足轻重。"① 艺术的目的在于唤醒人们的审美感知，"陌生化"手法可以通过创造性的手段，对对象有意偏离、背叛甚至扭曲、变形，使感知摆脱在日常生活中自动化了的先在性，从而唤醒感知对生活初始的审美感受。陌生化作为一种艺术手法、审美范畴，并不仅仅存在于作品的形式、结构方面，它可以说存在于作品的各个层面，"凡是有形象的地方，都存在陌生化手法"②。

莫言的长篇小说《丰乳肥臀》，被视为莫言重要的代表作之一，曾于1997年夺得中国有史以来最高额的"大家·红河文学奖"，被评论家张清华称为"新文学诞生以来迄今出现的最伟大的汉语小说之一"③。自《丰乳肥臀》问世后，文学评论界对它的评论与解读就从未停止过。笔者即以陌生化理论为切入点，通过分析陌生化理论在《丰乳肥臀》中有意无意地运用来对这部优秀的文学作品做出另一种角度的解读。

莫言曾说："我坚信将来的读者会发现《丰乳肥臀》的艺术价值……你可以不看我所有的作品，但你如果要了解我，就应该看我的《丰乳肥臀》。"④笔者认为《丰乳肥臀》之所以有如此强大的艺术魅力，被评论家反复解读、被莫言自己认为是最能体现自己作品艺术价值的代表作，与作品中陌生化手法的运用是有很大关联的。具体来说，陌生化手法在作品的运用主要体现在以下三方面。

一、题材、形象的陌生化

（一）题材的陌生化

俄国形式主义指出"本事"与"情节"在小说中是两个不同的概念，"在小说诗学中，'本事'是小说中所处理的'原材料'，而'情节'则是作者对原材料的加工或操作"⑤。在小说创作中，本事是文学创作的素材，但是

---

① 什克洛夫斯基. 艺术作为手法 [M]//托多罗夫. 俄苏形式主义文论选. 蔡鸿滨，译. 北京：中国社会科学出版社，1989：6.
② 什克洛夫斯基. 艺术作为手法 [M]//托多罗夫. 俄苏形式主义文论选. 蔡鸿滨，译. 北京：中国社会科学出版社，1989：8.
③ 张清华. 叙述的极限：论莫言 [J]. 当代作家评论，2003（2）：59-74.
④ 莫言，王尧. 莫言王尧对话录 [M]. 苏州：苏州大学出版社，2003：171-182.
⑤ 张冰. 陌生化诗学：俄国形式主义研究 [M]. 北京：北京师范大学出版社，2000：244.

任何按自然顺序平铺直叙的故事都缺乏新奇感和吸引力，只有对本事加以改造，使"本事"变为"情节"，文学才能产生。因此，文学作品的情节是对本事的一种陌生化，是"本事"得以被人创造性扭曲，具有独立审美价值，获得读者认同的独特方式。

小说《丰乳肥臀》以上官家族的命运遭际为主要描写对象，把上官家族中各色人物的命运放置在抗日战争、解放战争、土地改革、三年困难时期、"文革"、改革开放，一直到20世纪90年代这一系列时段中来展现。在这半个多世纪的时间里，上官家族的女性们经历着战争的苦难，忍受着饥饿的煎熬，面对生离死别、杀戮血腥，用自己的身体被动地承受着社会动荡、时代变迁带给所有底层人民的灾难。莫言特意选取了抗日战争到改革开放后这一时段为故事的展开时间，把人物的命运放置在这一系列动荡的年代中来演绎，间离了读者在日常相对平稳的生活中所形成的认识感知，让读者对那个离我们并不遥远的动荡年代展开想象。这种在故事展开时间上的有意选取，无疑是作品产生陌生化的一个必要的策略。在这半个多世纪的时间里，战争、饥饿、暗杀、告密、谋权这些直接关涉人的生死存亡的、个人无法把控的因素被莫言熟稔地运用，人物被设定在这样的时代语境下，生的本能被最大化激发，因此我们在近乎荒诞的场景中看到了丑恶怎样变得合理，野蛮如何战胜了文明，生存又怎样还原回原始的掠夺与厮杀。历史时间存在的真实性暗示了人物实际存在的可能性，这样的时间安排，一方面能够紧密地把人物放在动荡的空间场域中，使人性的美好或者丑恶最集中地得到彰显，从而揭示小说对母亲——大地的隐喻与讴歌，对人劣根性的批判与展示，对民族国家进化史的思考等的宏大主题。这些宏大主题在我们现有的现实生活经验中是无法做到亲自体会的，只能通过理性的方式使历史、社会、哲学等相关知识进入我们的认知视野中。莫言通过文字化我们的理性认知经验为感性审美经验，把"本事"陌生化为"情节"，摒弃我们日常感知的自动化、机械化、平面化，使表现对象以立体的、丰富的、审美化的方式显现。另一方面，故事时间存在的历史真实性又不得不使读者相信人物实际存在的可能性，这种叙述时间的设定，更容易唤起读者对人物命运、对作家选材真实性的认同，从而使作品更具有强烈的现实所指能力，促使读者对作品展开深度思考，增强作品的艺术感染力。

莫言选取高密东北乡为故事发生的空间场域，一方面使读者对作品产生类似前期高密东北乡作品系列的阅读期待，另一方面使读者潜生出区别于之前高密东北乡系列作品的期待。这种故意延宕读者阅读期待的策略，也是作品产生陌生化效应的方法之一。"延宕叙述是创造陌生化效果最基本而常用的方法……小说的意义在于通过一系列陌生化手法表现人的内在情欲，使人们在情感层面对生活产生新鲜奇异的感觉，从而获得美感。故而陌生化便成为小说具有巨大引诱力的主要途径。"① 读者看到高密东北乡这几个字，自然会唤起先前的阅读经验从而进行阅读，而莫言能否很好地将这种阅读经验进行压制、延宕，也就是进行陌生化式的转换就十分重要了。《丰乳肥臀》很好地利用了读者的阅读期待对其进行陌生化改造，一方面延续了自己的创作风格，另一方面又使作品与其前期的高密东北乡系列作品区分开来，获得其独有的艺术地位。在这片"最美丽最丑陋、最超脱最世俗、最圣洁最龌龊、最英雄好汉最王八蛋、最能喝酒最能爱的地方"发生了什么神奇的事情都不足为奇，莫言已经在《红高粱》中用自己陌生化的语言为高密东北乡设置了种种可能性。

（二）形象的陌生化

"艺术中的人都是脱离自己常态的人。"② 脱离常态，一是指作品人物与现实生活中实际存在的人在形象、性格、趣味等方面的差异；二是指作品人物在价值观、世界观方面与现实生活中的人的差异。《丰乳肥臀》创造了一系列鲜明的艺术形象，尤其是母亲形象。与传统小说人物设置不同的是，这里的每一个人物都没有完美的、理想的性格，而是充满各种缺陷，甚至带有生理上的病态。作品的核心人物主要是上官鲁氏与上官金童，上官家的女儿、女婿及外甥女、外甥也是重要的人物。我们细观每位人物，就连相对完美的母亲都是有着道德污点甚至是罪恶的人——弑亲、通奸、乱伦、野合等，这个母亲形象相对于贤孝、忠贞的传统母亲形象无疑是脱离常态的。上官金童，这个被寄予整个上官家族厚望的人却有着恋乳癖，性格胆小、懦弱，甚至猥琐，还曾是奸尸犯，他一生穷困潦倒、一无所成。一生恋乳癖是脱离常态的，更重要的是，传统书写中被寄予家族厚望的主人公往往是不负众望的，莫言

---

① 许建平. 论小说陌生化之生成：从叙事意图的矛盾逻辑说起［J］. 社会科学，2013（3）：166-173.

② 什克洛夫斯基. 散文理论［M］. 刘宗次，译. 南昌：百花洲文艺出版社，1994：97.

对上官金童的形象设置是脱离常态的。相比而言，上官家的女儿与女婿则敢爱敢恨，在乱世中带有几分英雄气概。然而，他们在道德上同样是有缺陷的——纵欲、粗鄙、无知、盲目。他们的后代则完全褪去了父辈们身上的热血豪情，在贪婪、欲望中走向堕落或者死亡。很明显，《丰乳肥臀》中的人物形象以一种反常化的程序来呈现，颠覆了读者对人物形象的传统期待，使形象以一种陌生的形态鲜活地呈现出生命本质的原始力量。

二、叙述视角的陌生化

"作品的价值依赖作品的结构。"① 作品的结构、呈现方式是作家依据自己的情感、价值判断对生活秩序的重建，由于作家主体情感的参与，对结构作品世界进行尝试，作品的结构有了自己的价值体系。"《丰乳肥臀》不是当代小说中'部头'最大的，但却是结构最宏伟壮丽最具历史辐射力的小说。"② 这样一部大部头的作品，叙述结构的合理安排，对作品的成功是至关重要的。有别于现代文学中常用的第三人称全知叙述或第一人称限制性叙述，《丰乳肥臀》采用多重视角叙述。小说共八卷（含卷外卷：拾遗补阙），使用复合型叙述人称，交错使用第三人称全知视角、第一人称非限制性视角和人物内视角。

该小说第一卷中主要采用第三人称全知叙述模式，交代了在抗日战争背景下上官鲁氏难产、生产的过程，与小说紧密相关的各个人物逐一登场。其中间五卷都采取第一人称"我"的视角，讲述"我"出生后作为历史见证者所亲历的从 1938 年日本人进攻大栏镇到改革开放，直至 20 世纪 90 年代发生在大栏镇的事情。该小说第一人称非限制性视角与人物内视角交错使用。其第七卷则绕过了之前的线性时间的叙述模式，从母亲的出生讲起，时间又折回了 20 世纪初，讲述了母亲生"我"之前坎坷的前半生生活，主要采用第一人称非限制性视角讲述。其第八卷也就是卷外卷采用第三人称全知叙述模式，对前七卷叙述过程中出现的叙述断层、叙述空白进行了补叙，使整部作品更加完整、严谨。

很明显，《丰乳肥臀》的叙述手法的选择是颇有意味的。一部五十万余字

---

① 托多罗夫. 结构主义诗学 [M]//胡经之，张首映. 西方二十世纪文论选. 北京：中国社会科学出版社，1989：325.

② 张清华. 叙述的极限：论莫言 [J]. 当代作家评论，2003（2）：59-74.

的文字作品，怎样既保持作品的完整性、流畅性、可读性又能最大限度地唤起读者的审美体验，凸显作品的艺术性，传达作家在作品中寄予的思想主题、审美情感，这种复合型叙述模式无疑是最好的选择。

整体上的全知叙述模式，保证了一部叙事时间跨度近百年作品的流畅性、可靠性。同时，第三人称全知叙述模式本身是以作品人物之外的视角来讲述故事的，叙述者很自然地能够与作品人物拉开距离。因而，在作品叙述中，我们常常可以看到叙述者有意对本应同情的人物进行某种丑化的描写，对某些灾难场景毫无避讳地进行展示。比如，《丰乳肥臀》中对马洛亚牧师的死是这样描述的："马洛亚牧师蹿出钟楼，像一只折断翅膀的大鸟，倒栽在坚硬的街道上。他的脑浆迸溅在路面上，宛若一摊摊新鲜的鸟屎。"这样充满戏谑性的表述，将死亡场面所具有的庄严、神圣消解殆尽。在常人的思维中，一个善良牧师的死应该是庄严、悲壮的，但莫言用"折断翅膀的大鸟""一摊摊新鲜的鸟屎"将其"戏"化。这种表述方式显然是刻意为之的，在悲剧中刻意掺杂具有戏谑意味的喜剧因素，从而将悲剧感受陌生化为一种更为复杂的情感体验，延宕了读者阅读这一情节时的审美感受。

第一人称非限制性视角叙述与人物内视角叙述交错使用，又使作品可触、可感。就像电影镜头的运用，非限制性视角可以摆脱人物内视角的限制，站在一个制高点上采用广角镜头对大的场景进行事无巨细式的展示，对人物命运发展进行或总体性的交代，或细节性的补充。人物内视角的叙述方式，又可以探视出人物内心的些许轻微颤动，增加作品的现场感、真实感，拉近读者与人物的关系，使作品变得立体、鲜活，从而增强作品的艺术感染力。比如，第一卷第七章中，司马库阻止日本人进村，双方交火后的一段描写，通过上官来弟的眼睛展现了当时交战后的一幕：

> 她看到河滩上躺着那匹死去的大花马，硕大的头颅上沾满黑血和污泥，一只蓝色的大眼珠子，悲凉地瞪着湛蓝的天空。那个白脸的日本兵半截身子压在马腹下，趴在淤泥上，脑袋歪在一侧，一只白得没有一点血色的手伸到水边，好像要从水里捞什么东西。清晨光滑平坦的滩涂，被马蹄践踏得一塌糊涂。河水中央，倒着一匹白马，河水冲击着马尸缓缓移动、翻滚，当马尸肚皮朝上时，四条高挑着瓦罐般胖大马蹄的马腿，便吓人地直竖起来，转眼间，水声混

浊，马腿便抡在水里，等待着下一次直指天空的机会。

从对上官来弟眼中死马尸体的详细描述中，我们可以读出上官来弟的惊恐，这种惊恐通过作品语言也传递到我们身上。同时，这种人物内视角式的场景描述也使叙述的节奏变得舒缓，使情节发展显得张弛有度。《丰乳肥臀》通过人物视角进行描述的场景在文中随处可见，尤其是作品以第一人称"我"，上官金童为叙述人进行讲述。作品中莫言设置"我"为主要叙述人，而"我"患有先天性恋乳癖，这意味着"我"永远是个离不开母亲、胆小、懦弱、敏感的人，是一个永远长不大的儿童，"我"观察到的世界，表述出来的世界，势必是偏离正常人视角的，因而"我"的可靠性也是值得怀疑的。然而也正是因为他的胆小、敏感，他的精神障碍，他对世界的感知能力较常人更强，他描述出来的世界也更加奇幻、多姿，更有质感。

莫言选择上官金童这个不可靠的叙述人为作品的主要叙述人，显然也是出于作品陌生化的考虑：延宕读者的阅读感受，这表现为作品中大量极具现场感的场景描写、心理描写；增强作品的解读性。不正常的叙述者作为历史的见证人，其对现实的思考更具有颠覆性，促使读者重审社会、历史，多元化价值取向消解了历史单一性解读，使读者跳脱作品表层信息的指引，思考作品的深层意义。

三、语言运用手法的陌生化

"陌生化在小说诗学方面的主要旨趣在于加大作品的密度和可感性基质，增强作品的可感性。"①《丰乳肥臀》中，莫言通过具有质感的语言将写实与奇妙的夸张想象结合起来，创造出了奇特的艺术效果，使读者在阅读过程中听觉、视觉、触觉、味觉等各种感觉系统都尽可能地张开毛孔，酣畅淋漓地吸收着文字传达的信息，作品似乎充满了新鲜的汁液，令读者时时收获着惊喜。可以说，小说语言的运用正体现了陌生化在小说诗学方面的旨趣，即加大了作品的密度和感性基质，极大地丰富了读者的阅读感受，使读者全方面立体式地参与阅读。"莫言的作品努力使感受冲破日常的、公众的、理性的因

---

① 张冰．陌生化诗学：俄国形式主义研究［M］．北京：北京师范大学出版社，2000：241.

笼，把经验恢复到感官的水平，维护了生命感受的原初状态。"①

《丰乳肥臀》中，作品人物心理跳跃、联想流动、大量感官意象奔涌而来，从而创造了一个复杂的、色彩斑斓的感觉世界。比如，小说第一卷第八章中：

> 她听到一阵杂沓的脚步声移近了，脚步声里夹杂着响亮的擤鼻涕的声音。难道公公、丈夫和油头滑脑的樊三都要进产房，来观看自己赤裸的身体？她感到愤怒、耻辱、眼前飘荡着一簇簇云絮状的东西。她想坐起来，找件衣服遮掩，但身体陷在血泥里，丝毫不能动弹。村子外传来隆隆的巨响。巨响的间隙里，是一种神秘而熟悉的嘈杂声，好像无数只小兽在爬行，好像无数只牙齿在咀嚼……是什么声音这样耳熟呢？她苦苦地思索着，脑袋里有一个亮点倏忽一闪，迅速变成一片亮光，照耀着十几年前那场特大蝗灾的情景：暗红色的蝗虫遮天蔽日、洪水一般涌来，它们啃光了一切植物的枝叶，连柳树的皮都啃光了；蝗虫啮咬万物的可怕声音，渗透到人的骨髓里。蝗虫又来了，她恐怖地想着，沉入了绝望的深潭……她闭上眼睛，眼泪沿着眼角的皱纹，一直流到两边的耳朵里。②

在这里，上官鲁氏生产的焦虑、屈辱，难产的痛苦与绝望都鲜活地展现在我们面前。视觉、听觉、嗅觉、触觉各种感官都被莫言调动起来召唤读者来体验上官鲁氏当时的情境。从听到婆婆欲进产房到婆婆进入产房也就十几秒的时间，然而在这里叙述的时间超过了故事的时间，莫言有意延宕叙述，对感官感受的自由渲染也使叙述时间暂时定格，极度膨胀的感官经验使叙事的历时性转化为当下的生命感受，进而放缓了叙述进程。这样重感官经验的叙述在此小说中到处可见。这样的叙述策略与传统小说大相径庭。传统小说以故事情节为中心，在情节发展的起承转合中，感觉的表现通常只作为塑造人物形象的一种手段，叙述时往往不会暂停情节的推进而大肆渲染一种感觉。莫言的小说正是对这种传统叙述模式的挑战，同时也在一定程度上打破了读

---

① 张闳. 感官王国：先锋小说叙事艺术研究［M］. 上海：同济大学出版社，2008：3.
② 莫言. 丰乳肥臀［M］. 北京：中国工人出版社. 2003：28-29.

者长期以来所形成的阅读经验期待视野。莫言的这种语言运用上重感官叙述的态度"使叙事的历时性转化为当下的生命感受，同时，也使由理性的总体化原则构建起来的叙事链断裂为瞬间感官经验的碎片"①。这种叙述姿态无疑是对传统写作的有意背离。

莫言语言运用的陌生化一方面体现为尽可能延展语言的生命力，通过调动人体感官的参与恢复描写对象自身的生命力，摒弃人们对其日常感知的自动化、机械化印象；另一方面还体现为赋予语言本身意识形态功能，有意背离传统意义上的文学语言——诗家语，更有意味地实现整部作品的价值功能。这体现为《丰乳肥臀》叙述语言中人物对话无节制、拖沓，并且在人物对话中夹杂着大量的俚语、粗话，使作品语言显得粗鄙、拖沓。

在许多情节中，人物的对话又被不加节制地记录下来，使作品语言冗长、沉闷。例如，第三十九章中，鸟儿韩、小毕、老邓间的对话：

> 海边上，嗯，泊着十几条船。一些人，嗯，尽是些老头儿，嗯，老婆子，妇女，嗯，小孩子，在那儿晒鱼，嗯，晒海带，嗯，也挺苦的，嗯，哼着哭丧歌儿，呜儿哇儿，嗯，哇儿呜儿，老邓说，嗯，过了海就是烟台，嗯，烟台离咱们老家，嗯。很近了，嗯，心里乐，嗯，想哭，嗯，远望着海那边，嗯，有一片青山，嗯，老邓说，那就是中国的，嗯，在山上猫到天黑，嗯，海滩上人走光了，嗯，小毕急着要下山……老邓说，兄弟，这样不行，回去吧，我说，不回去，就是淹死，嗯，死尸也要漂回，嗯，漂回中国！

这使《丰乳肥臀》在语言运用上形成某种悖论，一面是平整、优美的语言，一面是不加节制的对话语言、俗语、粗话。两种不同的语言生态却能够在作品中和谐相处，这种不同质的语言形式之间展开的对话，无疑增强了整部作品文本的阅读张力，这不禁使我们相信，这部作品的解读信息又多了一层符码。

总之，《丰乳肥臀》以20世纪初到20世纪90年代发生在高密东北乡上官一家的家族故事来构造整部小说，题材、人物形象的陌生化，结构方法、

---

① 张闳. 莫言小说的基本主题与文体特征 [J]. 当代作家评论，1999 (5)：58-64.

叙述视角的有意选择，再加上这部小说独特的语言运用，使这部作品充满了解读的张力，"陌生化也正是凭借文本与主体接受之间的张力美，吸引主体的审美关注，使主体获得出乎意料的审美效果"①。这也正是这部作品的艺术价值所在。

载《长春大学学报》2014 年第 11 期

批评实践二

<h2 style="text-align:center">论张二棍诗歌的诗意空间的构建</h2>

张二棍，山西作家、诗人，居大同。2010 年开始进行诗歌创作，获得《诗歌周刊》2013 年"年度诗人"称号，2015 年获得"陈子昂诗歌奖"，并参加《诗刊》第 31 届青春诗会，2016 年获第十四届"华文青年诗人奖"，为 2017 到 2018 年度首都师范大学驻校诗人，出版诗集《旷野》《入林记》。张二棍的诗歌以口语入诗，又不乏含蓄、蕴藉，其作品具有高度的现实关怀意识，他又尝试对生命与存在进行形而上的反思与超越。扎根生活、扎根大地的写作向度，让他的作品诚实、厚重、鲜活；尝试超越与救赎的价值指向又让他的作品有了超拔、悲悯的宗教情怀。张二棍诗歌的内在思想价值，一方面与诗人对现实生活的观察、思考的深度有关，另一方面也与诗人诗意传达的方式、技巧，也即张二棍诗歌诗意空间的构建有着重要的关联。笔者认为，张二棍诗歌诗意空间的构建主要体现为以下三方面。

一、抒情与叙事的共融

张二棍的诗歌以口语入诗，把现实生活意象与真实情境带入诗歌中，诗风质朴、晓畅，易于接受。口语诗常以叙述为主要的表现手法，通过对现实生活细节的如实描摹，建立诗意场域，相较于以"朦胧诗"为代表的借助隐喻、象征等复杂修辞手段，讲求语言含混、歧义，力求"宏大叙事"的诗歌类型，口语诗更易通过带有生活温度的日常口语和真实生活细节为读者建立叙事情境的在场感，诗歌的意旨较易被读者心领神会。张二棍的诗歌虽然主

---

① 杨向荣，曾莹.陌生化：悖论中的张力美 [J]. 俄罗斯文艺，2005（2）：51-55.

要以口语作为语言资源，但并不为诗歌注水变口语诗为"口水"诗，更不借用口语宣泄快感，制造口语暴力，而是以自己特有的沉郁风格，用叙事搭建诗意空间框架，把情感内隐在叙述语句之中，实现自己诗歌意旨的传达。《哭丧人说》①：

> 我曾问过他，是否只需要
>
> 一具冷冰的尸体，就能
>
> 滚出热泪？不，他微笑着说
>
> 不需要那么真实。一个优秀的
>
> 哭丧人，要有训练有素的
>
> 痛苦，哪怕面对空荡荡的棺木
>
> 也可以凭空抓出一位死者
>
> 还可以，用抑扬顿挫的哭声
>
> 还原莫须有的悲欢
>
> 就像某个人真的死了
>
> 就像某个人真的活过
>
> 他接着又说，好的哭丧人
>
> 就是，把自己无数次放倒在
>
> 棺木中。好的哭丧人，就是一次次
>
> 跪下，用膝盖磨平生死
>
> 我哭过那么多死者，每一场
>
> 都是一次荡气回肠的
>
> 练习。每一个死者，都想象成
>
> 你我，被寄走的
>
> 替身

　　诗歌截取了"我"与"哭丧人"对话的生活细节，借用哭丧人之口，道出了诗人对生与死的思考。全诗有着这样的叙述脉络：我问哭丧人—哭丧人微笑着说—他接着又说……诗歌的审美意蕴就在"哭丧人"回答的言语之中。

---

① 张二棍. 入林记［M］. 北京：中国青年出版社，2018：58.

这首诗是一场关于是否需要真实死亡在场才能哭出声的对话，有人物、情境包括细节（如他微笑着说，他接着又说）。没有高深的对生与死关系的探讨，全凭着"哭丧人"很好的职业操守，将中西文化史上形而上的生死思考，落实到了"每一个死者，都想象成/你我，被寄走的/替身"的回答之上。全诗凭借叙述搭建，看似第三人称的客观叙述，但是细读，诗人对生命的热爱、对生与死宗教意味的观照与悲悯之情溢出诗句。这首诗渗透在叙述中的情感抒发主要是通过对诗句本身加工实行的。一是体现为对诗句中的名词、动词进行的修饰。例如，"他微笑着说"，对动词"说"以"微笑着"做修饰，表达了诗人对"哭丧者"超越态度的情感认同；"训练有素的痛苦""凭空抓出一位死者""莫须有的悲欢"等悖论性表述也强化了诗人冷静看待死亡的情感态度。二是"可以""还可以""就像"等重复性语言的使用。反复本身即一种情感抒发的修辞手段，在现实生活中，出于叙述的准确、及时，叙述者很少运用反复的形式迂缓地传达信息。在诗歌中，这种修辞的使用，一方面使诗句带有一定的韵律性，另一方面起到了渲染情感的作用。总之，在这首诗中，诗人选择运用第三人称客观叙述的方式并大面积进行语言的悖论性组接，来刻意降低自己的情感在诗句中的显露，又在语言运用过程中，不经意地通过对名词、动词等中心词进行细节性的修饰，佐以迂缓的陈述方式来达到渲染情感的目的。诗歌本身的断句、分行形式——在句与句、行与行中断的空白中留下情感的意味，这些要素形成一股合力，使诗人在作品内刻意压制的情感通过文本形式、诗意旨趣在读者那里变成反作用力而得到释放，这也正是张二棍诗歌情感抒发的秘密。他用客观叙述、零度抒情的姿态在作品内压制自己的情感，又运用诗学技巧在内容与形式上形成情感触发点，在审美效果上，将自己在叙述中压制的情感以反作用力的方式，来造成作品在读者身上的情感与审美冲击。有诗评人指出"对理论界来说，诗人如何在'及物'的统摄下进行抒情，抑或是以跨文体方式达到个人化写作之境界，就成为解读写作者经验状态的一种日常策略"①。张二棍的诗歌无疑是"及物"的，他的诗歌关注与自己同一生活场域的乡民，如哭丧人（《哭丧人说》）、守墓人（《守陵人》）、石匠（《黄石匠》）、木匠（《木匠书》）、留守老人（《比如，安详》《老大娘》）等，也关注生活在城乡边际的边缘人，如疯子（《疯

---

① 王珂. 三十八位诗论家论现代汉诗［M］. 南京：东南大学出版社，2018：127.

子》），流浪汉（《流浪汉》），洗头妹、民工（《原谅》），小偷、妓女
（《小城》）。他书写他们生的苦难与抗争，也书写他们死的平寂与顺从，在
这些书写中，他多采用第三人称外聚集视角，以反讽作为主要修辞手段。作
品读来却总带有一丝煦暖的内含光，这内含光正是来自作家对人性的观照、
对生命同情与悲悯的情怀，这种情感的抑与张，使张二棍的诗歌具有了很强
的审美张力，落实到诗歌中，正是通过叙事与抒情的共融来完成的。

张二棍的诗歌作品中，还有一类是以抒情为主导，抒情、叙述共进，这
里的叙述不是对他人、他事的叙述，而是对自我存在样貌的陈述。他依然是
用叙述搭建框架的，但是在这个框架内，情感不是以收抑的样貌而存在，而
是呈弥散状的。《旷野》①：

> 五月的旷野。草木绿到
> 无所顾忌。飞鸟们在虚无处
> 放纵着翅膀。而我
> 一个怀揣口琴的异乡人
> 背着身。立在野花迷乱的山坳
> 暗暗地捂住，那一排焦急的琴孔
> 哦，一群告密者的嘴巴
> 我害怕。一丝丝风
> 漏过环扣的指间
> 我害怕，风随意触动某个音符
> 都会惊起一只灰兔的耳朵
> 我甚至害怕，当它无助地回过头来
> 却发现，我也有一双
> 红红的，值得怜悯的眼睛
> 是啊。假如它脱口喊出我的小名
> 我愿意，是它在荒凉中出没的
> 相拥而泣的亲人

---

① 张二棍．入林记［M］．北京：中国青年出版社，2018：140.

这首诗的抒情意味是非常明显的，但它也是在一个叙述框架中产生的："我"携带口琴置身旷野，面对旷野中的万物，内心的情感流变。这首诗，首先用起兴的方式，点出情境性场景——五月的旷野。在这里，多种意象出现，"五月""旷野""草木""飞鸟""风"等，它们既是现实旷野中的日常物象，又因为在古典诗词中经常出现，带有古典意象的抒情意味。在这里，这些意象不发挥隐喻功能，只是发挥它场景构建的功能以及情绪渲染功能。"我"在万物按照各自样貌生存的情境中出现，因为携带"口琴"——能够发出可能会搅扰到此种万物相安情境的声音，而感到焦虑和"害怕"。诗中的"口琴"成为推动叙述进一步发展的关键要素，"我"种种的害怕使诗歌进入叙述最后的高潮，最终完成诗歌意旨的传达——面对生命原始力量的汹涌，人自我存在的脆弱与迷茫。整首诗抒情与叙事共融，抒情增强了作品的感染力，也构建出一个敏感、忧郁的叙述者的形象。有研究者指出，"整个诗学传统运用表示空间、时间和人的指示词，目的就是迫使读者去架构一个耽于冥想中的诗人"①。张二棍作为地质工人，常年行走在荒无人烟的山野中，架空了社会人事的诸多纷扰，面对大自然蓬勃的生命原力，他更能从生命存在本身来反观自我，反观存在。这使张二棍的这类书写自我类的诗歌多具有了生命哲思的意味，但这种哲思并没有象征主义式的玄幻、晦涩，因为他在"自我"构建的过程中，为现实真实情境的线性叙述，打开一个读者可以融入的空间，读者更易在"共景"基础上进入"共情"，这种情感因为对诗人诗歌中自我形象"我"的认同，而愈加深刻、持久。这样的作品还有很多，如《空山不见人》《独坐书》《入林记》等。

评论家华中师大教授魏天无这样评价张二棍的诗："晋人张二棍的诗是朴素的诗，亦是感人的诗。朴素与感人，几乎是好诗的双核，却在当下诗歌中变得越来越稀有。"② 张二棍的诗歌之所以是朴素的，源于他的口语入诗，诗歌语言本身不承担非直接言说之外的其他隐喻、象征、自我修饰功能，干净、有力、精准；他的诗歌是感人的，是因为他在直接呈示现实生活的叙述之中始终有着对生命进行观照的悲悯情感的融入。

---

① 转引自洪子诚. 在北大课堂读诗 [M]. 北京：北京大学出版社，2014：121.
② 魏天无. 张二棍：在生活的深渊中写作——新世纪诗歌伦理状况考察之六 [J]. 扬子江评论，2017（6）：67.

二、"刺点"的巧妙设置

"刺点"是叙述学理论研究者赵毅衡先生对出现在罗兰·巴尔特《明室》中的一对术语 Studium/Punctum 中的"Punctum"做的中文翻译。《明室》讨论的是摄影的理论与实践问题，赵毅衡将 Studium 翻译为"展面"，将 Punctum 翻译为"刺点"，并在《刺点：当代诗歌与符号双轴关系》一文中指出："在艺术中，任何体裁、任何中介的'正常化'，都足以使接受者感到厌倦，无法感到欣赏的愉悦，无法给予超越的解读。文本就成了'匀质化汤料'，成为背景。此时巧妙地突破常规，可能带来意外的惊喜。这就是刺点与展面的关系。"① 依据以上信息及对《明室》的阅读可知，"匀质化汤料"实则就是常规的、不能带给观者审美新鲜感的"Studium"即"展面"，而"Punctum"就是在"匀质化展面"上有所突破带给观者"被刺痛"感的"刺点"。"刺点是各种艺术保持新鲜和审美的关键，并不时地打破了读者的期待视野、文化观念，通过出其不意的陈述，衍生为阅读的另一种出其不意和接受的可能。"② 诗评家董迎春在《刺点写作的"聪明主义"反思与探索》及《当代诗歌"刺点"及"刺点诗"的价值及可能》等文章中分析了"刺点"理论在诗歌创作与研究中的可能性，他指出"'刺点'的合宜、合理运用，成为以口语写作为代表的当代诗歌书写最为重要的语言策略，同时也是一种带有深刻的时代反思与语境置换的文化刺点的积极书写"③，高度肯定了口语诗中"刺点"的运用及其价值。

依据"刺点"理论反观张二棍的诗歌创作，其作品总能够带给读者阅读的"痛感"与领悟的原因恰恰在于"刺点"在其诗歌创作中的自觉运用。张二棍诗歌的"刺点"一般多设置在诗歌末尾，如《太阳落山了》："无山可落时／就落水，落地平线／落棚户区，落垃圾堆／我还见过。它静静落在／火葬场的烟囱后面／落日真谦逊啊／它从不对你我的人间／挑三拣四。"

诗句最后的"落日真谦逊啊／它从不对你我的人间／挑三拣四"即本诗的

---

① 赵毅衡. 刺点：当代诗歌与符号双轴关系［J］. 西南民族大学学报（人文社会科学版），2012，33（10）：181.

② 董迎春. 当代诗歌"刺点"及"刺点诗"的价值及可能［J］. 当代作家评论，2019（3）：173.

③ 董迎春. 当代诗歌超验论［M］. 北京：中国社会科学出版社，2018：321.

"刺点"。诗句前文皆是匀质的叙述，即所谓的"展面"，并未给人以叙述的断裂感，接下来的"落日真谦逊啊"稍显突兀，叙述裂痕开始出现，引起读者惊异之感，而后的"它从不对你我的人间/挑三拣四"，以反讽的口吻、自然顺势的解释，使读者在心领神会中达到对诗歌现实批判立场的了悟，豁然开朗，又拍案叫绝。凭此"刺点"，人类文化观念的偏见与太阳的谦逊形成对照，诗人对人类文化的偏执、虚伪及社会现实的不公进行了一场看似漫不经心的批判。诗人巧设"刺点"，见微知著，对现实做出智性的思考，这大大发掘了作品的诗意空间。类似"刺点"的安排，在《众生旅馆》《此时》《恩光》等作品中亦有所体现。

　　还有一些张二棍的作品，其"刺点"多次出现在诗句中，使诗歌的结构跌宕，使读者在阅读过程中体验到审美质疑与释疑的紧张与惊喜。《一个矿工的葬礼》，开篇是"匀质"的叙述："早就该死了/可是撑到现在，才死/腿早就被砸断了/可轮椅又让他，在尘世上/奔波了无数寒暑/老婆早嫁了，孩子在远方/已长成监狱里的愣头青……"依照这样的叙述逻辑，下文应该继续是关于矿工苦难生活的叙述，然而下文中"只有老母亲，一直陪着/仿佛上帝派来的天使/她越活，越年轻"，突破了前文关于矿工生活顺势的苦难想象，使诗歌有了一种突兀、明亮却又显苦涩的审美韵味。叙述在此处出现裂痕，特别是"她越活，越年轻"的表述，无疑突破了诗歌前文"匀质化展面"的单调，将一位年过半百母亲的辛劳以一种轻盈的态度道出，悖谬却又合乎情理，很明显此句应是诗歌的一处"刺点"。紧接下文："在他三十岁时，洗衣服/在他四十岁时，给他喂饭/去年，还抱着哭泣的他/轻声安慰。赔偿款早就花完了/可他新添的肺病，眼疾/还得治一下……"此部分内容又再次回归了"匀质化"的叙述。然而，承接以上诗句的下一句"于是，她又把他/重新抚养了一遍"，再次让读者感受到"匀质化展面"被轻微冲撞，从而带来温暖又苦涩的审美感受，诗句从此处开始又在制造新的"刺点"。诗歌结尾："现在，他死了/在葬礼上/她孤独地哭着/像极了一个，嗷嗷待哺的女儿。"结尾新的"刺点"出现，前文关于矿工生前叙述的"匀质化展面"被突然撞开，诗人巧设比喻把失去儿子的母亲喻为嗷嗷待哺的女儿，母亲的无助、绝望从诗句中溢出、弥漫。这样的比喻又与前文"她越活，越年轻"形成某种呼应，诗人精妙的构思能力可见一斑，而诗歌于沉郁中所爆发出来的现实主义批判力量又让人撼动不已。多"刺点"设置，使诗歌审美空间被不断扩大，大大扩展了诗歌诗意空间的容量。他类似的作品还有《雪上，加霜》《水库的表述》等。

张二棍诗歌中的"刺点"，有时还表现为诗歌整体内容作为"文化刺点"而出现。"诗歌的整体'展面'作为刺点出现，往往指向现实处境与时代文化的'展面'，通过语境式反讽与互文，形成诗中的'文化刺点'"①。《安享》中，诗人以第三人称视角呈现了一个在广场长椅上躺着的老人，不断抚摸与捶打着自己病痛身体的场景："他蜷在广场的长椅上，缓缓地伸了下懒腰/像一张被揉皱的报纸，妄图铺展自己/哈士奇狗一遍遍，耐心地舔着主人的身体/又舔舔旁边的雕塑。像是要确认什么/或许，只有狗才会嗅出/他把被丢弃的这部分——/病痛，懈怠和迟缓。留给自己/不断地抚摸、揉搓、捶打/并顺从了我们的命名/——安享……"整首诗是"匀质"呈现的，没有出现叙述的裂缝。"像一张被揉皱的报纸，妄图铺展自己""一个被时光咀嚼过的老人/散发着的——/微苦，冷清，恹恹的气息/仿佛昨夜文火煮过的药渣"。以物喻人的远譬喻方式，延宕了诗歌的审美感受；舒缓的叙述语调与破折号、省略号的使用加强了诗歌浓浓的抒情意味。整首诗以冷色调勾描了一位被遗弃的老人，然而诗歌的题目为《安享》，但读者对题目的接受并不突兀，因为诗歌最后一句为"并顺从了我们的命名——安享……"诗歌题目可以视为对诗歌内容最后部分的顺应，整首诗以一种平和、顺势的方式呈现，但其反讽意味也弥漫在诗歌内部，这种反讽意味正是来自诗歌之外现实生活中的文化需求。现实生活中，人们想当然地用"安享晚年"来形容老年人的生活，至少他们认为自己的父母、祖父母等老人们是"安享"的状态，却对广场上的老人置若罔闻，这些老人把曾经年轻的生命给了自己的子女，把疾病与衰老留给了如药渣般的自己。广场上匆匆而过的人们，或许他们的父母辈老人也正如广场上老人般，然而因为现实的"不在场"，他们认为他是"安享"的——正如诗句"并顺从了我们的命名/——安享……"这首诗有很明显的文化批判立场，它不仅仅是对世态炎凉、人情冷漠的人生境遇的批判，还是对中华传统文化中儒家讲求的"老吾老，以及人之老；幼吾幼，以及人之幼"博爱精神在现代社会遗失的批判。类似"刺点"设置的作品《药，还不能停》《疯子》等，诗人以整首诗歌作为"刺点"，对当下种种时代病症予以展现、嘲讽、批

---

① 董迎春. 当代诗歌"刺点"及"刺点诗"的价值及可能［J］. 当代作家评论，2019（3）：176.

判，这一类诗歌作为强大的"文化刺点"，彰显了诗歌与时代的紧密关系，寓藏着诗人现世、忧愤、悲悯的文化情怀。

三、语言平直中的"陌生化"追求

"陌生化"又称"奇异化"或"反常化"，俄国形式主义文论认为文学的根本性质是"文学性"，而"陌生化"的艺术手法是"文学性"产生的根本原因。"陌生化"实则就是作家通过一定艺术加工手段，把人们习以为常的日常经验转变为可以反复品咂的审美经验，从而使已经在日常生活中被自动化的感知焕发出生命最初的审美诗意。诗歌语言蕴藉、想象丰富，相对其他文体更重"陌生化"手法的使用。张二棍的诗歌质朴、干净，没有芜杂、难懂的语言与抽象义理的过度堆积，诗歌阅读的过程却又总给人"惊异"之美，这和诗人高超的语言驾驭能力有关。诗人总能够将日常语言巧妙加工为诗家语，通过这样的"陌生化"转换，实现诗歌审美空间的构建。

张二棍善于对日常语言进行悖论性组接，让句意与句意进行碰撞，句子互扰形成巨大的张力，完成诗歌诗意空间的建构。《我已经和这个世界格格不入了》全诗仅有两句："哪怕一个人躺在床上/蒙着脸，也有奔波之苦。"短短两行，诗句间、诗句与诗的题目现出多种歧义，躺在床上与奔波之苦、蒙着脸与奔波之苦、格格不入与奔波之苦，仅几十个字，语义与语义的互相冲突、抵牾，人与这个世界周旋中的无奈、疲累等种种滋味从字句间幽幽而来。《众生旅馆》中以"呃，我只需要睡眠/这家名为众生的旅馆/却一次次，妄图/递给我整个世界"作结，勾描出在旅馆这个空间中世人的众生相，以及这个欲望世界对我不断地侵入。除了根据叙述发展直接对句子做悖论性组接外，张二棍多数诗歌是通过关联词"好像""仿佛"来实现诗句与诗句的悖论式搭配的。《老大娘》中留守的老人糊涂时把寿衣"羞涩"地穿上"仿佛出殡/又好像出嫁"；《下午即景》中，"我眼神清白，内心纷乱/像刚刚无罪释放/又像要戴罪潜逃"；《我老了》中，"我怀揣着，一张寂静的白纸/像怀揣着，千山万水中，两条/庄严的小命"。张二棍把句意互相背离的句子并置，同时利用"好像""仿佛"等关联词缓和它们并置所产生的突兀感，句子表意自然、流畅，毫不做作，而句子间互相排斥又尝试兼容而来的张力，使诗歌诗意空间大大拓展。除此，张二棍诗歌的一些句子，还通过悖论式修饰直接发掘诗句本身的诗意力量，前文论述过的诗歌《哭丧人说》，其中就布满了这种句子："训练有素的痛苦""凭空抓出一位死者""莫须有的悲欢""荡气回肠的练习"。张二棍曾说道："我们要避免向语言献媚，要努力向生活致敬。现实远比所有语言所能繁殖的东西更悖谬、更狗血，也更精彩，更具歧义。"① 正是因为摆脱了对语言自身的迷信，张二棍的诗歌对语言的态度更加恭谨，其力求语言的精准，竭力发掘语言的表意维度试图让它尽力达到对现实再现、表现的深度与广度，这种对日常用语的悖论性组接，正是诗人力图用诗歌语言去传达复杂现实经验的体现。

张二棍对日常语言的"陌生化"转换还表现为对习成性语言的化用。习成性语言也就是人们在日常生活中已经约定俗成、达成共识且习以为常的表述。例如，《太阳落山了》一诗，题目"太阳落山了"是对日暮、天晚的日常性时间表述，并非实指太阳的落山。诗人依此逻辑指出："无山可落时/就落水，落地平线/落棚户区，落垃圾堆。"从日常生活经验看，日暮天晚时，太阳确实会在不同人眼中逐渐沉落在这些事物之后，但在表述时间时，尽管没有山可落，人们依然会用"太阳落山了"来表述，而不是用太阳落水或落垃圾堆来表述。真实情境与语言表述的偏差，使诗人带到诗歌中的真实描述情境的语句，因为与人们日常认知惯性的偏差而有了"陌生化"的效果。有了这样带有日常经验痕迹但不是日常经验的常规表述的铺叙之后，"落日真谦逊啊/它从不对你我的人间/挑三拣四"，这样诗歌意旨的传达，既在情理之中又在意料之外，诗歌反讽的意味也由此而出，落日自身的谦逊正是对人类语言表述、人类文化的偏见与固执的反讽。《消失》中："从前，我愿意推着一车柴/去烧一杯水，谁劝也不听。""从前，你总是把狗样当成人模。""到了黄昏，我又反思了一遍/是应该弹尽去死，还是粮绝去死。"诗歌中诗人多次对常用成语进行化用，这种化用或是反用——"杯水车薪"，或是拆分、重组，都是在已有语言表意的基础上进行再加工，因为是再加工，所以它既保留了原材料原来的质地，又在原材料质地的基础上或背离或延宕，因而这种加工的效果对读者来说既亲近又异美。

张二棍还常通过比喻的修辞手法来实现日常语言向诗家语的转换，如《穿墙术》②：

---

① 张二棍 . 文化与生活的共振写作 [J]. 诗探索，2016（8）：6.
② 张二棍 . 入林记 [M]. 北京：中国青年出版社，2018：113.

你有没有见过一个孩子

摁着自己的头，往墙上磕

我见过。在县医院

咚，咚，咚

他母亲说，让他磕吧

似乎墙疼了

他就不疼了

似乎疼痛，可以穿墙而过

我不知道他脑袋里装着

什么病。也不知道一面墙

吸纳了多少苦痛

才变得如此苍白

就像那个背过身去的

母亲。后来，她把孩子搂住

仿佛一面颤抖的墙

伸出了手

　　全诗前半部分创设情境，陈述冷静克制，诗歌语言只是起到陈述事实的作用，中间两个"似乎"的运用，诗歌开始渗透出抒情意味，"我不知道""也不知道"陈述之中夹杂着一定的情感，但全诗的诗性味道之盒并没有打开。只有到了末句——后来，她把孩子搂住/仿佛一面颤抖的墙/伸出了手，整首诗在残酷中有了淡淡的煦暖，这成为诗歌悲情力量与意旨传达的爆破点，诗歌的诗境一下子被打开，作品因此具有了巨大的审美张力，由此日常语言才完成了向诗家语的转换。《十里坡》中，"你看她，拖着一大包空酒瓶子/从一座垃圾山，向另一堆更高的爬/为什么，她那么不像一个孩子/却如同，一个扛着炸药，登山的壮士"，瘦弱的女孩被比喻为英勇的壮士，传达出生的沉重与苦难；《我不能反对的比喻》将老虎比喻为钉鞋的老爷爷；《安享》中长椅上的老人被比喻为文火煮过的药渣；《束手无策》中"他蹲在街角/一遍遍揉着头发，和脸/像揉着一张无辜的报纸"；《暮色》中羊群被比喻为雪，进而又被喻为"善知识"。这些比喻或明喻或暗喻，简单通俗，却又张力十足，使诗歌叙述中简单勾勒的形象，一下子变得血肉丰满、生动可感而又韵味十足，从而使诗歌有了光影、有了色彩，也有了人情的温度。这些诗歌细节中的审美要素，使张二棍的诗不经意背离了口语写作者们所推崇的"零度抒情"，在他的诗歌中，情感的传达始终是绵柔低沉的，有着人性的光辉。

"在张二棍这里，我们看到了一种绝不轻松的生活经验、文化经验和个人境遇，而对诗人来说更重要的责任是将其转化为语言的内在经验。由是，张二棍也是这个时代不多见的寓言制造者和情境叙述者。"① 张二棍的诗歌以其对中国乡村社会与底层群体的诗意观照，达到了对现实生活的深度"介入"的目的。作为"寓言制造者""情境叙述者"，他凭借其对生活细节的发掘能力以及精湛的诗艺技巧，在叙事与抒情的共融中巧妙设计"刺点"，并通过日常语言的"陌生化"处理，实现了现实经验向诗歌经验的转换。"优秀的诗歌源于主旨意蕴和艺术形式二维因素共时性的审美呈现，繁荣的诗歌时代也需要情思发现与艺术建构的双向支撑。"② 在今天全民写作的时代，张二棍的诗歌以其独特的写作向度与审美追求成为当下诗坛特殊的"这一个"，正如评论家霍俊明所言"这都印证了张二棍是一个不能被低估的诗人"③。

注释：

本节批评实践二中所引诗句均出自张二棍. 入林记［M］. 北京：中国青年出版社，2018.

载《中北大学学报》（社会科学版）2020 年第 4 期

---

① 霍俊明. 谁也没有做好谈论星空的准备［M］//张二棍. 入林记. 北京：中国青年出版社，2018：7.

② 罗振亚. 21 世纪诗歌："及物"路上的行进与摇摆［J］. 天津师范大学学报（社会科学版），2015（2）：6.

③ 霍俊明. 谁也没有做好谈论星空的准备［M］//张二棍. 入林记. 北京：中国青年出版社，2018：8.

批评实践三

废名小说《桃园》中陌生化创作手法的运用

"陌生化"是俄国形式主义文艺思想的核心概念，俄国形式主义文论思想认为文学的本质在于"文学性"，而文学性的获得恰恰在于"陌生化"创作手法的巧妙运用。简言之，"陌生化"是相对于日常感知"自动化"而提出的概念，指在创作过程中运用多样化创作手段，通过变形、扭曲甚至背离的方式有意延宕表现对象带给审美主体的审美感受，唤醒被日常认知经验遮蔽的审美对象的审美感染力。废名小说《桃园》意蕴隽永、绵长，读起来又颇为晦涩，此种叙述效果的产生可以说与小说创作中"陌生化"创作手法的运用是分不开的。这种"陌生化"创作手法主要表现为叙述手法的陌生化与语言运用的陌生化。

一、叙述手法的陌生化

小说《桃园》是以第三人称全知视角构架整部作品的。很明显，叙述人是一个精于叙述的叙述者，这既表现为在叙述过程中叙述者时而借用人物内视角辅助叙述，时而站在旁观者的角度通过人物对话场景的展开推进叙述，时而有意借用议论、抒情的方式实现叙述干预，更表现为叙述人在调用力所能及的所有叙述方式的过程中，利用各种叙述方式的叙述效果，实现信息的间接释放与有意扣留，从而使叙述踪迹看似有迹可循实则又陷入经不起推敲的境地。整部作品余音袅袅、余响不绝。

小说开篇以第三人称全知视角交代了桃园的位置与桃园中父女俩的生活境遇与各自的精神状态，叙述流畅，信息相对明晰准确。之后，叙述视角逐渐内倾过渡为阿毛的视角，从阿毛的视角进而建构占相当篇幅的场景对话，在阿毛与王老大的对话过程中，随着叙述的推进，叙述视角进一步过渡为王老大的视角，随着对话场景的不断展开，叙述视角在阿毛与王老大之间来回转换。小说后半部分王老大买玻璃桃子的情节主要是从第三人称全知视角展开的，叙述信息的传递又部分借用王老大的视角完成。

可以说整篇小说的叙述者始终是知情者，然而出于叙述目的、叙述美学的自觉追求，叙述者故意遮蔽、扣留信息，欲言又止，顾左右而言他，延宕读者的审美感知，使本篇小说与传统古典小说及同时代其他作家作品甚至废名自己的同时期其他小说作品相比呈现出"陌生化"的创作倾向。叙述者释放信息又扣留信息的举动在整个叙述过程中是含而不露的，这正得益于其在叙述过程中对两位人物内视角叙述的征用，以及以对话构建叙述主框架的叙述方式。在这里，我们必须提到作品中的两位人物——阿毛及王老大，在日常经验感知上，他们与现实生活中的正常人是有所差异的。阿毛是一位十三岁发着高烧的病人，且终日孤单，没有玩伴。疾病、年龄及其心理性格决定了其当时状态下思考、认知、内心体验的恍惚、感性与跳脱，从其视角展开的叙述难以构成信息完整的情节。王老大是一个酒鬼，生活的重压以及酒精的麻醉使其看待问题、处理问题的角度也是与常人相异的。小说中提道："王老大这样的人，大概要喝了一肚子酒才不是醉汉。"小说中，王老大是惦记喝酒的，属于未喝或未喝够的状态，其应对事情的态度应该是"醉汉"的态度，也就是不清晰、混沌的状态，因此从其视角展开的叙述亦是不明晰的。特别是小说后半部分，王老大买玻璃桃子的情节，从其视角展开的叙述是经不起生活推敲的，也正是源于此，有研究者指出买玻璃桃子的情节实则是王老大的梦境①，也有人从叙述视角判断此时的王老大精神已经不大正常，买玻璃桃子情节是违背生活常理的。

两位人物的内视角叙述传达的信息是有限的、不明晰的。两位人物对话构建的叙述同样传达的信息是不完整的、无法对接的。阿毛与王老大在现实生活中本身的沟通是有限的、互不理解的，因而阿毛在"种橘树""桃子好吃"的话语中潜藏的对完整和谐家庭的渴望被王老大一次次误解，进而故事中最后出现买玻璃桃子的情节。

除了在叙述中利用人物视角、通过对话场景叙述为故事的讲述设置了大量的信息空白点外，第三人称全知叙述者通过描写、议论、抒情对叙述暧昧不明的干预也使整个叙述疑窦丛生。例如，"茅屋大概不该有""王老大这样的人，大概要喝了一肚子酒才不是醉汉""是的，这桃子吃不得，——王老大似乎也知道！"等，这些句子本身传递了叙述人对自己叙述的信息难以准确把握。

总之，作者对整篇小说叙述视角的选择，有意地背离了传统古典小说中

---

① 郁宝华. 废名小说《桃园》解读［J］. 文学教育（上），2014（1）：54-57.

将故事讲得流畅、清晰的原则，大大地丰富了小说的审美内涵，使本篇小说在审美创作上成为现代小说中难以代替的经典之作。

二、语言运用的陌生化

除在讲故事的方法上《桃园》有意地遵循了"陌生化"的审美旨趣外，小说语言的运用本身也呈现出了"陌生化"的审美取向。这种语言运用的陌生化主要体现为语言构造的蕴藉化追求，以及象征、隐喻的大量运用。

废名小说语言的一大特征就是含蓄蕴藉、意味深长，具有诗化特征。在《废名小说选·序》中，他曾指出："就表现的手法说，我分明地受了中国诗词的影响，我写小说同唐人写绝句一样，绝句二十个字，或二十八个字，成功一首诗。我的一篇小说，篇幅当然长得多，实在用写绝句的方法写的，不肯浪费语言。"[①] 小说《桃园》的语言，同样也体现了废名小说语言的诗化总特征。例如，对阿毛身体、心理状况的描写与评论——"话这样说，小小的心儿实在满了一个红字""你这日头，阿毛消瘦得多了，你一点也不减你的颜色""刚才，她的病色是橘子的颜色""阿毛张一张眼睛——张了眼是落了幕"，这样诗化的叙述语言在小说中俯拾皆是，通过字与字、句与句的灵活组合、自由搭配，不同质的事物碰撞在一起产生了强大的审美张力——阿毛的瘦与太阳的颜色、橘子与病色、张眼与落幕，词与词的本义与衍生义在这样的对举中扩展了表现疆域，增强了情感表达的效果与审美感染力。

在叙述过程中，作者对情节的安排是遵循主人公意识流动的轨迹的，而作品中的两位人物特别是阿毛，因为其身体、精神状态，其思维是跳脱无序的，作家的叙述语言也呈现为某种意识流动性：日头—桃花—水井—妈妈的坟—月亮—青苔的绿……整篇作品在情节组织上呈现为自由、流散的状态，这样跳跃的情节结构也增强了小说整体的诗化特征。

另外，小说《桃园》整体"陌生化"审美旨趣还表现为作品中大量隐喻与象征的运用。首先，小说的名字"桃园"本身就带有很强的隐喻性。在中国传统文化中，"桃"有圆满、长寿之意蕴。在陶渊明的《桃花源记》中，他更是构造了一幅"黄发垂髫，并怡然自得"的理想社会的美好景象。"桃园"二字在中国传统文化语境的解读下，本身含有美好、圆满之意。小说中

---

① 冯文炳. 废名小说选·序［M］//冯文炳选集. 北京：人民文学出版社，1983：1-2.

的"桃园"却是愁苦、孤独、与县衙的"杀场"相伴的。桃园中的阿毛是善与美的化身，然而她却是害着病的、单薄的、孤独的。在世俗权力象征的"县衙"比照之下，"桃园"超脱的美丽是那样柔弱、不堪一击。"桃园"的传统文化内涵与作品中"桃园"的真实情境产生严重错位，丰富了小说的思想内涵与加大了小说的现实批判力度。

其次，小说中各种意象的选取也带有很强的隐喻象征性，如橘树与桃树、月亮、日头、酒瓶以及反复出现的色彩——红色。其中酒瓶是在小说中一直出现且发挥一定情节功能的意象。在这里，酒瓶有满足王老大口腹之欲的欲望之寓，也有满足阿毛愿望的功能（酒瓶换玻璃桃子）。酒瓶在小说中一直是空的，寓意着欲望难以满足，由此王老大的焦灼与无助不难理解。阿毛用酒瓶换玻璃桃子——用王老大的以麻醉求生存的欲望换取阿毛对生存与美好的向往，据此也能够看出王老大与阿毛父女亲情关系的善与美。玻璃桃子最后的破碎寓意着王老大以及阿毛各自心理向往的双重破碎。比如，红色，日头是红色的，"阿毛的心里满了一个红字"，送给尼姑的桃子是红色的，打碎的玻璃桃子也是鲜红的。红色属于暖色调，但又容易激起人情感的动荡，是生命力强盛的象征。红色在小说中反复出现：阿毛消瘦得多，日头却不减颜色——红色带给人对生命力衰弱的焦灼感；阿毛给尼姑的桃子是红色的——阿毛对善与爱的向往是炽烈的；玻璃瓶子是鲜红的——王老大对玻璃桃子寄寓的希望是炽烈的；鲜红的玻璃瓶子的最后破碎——对生的追求与向往的彻底落空。

总之，小说《桃园》在语言运用上通过诗化的语言结构以及大量的隐喻、象征使整部作品呈现出咀嚼不尽的审美意蕴，再加上叙述手法的独特性选择，《桃园》以其"陌生化"的审美效应，就此成为现代文学史上一道独特的风景。

载《文学教育》2016 年第 1 期

批评实践四

"陌生化"理论下曹乃谦《到黑夜想你没办法》解读

"陌生化"又称"反常化"或"奇异化"，由俄国形式主义的代表人物什克洛夫斯基发表的一篇题为《词语的复活》的论文中提出，是俄国形式主义文论的一个核心概念。俄国形式主义认为文学的本质在于文学性，而"陌生化"则是文学性产生的根本原因。艺术的目的在于唤醒人们的审美感知，"陌生化"手法可以通过创造性的手段，对对象有意偏离、背叛甚至扭曲、变形，使感知摆脱在日常生活中自动化了的先在性，从而唤醒感知对生活初始的审美感受。陌生化作为一种艺术手法、审美范畴，并不仅仅存在于作品的形式、结构方面，它可以说存在于作品的各个层面。

一、题材的陌生化

俄国形式主义指出"本事"与"情节"在小说中是两个不同的概念，"在小说诗学中，'本事'是小说中所处理的'原材料'，而'情节'则是作者对原材料的加工或操作"①。在小说创作中，本事是文学创作的素材，但是任何按自然顺序平铺直叙的故事都缺乏新奇感和吸引力，只有对本事加以改造，使"本事"变为"情节"，文学才能产生。因此，文学作品的情节是对本事的一种陌生化，是"本事"得以被人创造性扭曲，具有独立审美价值，获得读者认同的独特方式。

《到黑夜想你没办法》原生态地描写了 20 世纪 70 年代生活在"温家窑"这个小村庄的人们的生存状态，展示了生命在极度贫穷的状况下遭受本能欲望（食与性）驱使的卑微、无奈与荒凉。食与性的煎熬碾压着"温家窑"村里的男男女女，牲畜般的苟且在这里似乎是人生存之常态。《吃糕》集中体现了人对"美食"极度渴望之下压抑不住的欲望本能，"满房'咔嚓叭喳'响，盖住了中门那头牲口的嚼草料声"这样比照式的写法使人动物性的本能尽情彰显。有人吃得太快噎得挺着脖子，双眼都憋出泪；有人吃太多差点撑死不得以喝尿催吐。生存的丑态在食物之下赤裸裸地呈现出来，然而，在作者精

---

① 张冰．陌生化诗学：俄国形式主义研究［M］．北京：北京师范大学出版社，2000：244.

巧的构思、质朴的语言、悲悯的审美观照之下，读者读不出肮脏与愤慨，读出更多的则是同情与无奈。生存之荒凉、盲目尽得彰显，读者对人物生出的不是道德判断而是审美判断。作者通过文字化我们的道德经验为感性审美经验，把"本事"陌生化为"情节"，摒弃我们日常感知的自动化、机械化、刻板化，使表现对象以立体的、丰富的、审美化的方式显现，从而使每一个人物、人物之后的每一个事件成为考量的对象，在对他们的生存境遇认真地体察之后对他们有了审美的认同——事与物之丑与形象、意蕴之美形成巨大审美张力，令读者欲罢不能。作家陈忠实说："曹乃谦的小说展现了最偏远、最贫穷的生活形态，用的几乎是最精到的文学构思来写生活的原态，展开一幅幅不仅仅是震撼，而且是令人惊悸的生活图像。"①

二、情节、结构的陌生化

著名汉学家马悦然在为《到黑夜想你没办法》作序时曾有这样的疑问，"《到黑夜想你没办法》到底是一部短篇小说集还是一部长篇小说"，他之所以会产生这样的疑问，是由于这部小说的结构不同于一般的长篇小说，它不是由一章一章组成的，而是由 29 篇短篇小说和 1 篇中篇小说构成的。每篇以一个人物或一个事件为中心。以人物为中心的常以人名命名，如《福牛》《三寡妇》等；以事件为中心的常以事件命名，如《看田》和《灌黄鼠》《打平花》等。这样散乱的小说集方式呈现的《到黑夜想你没办法》，势必会令初拿到作品的读者不知所措。读者如果把每一篇小说当作独立个体来看待，少了有意寻找篇幅间内在关联的主动性，而有了待读罢全部作品不断进行反刍的审美延宕性。在人物关系、情节设置上，这些看似独立的短篇实则是相互勾连的。例如，《女人》中的温孩女人刚和温孩结婚，不愿意和温孩睡觉也不愿意干活，被狠打了一顿才不得不顺从。《福牛》中，她已是两个孩子的母亲，与《女人》篇形成了时间上的先后关联。《女人》中表明她并不喜欢温孩，只因为温孩家出得起两千块钱才被迫嫁的。《福牛》中她找到了自己中意的男人——福牛，并且不断地用语言、行动进行暗示，大胆追求。到了《灌黄鼠》这篇，作者通过大狗的眼睛看到温孩女人终于和福牛在一起了，交代了温孩

---

① 汪曾祺.读《到黑夜想你没办法》［M］//曹乃谦.到黑夜想你没办法——温家窑风景.武汉：长江文艺出版社，2007：4.

女人和福牛的最终结果。这种"互文性的空间化叙事结构"使人物形象更加饱满，分散的情节得以勾连。

除了结构上有意为之的打破其叙述的逻辑性、连贯性，在情节设置上，曹乃谦运用倒叙、插叙等多种叙述方法故意延宕读者的阅读感受，使故事情节以碎片的方式呈现。例如，《贵举老汉》采用的是现实与回忆交织的手法，贵举老汉很愁晚上大会上该怎么说，一整天地想这想那，通过他的回忆，我们了解到，当年他在给东家割莜麦时与东家媳妇相好并且有了一个孩子，他边笑边回忆这幸福的往事。"一声母牛的低吼，把贵举老汉从几十年前的事情里又给叫回到现今"，他又得面对当天晚上的社员大会。贵举老汉回忆的内容为后面的情节展开做了必要的铺垫，同时回忆形式的补叙又保障了行文的流畅。《玉茭》篇是通过倒叙来叙述的，开篇就提到玉茭家里人给他配了个鬼妻，然后从小时候开始详细介绍玉茭的生平直至被自己家里人整治至死，家里人给玉茭娶鬼妻的仪式，这又回到了开头，全篇首尾呼应。这样自由的叙述手法在文章中随处可见。

结构、情节的碎片化呈现，使《到黑夜想你没办法》的阅读过程充满了疑惑与发现的惊喜，读者的审美感受在不断受挫中又不断满足。

三、作品语言的陌生化

用书面语写作是文学创作的常态，方言写作则是对书面语写作的陌生化。"温家窑风景"系列小说语言上最大的特色正在于方言写作，不仅是对话语言，连叙述语言也基本是大同方言。两者和谐一体、相得益彰，使作品充溢着一股浓浓的"莜麦味"。这首先体现在方言词汇的使用上。

首先，在大同方言中，有一种独特的语词构成方式，如他们不说"每日"，而说"日每日"来加强语气，还有许多类似的词，如"简直简""狠把狠""险些险""定准定"，意思分别是"简直""狠把""险些""定准"。《柱柱家的》描写老赵的好色用了"简直简"和"狠把狠"，活画出了老赵急不可耐的样子，比单纯说"简直""狠把"更体现出柱柱家的嘲讽和对老赵必来的胸有成竹。曹乃谦的动词运用也特别传神，"蛋娃欠起屁股，从烂窗孔向外瞭望。啥也没瞭出个啥情由，就又把屁股稳下来"。这里用了方言中的"瞭望""瞭"，比一般动词"看"更多了一层探看、侦察之意，小小的一顿饭，蛋娃却像行军打仗似的侦察"敌情"，这种以大写小的手法让人觉得蛋娃可笑又可怜。"稳"比"坐"多了一层下降感和稳定感，写出了蛋娃的失望心情和不得不强迫自己坐下来的无奈。曹乃谦这种方言化的写作方式，使他的作品具有了书面语写作所不具备的地方乡土色彩，语言更加传神，更贴切地勾勒出一方水土之下乡民的神韵。

其次，还有一些类似于当地谚语的句子夹杂在小说中，读者需要通过上下文才能理解。例如，"七格儿八格儿"，《锅扣大爷》中"锅扣每喝得七格儿八格儿，就摇晃着往野坟地去"，是"喝多了"的意思；"三日九，九日三"，这个句子出现在《玉茭》篇中，意思是"时间长了，时间久了"。这些读者不了解的词汇、句式，造成了读者感受上的困难，延长了阅读和理解的时间，达到了陌生化的效果。

总之，《到黑夜想你没办法》以冷静的叙述笔调为我们描绘了一幅晋北人民在特殊年代的独特生存图景，作者有意采用"陌生化的手法"，造成了一种延宕之美，增加了读者感受的难度和时间。作者对特定时代之下晋北底层农民生存状态的生动呈现，表现了他们肉体和精神的双重困境，包含着作家对贫穷之下，人的动物性属性的一种反思，因而作品既呈现出深切的人文关怀色彩，加上有意为之的"陌生化"手法的运用，又呈现出了独有的"形式之美"。

第四章

结构主义叙事学批评：理论与实践

结构主义是 20 世纪五六十年代盛行于西方的一种哲学和人文科学思潮，它首先兴起于法国，然后迅速蔓延到欧美各国，成为一种世界性的社会思潮。结构主义文学批评流派主张将文学作品视为一个由各种凶素相互联系而成的封闭的结构整体，它们的本质不在于它们的结构要素，而在于构成整体结构的各要素之间的联系。其研究目标不是认识具体的文学现象，而是致力于找寻各种文学现象背后的共有规律。在结构主义文学批评中，最具代表性、取得大量成就的当数结构主义叙事学批评。

第一节　结构主义叙事学理论发展

结构主义叙事学指受结构主义影响重视对叙事性文学作品进行结构—语义分析的研究模式，其前驱是苏联普洛普对俄罗斯民间故事的研究，主要成就集中在法国，以格雷马斯、热奈特、罗兰·巴尔特等人的理论为代表。

一、结构主义叙事学理论渊源

法国学者梵·第根指出："一种心智的产物是罕有孤立的。不论作者有意无意，像一幅画，一座雕像，一首奏鸣曲一样，一部书也是归入一个系列之中的。它有着前驱者，它也会有后继者。"① 结构主义叙事学的出现与现代语言学、俄国形式主义、列维–斯特劳斯结构主义人类学研究等学术思想有着紧密的联系。

---

① 第根. 比较文学论 [M]. 戴望舒，译. 上海：上海商务印书馆，1936：7.

（一）结构主义叙事学与现代语言学

现代语言学对结构主义叙事学理论的产生有着重大的意义。被称为"现代语言学之父"的瑞士语言学家索绪尔在其《普通语言学教程》中提出一系列二元概念，其中包括"语言""言语""能指""所指""聚合关系""组合关系"等。其奠定了现代语言学研究的基础，并为其他学科研究提供了可供操作的方法模式。

索绪尔把人类的语言活动区分为两个概念。一是"语言"，即由词汇和语法构成的规则体系，它作为一种语言规范制约着所有的语言使用者，具有超个人性的"同质"特点。二是"言语"，它是语言的实际运用工具，具有个人性和"异质"特点。索绪尔认为人类语言活动由这两部分构成，两者相互关联、互为前提。"语言"所制定的规则与规范使不同个体间的具体"言语"行为之间的社会性交流成为可能，"语言"行为自身的存在与发展又有赖于个别性的"言语"活动。"言语"不具有独立意义，它们之所以能够进行信息的传达，是建立在超越其上的语言系统的作用方面。他进一步指出现代语言学研究对象是"语言"而非"言语"。索绪尔进一步将语言视为符号系统，他指出语言符号由"所指"和"能指"构成，前者联结事物之"概念"，后者则联结事物之"音响形象"，这样确立起来的语言符号，"能指"与"所指"的联系是任意的，是在约定俗成的基础上语言习惯的产物。同样，运用语言符号进行表达的各类文化行为，包括文学创作，其运用什么样的概念来表达组织世界的方式，自然也是任意的，因此文学研究也应该注重整体的共时性结构系统研究，而不是个别性、具体的"历时性"研究。索绪尔极富启发性的现代语言学理论观点，为结构主义思潮包括叙事学提供了方法论的基础。

（二）俄国形式主义与结构主义叙事学

俄国形式主义是指 1915 年到 1930 年在俄国盛行的一类文学批评思潮，其反对传统的模仿说，重视文学形式的本体意义。"文学性"是俄国形式主义的一个核心概念，该流派认为，使文学与其他非文学形式做出质的区分的正是"文学性"。所谓的"文学性"，俄国形式主义的代表理论家雅各布森指出是"使一部作品成为文学作品的东西"①，俄国形式主义正是以"文学性"作

---

① 转引自托多罗夫. 俄苏形式主义文论选［M］. 蔡鸿滨，译. 北京：中国社会科学出版社，1989：24.

为自己的研究对象的，致力于创立一种专门研究"文学性"的文学科学。在他们的研究中，他们主张打破传统的文学作品内容、形式二分法，他们认为二者之间的关系是互融的，对形式的研究实质也是对作品内容的研究，包括叙事学文学作品。其主题选择、题材处理等属于传统形式—内容二分法框架中的内容部分，也应该被看作作品的形式因素，只有通过研究语言与艺术结构的规律，它们才能够被真正理解。俄国形式主义的这种观点对结构主义叙事学的产生有着重要的启发意义。

俄国形式主义的一些理论家在论及叙事性作品研究过程中提出的一些观点和概念也为结构主义叙事学提供了理论启发与借鉴。其中，托马舍夫斯基在《主题》一文中提出了"事序结构"与"叙事结构"的概念，"事序结构"即事件的编年顺序，"叙事结构"即事件在叙事性文体中呈现的顺序与方法。什克洛夫斯基在分析斯特恩小说《特里斯特拉姆·香迪》的过程中运用了这两个概念来阐释小说的叙事技巧，这些研究引起了人们对叙事结构与叙事视角等问题的关注。可以说，俄国形式主义不仅在文学研究的指导思想上，而且在研究方法与研究步骤上，为叙事学的诞生提供了理论资源与可参照的模本。

对结构主义叙事学产生最直接影响的当数 20 世纪 20 年代俄国学者弗拉迪米尔·普洛普的研究。普洛普并不属于俄国形式主义批评流派，普洛普的研究成果集中反映在他 1928 年出版的《民间故事形态学》中。在这部著作中，普洛普通过研究 100 个俄国民间故事，发现在民间故事中，人物可以进行多样的变化，但这些人物在故事中承担的功能总是不变或者变化有限的。据此，他提出了"功能"的概念，指出在这些他研究的民间故事中，人物的行动在故事情节中有一定的意义，人物行动对情节的意义即"功能"，并将这些功能总结为 31 种。同时，普洛普还归纳了这 31 种功能的 7 个行动范围和与此对应的 7 种角色。他指出，所有民间故事，从叙事结构而言，都有着共同的本质，遵循着共有的基本原则。由此，普洛普建立了一个民间故事的基本结构模式。普洛普对民间故事的研究着眼于同类作品的内在形式特点，寻找其共有的结构模式，这对其他叙事文的结构分析有着重要的参考价值。由此，普洛普也被尊为叙事学理论鼻祖，并对后世学者如列维-斯特劳斯、布雷蒙、A. J. 格雷马斯等人产生了深远的影响。

（三）列维-斯特劳斯的神话模式研究与结构主义叙事学

法国人类学家列维-斯特劳斯被誉为"结构主义五巨头"之一，是结构主义思潮的重要领袖人物。1945 年，列维-斯特劳斯发表《语言学和人类学中的结构分析》，他第一次将结构主义语言学的研究成果运用到人类学上。之后，他又出版了《结构人类学》《野性的思维》等专著，他致力于借助语言学概念和术语分析非语言学材料，使他的研究从语言学走向其他人文学科，一步步奠定了自己结构主义思潮领袖人物的地位。

列维-斯特劳斯把神话与语言联系起来，他认为神话与言语活动一样具有"言语"和"语言"的区分，具体的神话表述属于"言语"，整个神话的基本结构系统则是神话的"语言"。神话的意义不存在于构成神话的单个因素的"言语"中，而是存在于这些因素结合的方式之中，存在于神话构成的体系的"语言"中。他以结构分析法从不同层面对神话故事进行切割，提出所谓的"相对成分分析法"，从结构入手来阐释不同文化中神话故事的类近性。通过对俄狄浦斯神话的分析，论证了对神话的结构主义分析研究的可操作性。在《野性的思维》一书中，他发现原始图腾不仅有着自己的精确的逻辑结构，而且可以构造结构。他指出，"神话和仪式远非像人们常常说的那样是人类背离现实的'虚构机能'的产物"，它是"具体性的科学""在人类艺术活动中可以被清楚地观察到"。① 他指出神话思维中"二项对立"的思维特征，借此思维方式，神话由此构造起关于世界的图像，对世界进行解释。列维-斯特劳斯对神话的结构研究在研究方法、思维模式等方面为结构主义叙事学提供可参照的方式，对结构主义叙事学产生了深远的影响。

二、结构主义叙事学主要理论观点

结构主义叙事学理论的主要内容体现为托多罗夫、热奈特、格雷马斯、罗兰·巴尔特等人相关的叙事学理论阐述。他们的研究角度各异，运用的概念也有区别，但都表现出对科学方法的信赖和对叙事作品内在规律的关注。

（一）格雷马斯的结构语义学与"符号矩阵"

A. J. 格雷马斯（1917—1993 年）是法国著名的符号学家，其代表作有

① 列维-斯特劳斯. 野性的思维 [M]. 李幼蒸，译. 北京：商务印书馆，1987：19.

《结构语义学》和《论意义》，他深受索绪尔、普洛普等人理论的影响，从语义学的角度研究叙事语法。

格雷马斯认为人类的语言结构不可避免地会影响人类叙事作品的结构，虽然叙事作品千差万别，但就结构而言必然存在着共同的结构系统，或称之为"语法"。格雷马斯对普洛普总结的民间故事模式进行改造，以使之更加规范化和系统化，更具普遍性。他认为，普洛普对"角色"的归纳不够抽象简单，每一个故事都有性格不同、关系各异的人物，但这种表层结构是由深层的基本类型衍生出来的，于是他把普洛普的七个"行动范围"归纳为三种六个互相对立的"行动元"。"主语"和"宾语"，相当于普洛普划定的"英雄"和"被寻找的人"；"发出者"和"接受者"，相当于普洛普划定的"英雄"和"被寻找的人"；"助者""对手"相当于普洛普划定的"帮助者""施主"和"反角""假英雄"。这六个"行动元"点明叙事基本事项的各种内在关系："发出者"引发"主语"的行动，行动有一定相对的"宾语"，行动时"主语"遇到"对手"阻挠，其获得"宾语"，通过"助者"的帮助，"主语"克服困难获取"对象"并将之授予"受者"。格雷马斯认为，前两组对立是最基本的语义结构，它们之间的相互对立与联系，可以形成故事叙述的基本结构模式。第三组对立关系在叙事中起到帮助或阻挠希望和目的得以实现的作用。同时，他还指出，在故事中，一个"行动元"可由不同人物扮演，也可由非人因素扮演，同时某一人物又可扮演多种"行动元"。他还认为普洛普的三十一个"功能"不够精练，据此他将其归纳为三种"叙述组合"：契约型组合（叙述命令、接受命令或违背禁令）、完成型组合（历险、争斗、完成任务等）、分离型组合（叙述往返、离合等）。叙述组合把"行动元"的活动组成情节，如同句法把语汇组合成句子结构一样。由此，他将"叙述"变为各种复杂的"句型"来研究。很显然，格雷马斯的研究比普洛普的研究更灵活，更具有概括性，便于发现、揭示各种叙事句型背后隐含的模式和意义。然而，格雷马斯的归纳更加抽象和简单，也更远离纷繁复杂的文学的具体性，因而我们应批判性地借鉴学习。

格雷马斯对于结构主义叙事学理论的另一重要贡献就是他在《结构语义学》中提出的"符号矩阵"理论。他认为在文本表层结构之下还有两层，即话语结构和叙述结构。一般结构主义分析只停留在叙述结构，他认为这两层还只是"表层结构"，在它们之下还有一层逻辑/意义结构，它才是真正的

"深层结构"。格雷马斯借用逻辑学中的"矩形"，提出"符号矩阵"理论，认为通过符号"矩形"才能显出意义的基本构成模式。

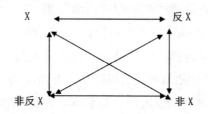

图 4-1　X、反 X、非反 X 与非 X 之间的关系

　　这个符号矩阵就是意义的基本构成模式。这里 X 与反 X、非反 X 与非 X、X 与非 X、反 X 与非反 X、X 与非反 X、反 X 与非 X，共构成六组二元对立关系。由此，符号矩阵形成了强大的"阐释场景"，具有了强大的构成力，据此可生成如生与死、分与合、冲突与和解等具有对立关系的基本动作。不仅如此，符号矩阵在表示一系列关系的同时也表示了一方向另一方的运动，由此构成了叙述的本质，故事由此展开。格雷马斯指出"符号矩阵"这个强大的"阐释场景"与故事的关系，他说："行动的内容始终在变化，行动者也在变化，但是阐述场景总是同样的，因此它的永久性被角色的固定配置所确证。"①

　　"符号矩阵"理论具有一定的实践操作性，美国当代文论家 F. 杰姆逊曾运用格雷马斯的"符号矩阵"理论分析了《聊斋志异》中的《鸲鹆》和康拉德的《吉姆爷》，国内有很多人运用此理论分析一些包括小说、电影和戏剧在内的带有叙事性的文本。

　　（二）托多罗夫的"叙事句法"理论

　　法国符号学家茨维坦·托多罗夫（1939—2017 年）被称为结构主义"年青一代"的代表，曾师从罗兰·巴尔特，是叙事学理论的主要奠基者。他早年编译的《文学理论》一书，影响了法国结构主义符号学理论的发展。他一生著述颇丰，代表作有《文学与意义》《诗学》《〈十日谈〉语法》《象征理论》《批评的批评》等。他在 1969 年发表的《〈十日谈〉语法》中写道："这部著作属于一门尚未存在的科学，我们暂且将这门科学取名为叙事学，即关

---

① 转引自胡亚敏. 叙事学 [M]. 武汉：华中师范大学出版社，2004：182.

于叙事作品的科学。"① 学界至此确定了"叙事学"这一学科术语，这被称为自普洛普之后叙事学领域取得的最重要的进步。

托多罗夫认为可以借助语言学的"语法"模式进行故事的叙事分析，在《〈十日谈〉语法》等作品中提出了"叙事句法"理论。他将《十日谈》中的每个故事都简化为一个纯粹的句法结构。他认为人类所有信息系统都遵循一种"普遍的语法"，因此故事作品也可以从人类语义的语法层面来讨论。"叙事语法"处理的是故事的深层组织，其基本单位是陈述与序列。陈述是叙事的基本单位，相当于语言中的"词类"对应的实体，如"a/b 生病""a/b 决定离家""a 找到 b"等，它无须简化。序列则由构成一个独立完整故事的一系列"陈述"汇集和排列而成，一个故事至少一个序列，也可包含多个。它相当于语言中的语段，是叙述的最小完整形式。他还把"人物"视为专有名词，人物的属性（包括状态、身份、特质等）视为形容词，其行为（故事现状的改变与发展）视为动词。这样，每个作品都就成了一个放大的句子。通过句子结构的分析，我们可以找到支配陈述（词类）和序列（句段）的组合规则（语法）。我们以《十日谈》中的四个故事为例。

1. 修道院长要惩罚与少女偷情的僧侣，反为少女所迷，僧侣借此逃脱了惩罚。

2. 女修道院长要惩罚与人偷情的修女，但自己错将男修道院长的裤子当作头巾，修女发现并暗示，院长只得放过修女。

3. 丈夫归来，佩拉涅娜把情人藏于酒桶中，谎称有人买桶，丈夫为之打扫酒桶，她与情人仍然调情。

4. 丈夫从城中返回，妻子称前来敲门的情人是鬼，丈夫告诉她祛除的方法，妻子假装试验，通知情人离去，从而骗过丈夫。

托多罗夫把这类故事抽象为下列句法结构：

x 犯了戒律 y 必须惩罚 x→y 也违犯戒律→y 没有惩罚 x；

x 设法免受惩罚→y 相信 x 没犯戒。

托多罗夫认为陈述句由"主语+谓语+宾语"组成，小说也就是由"人物（主语）+人物的行动（谓语）+行动的对象或结果（宾语）"构成。小说叙事则是作为小说谓语的人物行动通过连接和转化完成的。所谓的连接，是指

---

① 张寅德. 叙述学研究［M］. 北京：中国社会科学出版社，1989：1.

小说叙事前一个行动引发后一个行动，相连相续构成一个完整的事件。所谓的转化，则是指小说叙事过程中，某种原因使情节连接的平衡状态被打破，由平衡转为不平衡，再转为新的平衡。在上面的句法结构图中，"→"表示叙事中两个行为之间的继承关系，上述《十日谈》的例子，前两个可以看成是一种转化，后两个则是一种连接。

托多罗夫通过他的句法理论证实了"叙事语法"的存在，找到了语言与叙事之间的相似与对应关系，这对人们对文学作品形式的共同结构的认识，无疑有着重要的启发性。然而，这种隔断了文学与社会、历史等外部世界的关联，而只对文学文本做"句法"分析的研究方法，明显具有极大的局限性。除此之外，托多罗夫的叙事理论还包括对叙事时间、叙事体态、叙事语式等的研究，这对叙事学理论的丰富与发展起着积极的作用。

（三）热奈特的叙事理论

结构主义叙事学诸大家的共同之处是都要发掘"深层结构"，但在发展中又呈现出两种走向：一种是着力于先发现深层结构，再由"深层"反观"表层"；一种是侧重文本/话语即表层结构，然后逐渐进入"深层"。前者以普洛普，列维-斯特劳斯、托多罗夫、格雷马斯为代表；后者则以热奈特和罗兰·巴尔特等为代表。

热拉尔·热奈特（1930—2018 年），法国著名的批评家、修辞学家以及结构主义叙事学理论家。其代表性的著作有《辞格三集》《新叙事话语》《虚构与行文》《隐迹稿本——二度文学》《转喻》等。在《辞格三集》中，他以四分之一的篇幅发表了《叙事话语》，提出一整套叙事学理论。热奈特的理论方法细致、灵活、富于操作性，因此引起巨大反响。1983 年，他又写了《新叙事话语》一书，进一步扩充其理论。他的这些叙事学理论翻译为中译本《叙事话语·新叙事话语》，于 1990 年由中国社会科学出版社出版，广受国内叙事理论研究者的追捧。

热奈特在他的叙事理论中首先区分了三个概念：故事、叙事和叙述。故事（story）是指真实或虚构的事件，即从作品文本的特定排列中抽取出来并按时间因果顺序重新构造的一系列被叙述的事件。"故事"可以是真实的，也可以是虚构的，在作家写作之前已存在于他头脑之中。叙事（narrative），又可称"叙事话语"或"文本"（text），指口头或书面上讲述描写这些事件的话语。这实际上就是作家对"故事"加工后完成的形态。叙述（narration），又称"叙述行为"。叙述与叙事必须区分开来。叙述即"叙述活动"，是指讲故事的动作和过程；叙事即"所叙之事"，是指实际讲述的内容。根据"故事—叙事—叙述"三个层面的划分，热奈特又提出一系列进行叙事话语分析的范畴：时序（order）指所述之事的时间次序。它分为"事实时序"和"叙述时序"。前者指"故事"中这些事件"实际"发生的顺序；后者指在"叙事"（作品文本）中这些事件排列的顺序。"时序"主要指这二者之间的变化关系。频率（frequency）指一个事件在"故事"中发生的次数与在"叙事"中被叙述的次数之间的变化关系，包括同频式（事件发生的次数＝事件被叙述的次数）、异频式（事件发生次数大于或小于事件被叙述的次数）等多种情况。语式（又称"语境"）（mood）指叙事的方式，它又可分为"距离"和"视角"。"距离"涉及叙述与它叙述对象的关系——二者是相距甚远还是相距很近？故事是被讲述的还是被描写的？是用直接引语述说的，还是用间接引语述说的？热奈特引用了柏拉图的"纯叙事"与"纯模仿"两个概念，认为它们相当于英美小说中的"讲述"（telling）和"展现"（showing）。视角（perspective），又称"视点"，指叙述人进行叙述的角度位置，它可以进一步细分。叙述人可以比人物知道得多，也可以比人物知道得少，或与人物活动于相同的层次上。"视角"可分为无聚焦视角、内聚焦视角和外聚焦视角。无聚焦视角——由外在于事件的一个全知叙述人交代事件，一般古典小说、通俗小说常用此种视角；内聚焦视角指由某个人物从一个固定角度或一些不同角度讲述，或从一系列人物的观点上讲述；外聚焦视角，指叙述人所知少于人物，以客观观察者的角度讲述。热奈特的叙事话语还包括语态（voice）。这是一个与"叙述"活动相关的范畴。热奈特认为作品都有叙述人，但叙述人不等于实际作者，作品的听述人也不等同于实际读者，"叙述人"和"听述人"都是"叙述行为"的参与者，他们也就成为作品文本的实际构成的成分。因此，作品在讲述故事的行动与所讲述的故事之间可以形成异叙述、同叙述和自叙述三种不同的组合方式。另外，语态还包括"故事时间"与"被叙述的时间"之间的组合关系。

　　热奈特提出的范畴不仅限于上述内容，他的这些"叙事学分析范畴"有力地丰富了结构主义文论家们致力建立一个系统的"散文叙事诗学理论"的构想。他同其他结构主义者一样，把语言学方式运用于叙事文体分析中，甚至化用大量语法修辞的现成术语（时态、语态、语式等）。他的"三层次理论"尤为出色，较好地处理叙事文本中所显现的各种"内在关系"，因此他建立的实际上是叙事"关系学"。其中，他最突出的贡献是对叙述人叙述方式的强调。叙述人运用不同叙述方式直接影响着作品的结构和审美效果，它绝不仅仅是形式问题，而是与内容不可分割的重要有机成分。当然，与其他人相比，热奈特主要研究叙事文本的具体成分，不太偏重"深层结构"，但他为寻找、确立"深层结构"奠定了基础。他同托多罗夫一道修正、拓展了普洛普的方法，为罗兰·巴尔特的进一步探讨拓宽了道路。

第二节　叙事学批评方法实践操作

我们运用结构主义叙事学理论进行文本分析，可从叙事结构分析、叙述方式分析两部分展开。

一、叙事结构分析

叙事结构指故事的构成要素和构成原则，叙事结构分析就是将叙事作品作为一个结构系统，阐明该系统中各部分之间的关系及其深层结构。结构分析需要从纵横两轴展开。叙事性文学的表层结构属于横组合轴段，它们是由功能和序列构成的故事情节。纵聚合轴是横组合轴段每个成分背后未显露且能够被带进的一套单位和原则，其最终项可表现为二元对立模式。结构分析基本步骤有二——分解情节，抽象集合。首先，将故事划分为相对独立的基本单元，在划分过程中可以去掉一些无关紧要的成分，保留故事中不可或缺的关键部分；然后，将这些基本单元按照一定的连接原则组合；最后，将化简了的基本单位按其相关语义排列在纵轴上。列维-斯特劳斯对俄狄浦斯神话研究就采取了这种研究模式。他将神话中的故事按内容和情节分割成一个个小的关系单位，如卡德摩斯寻找被宙斯劫走的妹妹欧罗巴、俄狄浦斯娶其母伊俄卡斯忒为妻、龙种武士们自相残杀、俄狄浦斯杀其父拉伊俄斯、卡德摩斯杀龙、俄狄浦斯杀斯芬克斯、拉布达科斯（拉伊俄斯之父）"瘸子"、拉伊俄斯（俄狄浦斯之父）＝左腿有病等若干结构，然后仿照语言学中的音素概念把这些小的关系单位合成一个个单元，称为"神话素"。在神话的叙事中如同音素在语言的使用中，其意义的产生来自"神话素"的排列组合方式。对这些"神话素"按照某种相似关系重新排列，列维-斯特劳斯指出俄狄浦斯神话的表层结构反映了早期人类关于自身生命来源困惑的深层结构——坚持人类是出自地下的信仰和人类实际上是由男女之间的结合生成的知识之间无法找到一种令人满意的转换。神话存在的价值，就在于讲述神话可以在某种程度上缓解人们的无意识的愿望或焦虑与他们意识的经验之间的紧张关系。加拿大汉学家唐纳德·霍洛齐在研究《老残游记》的过程中，对《老残游记》进行结构分析，他将整部书分为 17 个概要，再将这 17 个概要经过删减后合并为 10 个互相对应的成分，最后将这 10 个成分根据语义进行两两相对的纵向排列，由此得出《老残游记》的深层结构模式：非正义与正义的对抗。正义与非正义的对立模式在其他叙事性文学中也可以发现，叙事结构分析的意义在于，从大量叙事作品中抽取为数有限的深层结构模式，将不同语境下产生的文学作品联系起来，找出其某种共同性，从而进入情节类型的宏观研究中。叙事结构分析能够使阅读者更好地理解作品各部分的关系及内在联系，并能使人们在一个更广阔的视野下把握作品的意义。

二、叙述方式分析

叙述方式分析包括谁叙述和怎样叙述的问题，国内学者胡亚敏在《叙事学》一书中对此问题有比较详细的论述，其主要体现为以下几方面。

（一）叙述者分析

传统的叙事理论把作者等同于叙述者，或认为叙述者是作者的代言人。由此，人们长期以来对叙述者主要用第一人称、第三人称来划分。结构主义叙事学理论则对叙述者有了另外视角的划分。

首先，根据叙述者与所叙述对象之间的关系，叙述者可以分为异叙述者与同叙述者。异叙述者不出现在作品中，他讲述的是别人的故事。同叙述者作为作品中的人物，讲述自己或与自己相关的故事。异叙述者由于不参与故事，因此在叙述上具有较大的灵活性。就叙述范围而言，他可以凌驾于故事之上，掌握故事的全部线索和各类人物的隐秘事件，对故事做详尽全面的解说，他也可以放弃自己的特权，对故事冷眼旁观，做客观记录；在叙述行为上，他可以尽力绘声绘色营造出一种身临其境的氛围，增强作品的真实感，也可以坦白地告诉读者这是一个虚构的故事。中国古典小说、民间故事和童话，其中的叙述者多是异叙述者。同叙述者在叙述文本中相对不够自由，他只能讲述自己看到的或者参与的事情，他可以作为作品的主人公出现，借用自己的叙述优势对情节进行取舍与推进，他也可以尽情呈现自己内心的各种心理活动，换取读者的情感倾向。当然在一些文学作品中，作为同叙述者的主人公在讲述故事时却有意隐蔽一些重要的信息，同时也不通过心理活动的描写展露自己的任何心理动向，从而使作品表意晦涩、不易懂。例如，加缪的《局外人》，小说主人公"我"参加母亲葬礼，对自己的内在心理情绪闭口不谈，之后卷入一桩谋杀案，对谋杀案的动机与过程，"我"始终不做解释，这些重要情节与事件始终无法从"我"的叙述中找到可靠的信息做出解释，因此整部作品表现出某种不确定性，读者的阅读遇到一定障碍，这与作者的叙述目的与叙述效果有关。在同叙述者的叙述中，读者更需要注意到作为次要人物或者旁观者的叙述。因为，叙述者与故事中事件叙述的距离和叙述者事不关己的叙述态度常常造成文本空白，增加了作品的叙述魅力，同时也增强了作品的客观性与层次感。例如，鲁迅的《祝福》与《孔乙己》，小说悲凉与压抑的气氛与异叙述者的叙述态度有着紧密的关联。

其次，根据文本中叙述层次的不同，叙述者还可分为外叙述者与内叙述者。热奈特对叙述层次进行划分，他把包容整个作品的叙述称为第一层次叙事，即外部叙事，这里的叙述者就是外叙述者；叙述故事中的故事为第二层次叙事，即内部叙事，它包括故事中人物讲述的故事、回忆、梦等，这里的叙述者就是内叙述者。外叙述者在作品中可以起支配作用，如《追忆似水年华》中的马塞尔，也可以仅起框架作用，如《一千零一夜》中的山鲁佐德。在分析内外叙述者形象时，我们不仅要找出他们在作品中的位置，而且更重要的是辨析他们之间的关系。在同一部作品中，内外叙述者可以是一种因果关系，内叙述者通过他所叙述的故事或明或暗地回答外叙述者叙述中的问题，或外叙述者为内叙述者的叙述做出解释。这种内外叙述者因果关系在叙事文中较为常见。两者也可以是语义关系，外叙述者与内叙述者在意义上形成类同或对比，内外叙述者也可以在叙事文中只充当推动叙述的工具或起到担保文本真实性的作用，如《活着》中的"我"与"福贵"的关系。

再次，根据叙述者的叙述行为，叙述者又能划分为自然而然的叙述者和"自我意识"的叙述者。"自然而然"的叙述者指叙述者隐身于文本之中，尽量不露出写作或叙述的痕迹，仿佛人物、事件自行呈现，由此造成一种真实的"幻觉"。在这一类叙述中，叙述者很少或几乎不在作品中讲述他的构思过程和叙述方式，叙述者也可以通过编造假象来抹去写作的痕迹，而让作品呈现出一种真实感。这类叙述者往往采用发现手稿、书信、日记等手段，来表明作品并非一种创作，而是发生在某年某月的真实事件。"自我意识"的叙述者与前者相反，叙述者或多或少意识到自己的存在，并出面说明自己在叙述。他经常在作品中讨论写作情境，表明书中的人物只是写出来的文学形象，是受叙述者操纵的，叙事文的唯一真实就是写作本身，如马原的小说《冈底斯的诱惑》。这种明显地标明叙述行为的做法，旨在强调文本自身的性质，同时使读者用一种理性的眼光去理解作品的构成和艺术性。

最后，根据叙事者对故事的态度所做的划分，叙述者还可分为客观叙述者与干预叙述者。客观叙述者的功能是"讲述单纯的事实"，只充当故事的传达者，起陈述故事的作用，不表明自己的主观态度和价值判断。客观叙述者主要有两种讲述方式：一是对外部世界的"实录"，现实主义理论家比较偏爱这种叙述者；二是对内心世界的"复制"。客观叙述者在描述人物的内心世界时，力图真实地记录那不受阻遏的意识活动。例如，英国女作家伍尔夫的小说《墙上的斑点》，叙述者信马由缰，让思绪恣意驰骋，从墙上的斑点想到城堡，想到人生无常，想到森林、地铁、飞马，想到莎士比亚，想到法庭上的诉讼，真实、自然。伍尔夫认为，正是这种含混、跳跃的叙述，才能客观地表现出现代人的意识。叙述者保持客观的态度，并不意味着作品不带任何主观痕迹，只是这些痕迹不在叙述者的叙述中流露，而是借助叙述结构的要素如情节的设置、人物的安排、文本技巧（寓喻、象征等）等表现出来。干预叙事者则具有较强的主体意识，他可以或多或少自由地表达主观的感受和评价，在陈述故事的同时具有解释和评价的功能。干预叙述者更多的是在不中断叙事的情况下，以简短的文字阐明其看法，或用一些含义明显的比喻和评估性的形容词表达其倾向。例如，《水浒传》第九回中的："原来天理昭然，佑护善人义士。因这场大雪，救了林冲的性命。"中国传统的话本小说因为有道德教育的功能，所以常常在叙述过程中会进行类似这样的价值判断的论说。

值得注意的是，在叙述性文本中还经常会出现叙述者违规的现象，如同叙述者与异叙述者的变换、外叙述者与内叙述者的互相侵入等，评论者需加以仔细辨析。

（二）叙述视角分析

1. 叙述视角与叙述声音的辨析

叙述视角分析也是运用结构主义叙事学理论进行文学批评常常被用到的分析范畴。视角指叙述者或人物与叙事文中的事件相对应的位置或状态。或者说，叙述者或人物从什么角度观察故事。视角在叙述中的重要地位是不言而喻的。在视角分析过程中，人们首先要区分叙述视角与叙述声音的不同。热奈特指出叙述文研究过程中存在着对"谁在看"和"谁在讲"的混淆，简单说视角指的就是"谁在看"，而叙述声音则指向"谁在讲"。视角与声音在有些叙事作品中基本一致，如中国的传统话本小说。然而，在一些作品中，两者又并非完全一致，视角是人物的，声音则是叙述者的，叙述者只是转述和解释人物（包括过去的自己）看到和想到的东西，双方呈分离状态。无论是在讲关于他人的故事还是在讲关于自己的或包括自己在内的故事中，这种现象都存在，如鲁迅的小说《孔乙己》。视角与声音既有区别又有联系，它们互相依存、互相限制。从视角方面看，作为无声的视角，它必须依靠声音来表现，同时叙述声音又受制于视角，因视角不同，声音在传达不同人物的感觉时会染上不同的词汇色彩，具有不同的文体风格。视角与声音之间的互相区别、互相依存和互相限制构成了种种错综复杂的关系。这种区别和依存造成人物与叙述者之间的距离，构成叙述的层次或空白，在促使语言的含混和丰富等方面都具有十分微妙的作用，我们从中可以窥视叙事艺术的某些精妙之处，获得某种形式上的发现。

2. 叙述视角的分类

在划分视角类型时，引入了热奈特的"聚焦"这一概念。根据对叙事文中视野的限制程度，我们可将视角分为三大类型，即非聚焦型、内聚焦型、外聚焦型。

非聚焦又称零度聚焦，这是一种传统的、无所不知的视角类型，叙述者或人物可以从所有的角度观察被叙述的故事，并且可以任意从一个位置移向另一个位置。它可以时而俯瞰纷繁复杂的群体生活，时而窥视各类人物隐秘的意识活动。它可以纵观前后，环顾四周，"思接千载，视通万里"。总之，它仿佛一个高高在上的上帝，控制着人类的活动，因此非聚焦型视角又称"上帝的眼睛"。在非聚焦型中，叙述者知道得比任何一个人物都多。传统的叙事文尤其是我国传统叙事文大多属于这一类型。这种全知全能的位置在显示其优势之时也暴露了其自身的弱点，书中那无微不至的叙述在充分满足读者的好奇心的同时也助长了读者的阅读惰性。非聚焦型是一种基本的视角类型，在叙事学文体中常见。当然，如果严格地讲，非聚焦型也并非知道每一件事。在这类叙事文中，叙述者有时也会限制自己的观察范围，留下悬念和空白。

在内聚焦视角中，每件事都严格地按照一个或几个人物的感受和意识来呈现。它完全凭借一个或几个人物（主人公或见证人）的感官去看、去听，只转述这个人物从外部接收的信息和可能产生的内心活动，而对其他人物则像旁观者那样，仅凭接触去猜度、臆测其思想感情。这种聚焦类型由于是从人物的角度展示其所见所闻，因而具有种种优势。在创作上，它可以扬长避短，多叙述人物所熟悉的境况，而对不熟悉的东西保持沉默。在阅读中，它缩短了人物与读者的距离，使读者获得一种亲切感。这种内聚焦型的最大特点是能充分敞开人物的内心世界，淋漓尽致地表现人物激烈的内心冲突和漫无边际的思绪。这一点是其他视角类型难以企及的。与此同时，内聚焦又是一种具有严格视野限制的视角类型。它必须固定在人物的视野之内，不能介绍自身的外貌，也无法深入地剖析他人的思想。这种内聚焦型视角与那种交代得明明白白的非聚焦型视角是不同的，由于视野的限制，它难以深入了解其他人的生活，难以把握整个故事的来龙去脉，因而在有些情况下，它不可能提供明确的答案。这种聚焦方式在赢得人们信任的同时也留下了很多空白和悬念，而这些空白和悬念从某种意义上讲是对读者的一种解放。

在外聚焦型视角中，叙述者严格地从外部呈现每一件事，只提供人物的行动、外表及客观环境，而不告诉人物的动机、目的、思想和情感。外聚焦型视角多运用于短篇小说中，如海明威的《杀人者》。这种聚焦方式排斥了提供人物内心活动的信息，因此在这类作品中，人物往往显得神秘、朦胧或不可接近，并且这种聚焦方式也限制了叙述者对事件的实质和真相的把握，它像一台摄影机，摄入各种情景，但没有对这些画面做出解释和说明，从而使情节带有谜一样的性质。外聚焦型视角还为叙述者提供了与故事保持距离的观察角度，叙述者对所发生的事件冷眼旁观，由此形成一种零叙述风格。外聚焦型视角也可仅运用于作品的某些部分中。19 世纪，现实主义作品或一些侦探故事在处理某些人物、事件时都曾采用过这种类型，不过它们旨在造成扑朔迷离、神秘莫测的效果，并没有（也不可能）把这种方式贯穿始终，真相迟早是要揭露的。在部分侦探小说中，外聚焦型视角处理的主要目的在于制造悬念，引起读者的好奇心，而它最终则会消除读者的疑虑。

在叙述文中，有些时候不是运用一种视角类型完成的，聚焦方式也不一定一成不变地贯穿一部作品的始终，这时候就出现了视角变异，通常表现为由非聚焦变异为限制性的聚焦叙述，或者由限制叙述转变为非限制性叙述，批评者面对这种情况应认真甄别，体会其特殊的叙述魅力。

（三）叙事时间分析

叙事时间是结构主义叙事学讨论比较充分的问题。讨论叙事时间需要区分两种时间：叙述时间与故事时间。故事时间，指故事发生的自然时间状态。叙述时间指故事内容在叙事文本中具体呈现出来的时间状态。叙述时间和故事时间之间的关系主要从时序、时距、频率三方面表现出来。在这里，我们简单讨论时序和时距的问题。

所谓的"时序"，指叙事时间的顺序。叙述时间是相对故事时间而言的。叙述时间也就是讲故事的时间，展现的是线性的叙述过程，而故事时间则在叙述过程中表现得更加多样化、立体化，因此在叙事性文学中除了正常的顺序之外，还常常会出现叙事的变形状态，这种变形常常表现为倒叙与预叙。倒叙是在事件发生之后讲述发生的事件，又称闪回；预叙是提前叙述以后将要发生的事，也称闪前。在一些叙述性文学中，顺叙、倒叙、预叙各种叙述手段交错甚至叠加式地在作品中出现，这种现象被称为交错。研究叙事性作品中的时序问题，我们可以清楚地看到叙述时间是如何扭曲和破坏故事时间的，作品又是如何将不同的时间段加以衔接的，特别是在时间的安排上做了哪些新的探索和创造，时间的转换在作品结构上有哪些作用和意义等。

时距研究故事发生的时间长度与叙述长度的关系。叙事学的速度概念即故事时间与叙述长度之比。我们将叙述时间与故事时间相等或基本相等的叙述称为等述，以此为基点，向两端延伸。叙述时间短于故事时间为概述，具体表现为用几句话或一段文字囊括一个长的或较长的故事时间。叙述时间长于故事时间为扩述，叙述时间为零，与概述相对，叙述时间长于故事时间，叙述者缓缓地描述事件发展的过程和人物的动作、心理，犹如电影中的慢镜头。故事时间无穷大的是省略，叙述时间无穷大，叙述暂停，故事时间无声地流逝。故事时间为零则是静述，与省略相反，故事时间暂停，叙述充分展开，换句话说，叙述不与任何故事时间对应。在作品中，概述、等述、扩述、省略、静述交互运用，构成了叙事文学多种多样的节奏。

第三节　结构主义叙事学批评实践

批评实践一

莫言小说《生死疲劳》叙述技巧探析

长篇小说《生死疲劳》创作于 2005 年，是莫言重要的代表作之一。小说有五十万余字，莫言用了不到两个月的时间创作完成。小说一经发表，评论界众声喧哗，褒贬不一，但是莫言在小说文本叙述方面的自我突破，是有目共睹的。《生死疲劳》最终拿下了第二届红楼梦奖与第一届美国纽曼华语文学奖，两个奖项的获得无疑是对《生死疲劳》创作成就的最好肯定，正如有的评论家所言"莫言的《生死疲劳》肯定是一部非同凡响的作品，莫言的叙述比以往作品更为自由，无拘无束"[①]。可以说，高超的叙述技巧是这部小说取得如此成就的重要原因之一，笔者主要从叙述向度的选择，对话、复调式叙述方法的运用以及在小说中大量存在的叙述越界现象三方面探析《生死疲劳》的叙述技巧。

一、叙述向度——轮回策略下乡土历史经验的重构

乡土历史经验叙述是莫言叙述话语中重要的叙述向度，从较早的长篇小说《红高粱》系列、《丰乳肥臀》到《生死疲劳》《蛙》，表现了他对土地的眷恋与热爱，他对乡民原始欲望的挖掘与考量，他对人性中灰色地带的展示甚至玩味。高密东北乡作为一个文化场，传达着莫言对乡土历史经验的认知与思考。

与作者其他作品不同，莫言主要通过佛家六道轮回的思想，借助动物视角传达《生死疲劳》中的乡土历史经验。这样的动物视角叙述，使《生死疲劳》带上了浓郁的魔幻主义色彩。瑰丽的想象、戏谑的语言，人在动物的视

---

① 陈晓明.《生死疲劳》：乡土中国的寓言化叙事［N］.文学报，2006-03-14（8）.

角中变得愚昧、可笑、不可理喻。从时间跨度来说，《生死疲劳》主要依托"土地改革""大跃进""文化大革命""改革开放"这四个历史阶段进行线性时间建构，文本时间横跨半个世纪。不同阶段相应的文化语境，赋予了小说中的主人公们行动的原动力。

展示、嘲笑、反讽一直是莫言对其笔下善恶难分的主人公们一致的叙述态度，小说选取四个特殊的历史阶段，把主要人物放置其下，按照他们各自的性格予以不同的生存演绎。每一个人物身上都能看到历史合力的驱动，每个人物又可看出人性善恶的游移。在线性逻辑叙述中，主人公西门闹经过一番六世劫难的游历，从一个血性的汉子退化为一个以女人头发为食、脑袋奇大、身材瘦小的大头儿，凭着记忆借助人类的语言，讲述着自己在动物眼中的那段历史。在这段历史叙述中，相对于各种动物，人类的形象是扁平、暗淡的，支配人类行动的除去生存本能，更多的是各种政治口号的能指，这种口号进而演绎为一种理想精神，使每一位为之奋斗的"西门金龙""洪泰岳"更加崇高悲壮。在物质稀缺的"土地改革""大跃进""文化大革命"三个历史阶段，形而下层面的吃喝拉撒、生存与欲望却又挤压着"理想精神"，因此作品中人类行动除形而下层面的生存显得真诚、真实以外，其他的所有活动皆呈现为可笑的小丑式的表演。倒是转世投胎的驴、牛、猪、狗、猴按照自己的本能生存，依靠着骨子里西门闹式的倔强，在不同的历史阶段鲜活地演绎了自己，展示出驴的倔强勇敢、牛的坚守执着、猪的酣畅与忠义、狗的忠诚与机巧。很明显，莫言这种叙述态度的批判立场是鲜明的，即在于揭示在特定的历史语境中，人何以为人，又何以难称其为人。在这里，佛家六道轮回思想的借用，使《生死疲劳》的动物视角叙述沿着叙述逻辑展开，一方面小说文本因着这一佛家思想增添了浓郁的东方美学气息，东北高密乡的民间资源因动物拟人化的讲述更带有了原始的神秘气息；另一方面，小说跳脱出人类思维限制，从动物视角审视人类，人类生存的盲目性、荒诞性尽得显现，历史所谓的"庄严"与"神圣"通通解构。

六道轮回思想本是佛教用来宣扬道德规训、进行善恶劝诫的一种理论思想，指的是生命体依据其前世善恶之行在天道、人道、阿修罗道、畜生道、饿鬼道、地狱这六道中进行生命的循环流转，前三道为善道，后三道为恶道。其实质为"因果"的循环，善因即善果，恶因即恶。《生死疲劳》中西门闹虽经历了六次轮回，但只是在"畜生道"的轮回。在这里，莫言为了实现叙述目的，借用了佛教六道中"畜生道"的轮回思想。在小说文本中，这种轮回策略的运用不仅为动物视角叙述的合理性提供了理论说辞，而且这一贯穿全篇的思想为我们进一步解读小说内涵提供了可能性。结构主义叙述学认为叙述性文学作品结构可以分为表层结构和深层结构。表层结构按照作品的线性时间演绎人物及事件的存在义，深层结构则从共时向度传达文本深层的文化义。历时向度上，《生死疲劳》讲述了从 1950 到 2000 年发生在以大栏镇为中心的高密东北乡的诸多历史事件，以及在这些事件推动下包括蓝脸、洪泰岳、西门金龙、蓝解放等人的命运的发展，揭示土改到改革开放后半个世纪间中国农村物质形态以及价值观、伦理观等精神文化层面的变化，更重要的是揭示了处在历史变动之中人的精神样貌与心理流变的过程。从叙述中，我们可清晰地辨析出作家想要传达的主题：历史向前发展，农村整体经济社会结构也在向前发展，但是相应的文化机制、人的社会心理并未随之得以发展，千百年来农耕文化的固有惰性得以展现。西门闹一次次转世，由忠义的驴到供人娱乐取笑的猴子，其逐渐丧失主体性，最终失去话语权。这样降序式的转世安排很明显是别有用心的——在农耕文明与现代的工业文明碰撞中，人在物质欲望的追求中最终丧失自我。小说安排了所有重要人物的死亡，留下蓝千岁与蓝解放似乎也只是需要借助两者完成叙述任务。蓝千岁作为这个家族唯一的血脉，且是在 21 世纪之初出生，本应作为家族的未来与希望而存活，在小说中，我们看到的却是，蓝千岁的存在更多的是作为历史、作为过去事件的亲历者而存在的。故事时间终止在 2000 年，如果 2000 年之后发生了什么，那就是大头儿在他五岁时讲了一个故事，一切又回到小说开篇的1950 年。在这里，莫言传达给我们一种历史的怪诞感：一切发生过的似乎又在重新开始。有的研究者分析，"这部历史小说中，存在着一种复合型叙事间形态，一是直线的历史时间，一是循环的民间时间，前者显，后者隐，但两者并非总是受到相同的待遇。后者是对前者的有力颠覆和消解，颠覆了前者的持续进步的、合目的性的、不可逆转的发展的现代时间观念，把前者的不可逆转的特性融入和消解在宇宙的永恒轮回之中，使融合之后的时间感更加充实、强劲"①。

---

① 苗变丽. 论循环时间叙事的精神文化特质：解读莫言的《生死疲劳》[J]. 郑州大学学报（哲学社会科学版），2013，46（4）：106-108.

这一叙述意义的传达，可从文本的深层结构再进行解读。小说开篇"佛说：生死疲劳，从贪欲起。少欲无为，身心自在"。从共时角度来看，小说主要介绍了西门闹死后的几度轮回，这些轮回过程共有的特征就是生的轰轰烈烈与死的不甘、沉寂与顺从。反复的生与死之后，西门闹内心的仇恨逐渐得以消解，最终以大头儿的面目云淡风轻地似乎讲着别人的故事。很明显，莫言本欲要讲的是生命个体对生与死的无法选择、无法规避。欲要内心自由，只能"少欲无为"。小说中的人物与动物各自或主动或被动地承受着自己生存场域诸种欲望的调度与指挥，忙碌地生存着，又各自或不甘或顺从地死去。这种忙乱的生死之中，土地沉默地接纳着逝去的生命（一切来自土地的都将回归土地），时间有条不紊循环式地映照着每个生命的生存（轮回叙述搭建的叙述主框架），在这时空永恒之下，个体生命的挣扎与抗争显得如此渺小、可笑。这种"存在主义"式的对生命存在的思考，使莫言的《生死疲劳》超越了其之前像《红高粱》《丰乳肥臀》这样的同样对乡土历史经验传达的作品，而带有了更多的宗教色彩与哲理意味。这一叙述效果的实现，无疑是得益于佛教六道轮回思想的运用。在这里，轮回策略已经自觉内化为小说的一种文体形式，由此"莫言在现世和轮回之间建立了互为注解的关系"①。

二、对话、复调式叙述——叙述的厚度与张力

苏联著名文艺理论家巴赫金指出："在艺术中，意义完全不能脱离体现它的物体的一切细节。文艺作品毫无例外都具有意义。物质、符号创造的本身，在这里具有头等重要的意义。"②《生死疲劳》中的话语形式作为结构全文、呈现意义的物质形式，其存在样貌亦关乎文本意义的传达。小说内容共分为"驴折腾""牛犟劲""猪撒欢""狗精神""结局与开端"五部分，由三位叙述者叙述完成。其中，主要的叙述者为蓝千岁，蓝解放与小说人物莫言为次要叙述者。三位叙述者在叙述事件过程中，叙述语言相互交叉、互补甚至对立、冲突，从不同视角传达着各自对叙述内容的认知与评判，并且在自我叙述与对方叙述语言中各自完成自我形象的建构。不同叙述者对叙述事件的参

---

① 关峰.《生死疲劳》：莫言讲故事的民间写作 [J]. 贵州大学学报（社会科学版），2014，32（2）：128-132.

② 巴赫金. 文艺学中的形式主义方法 [M]. 李辉凡，张捷，译. 桂林：漓江出版社，1989：15.

与，使小说意义的多向度解读成为可能。

小说整体上呈现为一种对话结构，由蓝千岁与蓝解放一场看似无心的交谈完成。在交谈过程中，蓝千岁完成"驴折腾""猪撒欢"全部篇目和"狗精神"部分篇目内容的叙述，蓝解放则完成"牛犟劲"的全部篇目和"狗精神"的部分篇目的叙述。在对话过程中，由于人物内视角所限，出于对故事最终完整性的考虑，作者安排小说人物莫言完成故事的结局、开端部分。在故事叙述过程中，三位叙述者的声音是同时呈现的。在蓝千岁的叙述中，他常常停顿下来征询蓝解放对事件的认识、评论，或提及在事件过程中蓝解放的态度或者转述蓝解放的话语；在蓝解放的叙述过程中，他常常从自己的视角巧妙穿插蓝千岁为驴、为牛、为狗的前身的诸种表现，补充印证式地完成西门闹死后的轮回形象。在两者交谈、回忆的过程中，作品又始终夹杂着另一位叙述者莫言的声音，莫言的文学作品《黑驴记》《养猪记》《杏花烂漫》《撑杆跳月》等以知识分子语言模式嵌入前两者的交谈回忆之中，因此可以说，小说人物莫言也是从始至终参与叙述的。三位叙述者在叙述过程中，各自依据对方的话语佐证自己话语的真实性，却又在佐证过程中不断消解对方叙述的可靠性。例如，在蓝千岁的叙述中，他反复提及他是驴的日子，莫言的剧本《黑驴记》中的唱词和描述性语言与自己为驴的经历契合，以及他为驴的神勇事迹被莫言写进了小说里。讲述他轮回为猪、狗经历了种种奇幻遭遇时，他也常常以莫言的散文《养猪记》、小说《撑竿跳月》《圆月》等来佐证自己的讲述与经历的真实性。在运用莫言文学作品佐证的过程中，他又反复强调莫言这个人物的圆滑与不可靠以及其文学作品对事实的偏离与虚构，从而消解了叙述人之一莫言叙述的可靠性。同时，在叙述过程中，蓝千岁又指出蓝解放要么因为年龄小对亲历事件没有留下深刻记忆，要么因为不在场没有亲自见证事件的发生，因而对这段时间此地发生的事件没有叙述权，从而确立了自己在这两个篇目叙述中的绝对话语权。正如在"猪撒欢"部分，蓝千岁所说："所以我是唯一的权威讲述者，我说的就是历史，我否认的就是伪历史。"①

蓝解放对"牛犟劲"的叙述则完全从自己的视角出发，以旁观者身份补叙蓝千岁为牛时的前身经历。这种对"西门牛"外聚焦式的叙述，一方面客

---

① 莫言. 生死疲劳［M］. 北京：作家出版社，2012：273.

观印证了"西门牛"经历的真实性，另一方面因为触及不到叙述对象内心的真实想法而使叙述对象少了一份鲜活感。在这一叙述过程中，蓝解放道出："你已经在牛世之后又轮回了四次，阴阳界里穿梭往来，许多细节也许都已经忘记……你听我说，我必须说，因为这是发生过的事情，发生过的事情就是历史，复述历史给遗忘细节的当事者听，是我的责任。"① 在这里，蓝解放指出蓝千岁因为多次轮回人世记忆丧失的事实，从而确立自己在这次叙述过程中叙述话语的真实性与权威性。"狗精神"的叙述则由蓝解放与蓝千岁共同完成，因为两人共同参与叙述，这一部分的叙述相对于前几部分具有了更多的平等交流性，叙述内容客观又具有强烈的感染性。由此可见，在整个叙述过程中，三位叙述者的叙述都有其视角偏差，都不能做到完全真实而客观。主要叙述者蓝千岁的叙述，因为借用动物内视角完成，因此主观色彩、奇幻色彩强烈，用人类思维难以判断其言说的真伪。蓝解放在整场叙述过程中，所述内容有限，且多作为不在场人物存在，其叙述的真实性不足以支撑整场叙述的真实性。作为热衷于生活事件提炼加工的、职业为作家的小说人物莫言，其文学作品以及他在小说中的言行固然能够一定程度上佐证蓝千岁叙述话语的真实性，但是鉴于其在蓝千岁、蓝解放叙述中被描述的形象，其叙述内容的真实性同样是被大打折扣的。我们知道，小说人物莫言实则指涉小说创作者莫言本人，在第五部分，小说人物莫言以一个创作者的样貌，运用"读者诸君"的口吻，交代了整部小说故事的结局与开端，俨然以一副整场叙述操纵者的样貌出现在读者面前。特别是在小说的一个细节中——小说人物莫言为蓝脸编撰的墓碑碑文"一切来自土地的都将回归土地"中，我们甚至可以直接看到潜藏在其背后的作家本人。莫言在小说中设置一个与自己同名且职业为作家的人物，并将人物刻意打造成圆滑、世故、颇讨人嫌的样貌，有意让他的言行指涉自己，其用意很显然是在引导读者对小说本身的阅读做出几分谨慎的质疑。

这样，从故事本身的讲述到整场叙述的完成再到小说文本的创作，莫言成功实现了自我解构，完成了自己的叙述任务。有的研究者指出："《生死疲劳》中却是以历史为锁定的目标，因为不管中心如何叙述历史，其意图动机尚可揣测而得，但历史本身之命定与暴戾却是难以预料、不容推衍逻辑的。

---

① 莫言. 生死疲劳 [M]. 北京：作家出版社，2012：182.

是故，以复述历史细节的重任自许，自认是历史的唯一权威讲述者，并非针对中心而言。一方面设置生死轮回架构以盛载历史命定的进程，另一方面又反复对此架构进行深度的反讽，正是为了体现出历史荒诞吊诡的本质。"① 对历史的解构通过对叙述的自我解构实现，叙述的解构依托的正是创作者在小说文本中设置的对话、复调式话语结构，"让每个人物展现出他的真实存在中的自我，发出自己的声音，使所有的人物不论其在知识、权力、地位、金钱等方面拥有的多少而都显露出自己生命存在的意义、尊严、愿望等谱成的声音，使主体和主体以生存、生命的权利与名义发出话语，使主体和主体之间形成生命的对话，从而使作品进入复调的艺术境地"②。驴、牛、猪、狗走出历史深处，从自己的视角观察着人类的言行举止，参与着人类历史的叙述构建，这与小说人物莫言的诸多文学作品对同一事件的描述之间产生了奇妙的关系——互相佐证又互相消解。然而，这些看似嘈杂的话语，因着蓝千岁的统辖，因着蓝千岁与蓝解放问答式、倾听式的沟通又实现了某种统一，这种对峙与统一使小说叙述充满了张力与多样解读性的审美魅力。

三、视角越界——叙述的展开、延宕与回收

在叙述性作品中，叙述者总要站在一定的立场、位置上进行讲述，叙述者就叙述内容讲述、观察的角度，称为叙述视角。叙述视角可分为"第一人称经验视角、有限全知叙述、摄像式外叙述、全知叙述"③，前三种称为限制视角。限制视角对叙述没有完全的操控权，叙述过程中有其视角难以触及的叙述空间。全知叙述中叙述者只要愿意，完全可以对叙述进行全盘操控，可以说没有叙述者不知道的事情，除非其故意隐蔽。在叙述过程中，不同的叙述视角各有其优劣势，叙述者为了充分利用不同叙述视角的叙述优势，高质量地完成了一场叙述。叙述者会不自觉地从限制视角跳脱到全知视角，或从全知叙述转为限制叙述，这时候就出现了视角越界现象。

《生死疲劳》的叙述过程始终是跳脱的，这不仅表现为叙述者的反复转

---

① 吴耀宗. 轮回·暴力·反讽：论莫言《生死疲劳》的荒诞叙事 [J]. 东岳论丛，2010，31 (11)：73-78.

② 张灵. 莫言小说中的"复调"与"对话"：莫言小说的肌理与结构特征研究 [J]. 江汉大学学报（人文科学版），2010，29 (3)：35-41.

③ 申丹. 叙述学与小说文体学研究 [M]. 北京：北京大学出版社，1998：245-249.

换，还表现为叙述过程中，视角越界现象的大量出现。

《生死疲劳》主要有三位叙述者——蓝千岁、蓝解放、莫言。其中由蓝千岁叙述的部分又可裂变为以驴、猪、狗为叙述者的三部分独立叙述板块。整体看来，蓝千岁、莫言叙述部分的叙述视角兼具全知叙述与限制叙述两种叙述视角。可以说，蓝千岁作为一个单独叙述人进行叙述时，叙述视角主要体现为全知视角。在这个经验主体以轮回方式进行裂变产生的以动物为叙述者的叙述板块中，叙述视角又都是限制视角。蓝解放叙述部分也属于限制视角。

全知叙述的优越性在于能够控制叙述进程，保证叙述的流畅与完整，能够轻易窥探人物内心，详细交代事件的发展及原委。一般来说，叙述线索复杂、人物角色众多、篇幅较长的作品多采用此种叙述视角。限制视角则侧重从某一角色或非角色人物视角进行叙述，叙述者仅仅叙述自己所知道的与故事相关的部分。此种叙述视角，容易使读者对人物角色产生认同感或者产生离间效果，容易造成叙述的空白，引起读者的阅读快感。《生死疲劳》文本时间跨度为半个世纪，设计的人物角色有三十多个，这样五十万余字的著作，只有全知叙述模式才能保证其叙述的顺畅与完整，这也是为什么小说选择以蓝千岁为主要叙述人，而小说最后一部分又选择小说人物"莫言"以全知叙述模式对作品中主要人物的结局展开讲述。这一部分中开篇第一段：

> 亲爱的读者诸君，小说写到此处，本该见好就收，但书中的许多人物，尚无最终结局，而希望看到最终结局，又是大多数读者的愿望。那么，就让我们的叙事主人公——蓝解放和大头儿——休息休息，由我——他们的朋友莫言，接着他们的话茬儿，在这个堪称漫长的故事上，再续上一个尾巴。①

讲述者以控制着话语权的全知叙事人物出现，并且在文中比较详尽地以第三人称的方式交代了人物在故事中的最终结局。在叙事过程中，叙事者又反复以"我的朋友""我们的开放"这种具有内聚集限制视角叙事特征称呼来指称人物，由此可见在这部分叙述过程中始终是伴随着视角越界现象的，

---

① 莫言.生死疲劳［M］.北京：作家出版社，2012：513.

叙述者为了避免自己作为全知叙述者出现，在叙述过程中还反复用"我猜想"等词语，力图掩饰自己对故事的把控、操纵。在私密空间中，人物语言的直接引用，对人物心理的猜想，故事结局的最终安排又都暴露了叙述者实则是以"第一人称经验视角"进行"全知视角"叙述的。

大头儿的叙述主要是借用动物视角叙述完成的，大头儿作为带着前世记忆且有着超人记忆力的特殊个体，其转世记忆为其成为全知叙述者提供了可能。这种转世记忆使不同动物视角下讲述的历史故事有了衔接性，而各种动物在感官上的各自的优越性，又使其能够讲述人类凭借外在感官无法触及的讲述空间，而这部分空间在全知叙述模式下可以通过直接进入人物心理的方式获得，但是在经验外限制叙述的模式下，则无法展开。例如，猪十六与狗小四凭借嗅觉的优势可以敏感探知主人内心的情欲骚动，从而在叙述中直达叙述对象的情欲空间展开探究，而这一私密的空间，从经验外限制视角讲述是无法深入触及的。《生死疲劳》通过设置从动物视角展开的轮回记忆，巧妙地实现了限制叙述模式下的全知叙述，同时动物视角以及动物视角之后"西门闹"的人物视角，使被叙述人物及被讲述历史事件实现了双重聚焦，使历史呈现出别样的"意味"。

除叙述视角跳脱产生视角越界的现象外，《生死疲劳》中还存在着不是源于叙述视角跳脱产生的视角越界现象，在这里借用当代学者申丹在其论著《叙述学与小说文体学研究》中提到的"隐性越界"来指称这种现象。申丹认为小说人物虽然未超出其叙述模式的视角所限，但是其言论、态度与其叙述身份相异时，便可视为"隐性越界"①。莫言在《生死疲劳》中，刻意安排了三个叙述者，正如前文分析，三个叙述者在文本中各自承担一定的叙述任务，莫言对小说文本中知识分子身份叙述者莫言的叙述是呈排斥、否定态度的，反复强调其叙述的不可信。这种元小说的叙述态度，使《生死疲劳》这部打着"向中国古典小说和民间叙述传统致敬"噱头的小说呈现出鲜明的现代色彩。由此，莫言安排"大头儿"蓝千岁及蓝解放担当文本主要叙述人。小说叙述语言整体呈现为未经精英知识分子精细打磨的粗放式风格，但是从小说特定情景的安排、人物心理的揣测、文本主题内蕴的挖掘拓展方面，依然能够看出蓝千岁这个主要叙述者借用的实际上依然是莫言这个以写作为生

---

① 申丹．叙述学与小说文体学研究［M］．北京：北京大学出版社，1998：269-270.

的知识分子的语言模式。小说叙述者跳脱出自己的话语模式，采用一种与自己身份相异的话语模式进行文本叙述，很明显这属于视角"隐性越界"现象。特别是在小说第三部"猪撒欢"中，猪十六时不时跳脱出叙述，以猪的身份对作品中其他人物及其行为进行长篇大论，刻意营造出狂欢与反讽的叙述效果。或反复剖析自己的内心，渲染自己为猪的身与为"人"的心之间的无奈与悲凉；或全凭猪的本能欲望，依靠掌控在自己手里的话语权，刻意描绘出一个理想的猪类世界，从而使小说文本既充满了几分浪漫主义色彩，又直指现实，具有了强烈的现实批判力度。这样，小说作品语言的粗粝与文学内蕴的精细之间形成强大的审美张力，而这种大气魄的叙述调度能力不可能由一个经过六世轮回、磨砺了内心诸种仇恨、只有五岁的孩子完成，很明显在其背后站着一位精于叙述的叙述人。我们可以将其视为小说人物莫言，因为是他最后完成了小说叙述，且在小说最后提到蓝千岁对蓝解放讲述自己的故事——"我的故事，从 1950 年 1 月 1 日那天讲起……"。这句话又正好是小说开篇的第一句话，也就是说小说人物莫言实则是见证了整场叙述过程的，实则也是操控着整场叙述的。在这里，我们不妨将他视为小说的"隐含作家"。按照美国批评家韦恩·布斯的观点，他认为在作者写作时"他不是创造一个理想的、非个性的'一般人'，而是一个'他自己'的隐含的替身"①。莫言这个小说人物的安排是饶有意味的，表面看来作者设置他的主要目的是借用"他"来完成一定的叙述任务，但是细细品味，又会发现小说人物莫言和作者本人与读者形成了一定的对话关系，他与作者是建构与解构的关系，他与读者是解构与建构的关系，作者通过他实现了对读者的引导，最终完成了自己的叙述目的。因为他对叙述的操控意味，他带有了创作者的性质，小说也因为这样一个人物的安排其意蕴更加深邃，文本有了更多的解读空间。

法国学者罗兰·巴尔特指出："一般作家写的是某种东西，真正的作家就只是写，区别全在于此。真正的作家不是把我们带向他的作品之外，而是把我们的注意力引向写作活动本身。"② 莫言的小说创作正是如此，我们一方面看到了小说文本，另一方面通过叙述技巧我们更清晰地看到叙述本身。莫言在《生死疲劳》叙述技巧上的新探索，使《生死疲劳》成为作家带有鲜明创

---

① 布斯. 小说修辞学 [M]. 华明，胡苏晓，周宪，译. 北京：北京大学出版社，1987：80.

② 霍克斯. 结构主义和符号学 [M]. 瞿铁鹏，译. 上海：上海译文出版社，1987：115.

作个性的又一部力作。

载《中北大学学报》（社会科学版）2016 年第 2 期

批评实践二

小说《九十九度中》叙述技巧分析

现代作家林徽因作为新月派诗人，其作品以诗歌见长，然而她也著有为数不多的几篇小说，其中《九十九度中》取得的成就最高，评论家李健吾曾称赞她的这部作品："在类似的平民生活题材的创作中，尽有气质更伟大的，材料更真实的，然而却只有这一篇，最富有现代性。"① 并且李健吾指出这部作品优秀的原因之一就在于作家创作技巧的运用——"没有再比人生单纯的，也没有再比人生复杂的，一切全看站在怎样一个犄角观察；是客观的，然而有他性情为依据；是主观的，然而他有的是理性来驾驭。而完成又有待乎选择或者取舍；换而言之，技巧"②。按照这一观点，笔者从创作技巧解读入手，特采用现代叙事学的相关理论，从叙述视角、叙述时间、情节结构安排三方面尝试解读林徽因《九十九度中》叙述技巧的运用。

一、第三人称全知叙述与第三人称人物内视角限制叙述交错使用——叙述距离的合理掌控

按照热奈特的叙事理论，叙述视角可分为三类："零聚集或无聚焦、内聚焦、外聚焦。"《九十九度中》整体上采用第三人称全知叙述模式，也即"零聚集叙述"，"其特点就是没有固定的观察位置，它可以从任何角度、任何时空来叙述，既可以高高在上地鸟瞰概貌，也可以看到在其他地方同时发生的一切，对人物的过去、现在和未来均了如指掌，也可以随意透视人物的内心"。③ 叙述者是无所不知、无所不能的。小说中，叙述者主要叙述了张宅做

---

① 李健吾. 李健吾创作评论选集［M］. 北京：人民文学出版社，1984：154.

② 李健吾. 李健吾创作评论选集［M］. 北京：人民文学出版社，1984：153.

③ 申丹. 叙述学与小说文体学研究［M］. 北京：北京大学出版社，1998：204.

寿、喜燕堂婚礼、挑夫生计、车夫打架这样在不同场域空间中展开的行动性事件，也叙述了卢二爷、阿淑、逸九等人在心理空间中展开的心理事件。第三人称全知叙述模式的采用，保证了叙述的自由性、灵活性与完整性。正是因为全知叙述模式，叙述的空间才可以灵活跳转：奔向张宅的路上—东安市场路上—张宅厨房—张宅里院—喜燕堂外—喜燕堂内—冰激凌店—……—张宅后院—挑夫家—张宅跨院—张宅厢房—报馆—拘留所—卢宅。同时，这也归功于全知叙述，人物内心的欢喜哀愁，人物与人物之间的牵连才会戏剧性地同时呈现。一般而言，全知叙述模式由于是在叙述者的操控下读者介入阅读，读者对作品人物的认同是依赖叙述者的讲述的，因此读者对作品人物的认识是被指示性的，读者能够跳脱出故事中人物内视角叙述的限制，从而更全面地认识人物命运、人生价值、意义这些作品要传达的宏观主题，使作品叙述主旨顺畅传达。同时，由于全知叙述者对叙述的控制，读者只能通过叙述者自身的视角来认识作品中的事件、人物，而这个视角其实也就是叙述者自己的世界观、价值观，叙述者实际上通过设置人物实现了自己的世界观、价值观在读者那里的认同。因此，全知叙述模式下，读者很难摈除叙述者的干扰，施展自己对事件、人物的认知与判断，从而少了对作品及作品中人物的亲近感。正如《九十九度中》，毙命的挑夫及其家人固然让人觉得可怜，却不如婚礼中的阿淑更能触动我们的内心。原因就在于，阿淑形象的塑造更多采用的是人物内视角叙述模式。

布斯说："如果一位作家想使某些人物具有强烈的令人同情的效果，而这些人物并不具备令人十分同情的美德，那么持续而深入的内心透视所造成心理的生动性就能帮他的忙。"[1] 由于布局谋篇、作品意义顺畅传达的需要，《九十九度中》主要采用第三人称全知叙述模式，在较短的篇幅里实现十多个场景的跳转、四十多个人物的人生片段的展示，但是作品并不生硬、庞杂，人物虽然匆匆出场但并不刻板，他们单薄却是有生命力度的，这是因为，作品在刻画一些重要人物时，多是采用人物内视角叙述模式的。

第三人称人物内视角叙述即"内聚焦视角"叙述，"其特点为叙述者仅说出某个人物知道的情况"[2]。人物内视角叙述，即基于作品中人物的视角展开

---

① 布斯. 小说修辞学 [M]. 付礼军，译. 南宁：广西人民出版社，1987：389.
② 申丹. 叙述学与小说文体学研究 [M]. 北京：北京大学出版社，1998：197.

叙述，叙述者实则是人物本身。人物内视角叙述，可以使读者进入人物的内心世界，感受人物纠结、复杂的情感，触及人物难以言说的隐衷，基于人物的世界观、价值观去看待人物及发生在人物身上的事件。人物内视角叙述模式，因为属于限制性叙述，又很容易在叙述上留下悬念与空白，引起读者的想象与思考，从而增加作品多种解读的可能性。《九十九度中》的阿淑、刘太太、杨三、逸九等人物除采用全知叙述模式外，还采用内视角叙述模式来完成塑造。尤其是阿淑，作品用了相对较多的篇幅塑造这个人物：婚前母亲的叮嘱、对婚姻的期待与理解到对现实的妥协与顺从、母亲的眼泪与劝慰、内心的矛盾、对九哥的怀念……值得注意的是，在阿淑的回忆中，母亲、父亲说的话以直接引语的形式出现，更加强了阿淑在回忆中那种身临其境的现场感，使读者陪伴阿淑一起回忆过去。在这回忆中，读者理解了阿淑在这婚礼上的迷茫与无奈，从而对这个人物生出了更多的关切与同情。人物内视角形成的叙述空白又为作品叙述提供了更多的可能性，例如，阿淑对逸九的怀念在逸九的回忆中得到回响，刘太太精心准备却唤不起张老太的任何回忆，老卢羡慕的与太太吃冰激凌的那个男人……这些使作品生出了太多别样的意味。

作品中，全知视角向人物内视角转换，往往是通过人物感觉的共通性、人物的回忆与想象或者场景更换来实现的。其转换流畅、自然、毫不突兀。两种叙述模式的交互使用既保证了作品的流畅性、完整性，又使作品人物带着灵魂与生命的力量来演绎自己，既很好地使读者与叙述保持了一定的审美距离来完成对作品意义的理性理解，又使读者走进人物内心的现实情感中获得审美的积极认同。

二、线性宏观时间与心理微观时间交互展开模式下的叙述——叙述的张力与厚度

叙述学理论认为，任何叙述性文本中都存在两种时间，即故事时间与叙述时间。叙述者在叙述时间内依据自己的叙述意图去叙述自己的故事，当然这个故事自然也是发生在一定时间内的。"叙事文是一个具有双重时间序列的转换系统，它内含两种时间：被叙述故事的原始时间或编年时间与文本中的叙述时间。它使叙事文可以根据一种时间去变化和创造另一种时间。"[①]

---

① 胡亚敏. 叙事学［M］. 武汉：华中师范大学出版社，2004：63.

《九十九度中》描绘了在临近中午时分到晚饭时间多半天的这样一个时段里，发生在以张宅、喜燕堂为中心的几个不同空间的一系列彼此若有关联的事件。在这些事件中，作品并未采取传统意义上人物塑造上的"独取这一人"，而是通过空间场景的转换，并时地创造出"九十九度中"这一大的空间背景下的众生相。虽是众生相，但每个人物又是鲜活的、立体的，正因如此，我们才读出作品所传达的人生的百般况味——平庸性、无聊性、偶然性、关联性、荒谬性……作品之所以取得这样的艺术效果，与其对两种时间的把握是分不开的，故事时间中的宏观线性时间——多半天时间，心理微观时间——人物的意识流动时间。

任何叙述都要统摄在一定的时间中，人本身就是时间性的动物，在时间中生成。《九十九度中》的时间艺术就在于人物与文本的意义在两种时间的交互使用中生成，宏观线性时间保证了叙述的流畅、完整，人物在诸种因果中演绎了自己的命运。挑夫的暴毙、杨三的被捕、张老太的昏老迷惘，各色人物的人生底色都在宏观线性时间中得到解释。宏观时间不仅起到结构作品的作用，而且更重要的是它还能够生成另一种时间——心理微观时间。按照西方精神分析学、直觉主义的观点，"'无意识'才是人的精神的本质显现。'无意识'的'生命冲动'是一种无止境的'绵延'，是一种非理念的、潜在的精神现象，因此只有直觉才可以达到它和表现它"①。这种无意识的"绵延"状态，在文学创作中，主要表现为作品人物意识的自由流动。在该作品中，卢二爷坐洋车途中、刘太太赴宴途中、逸九冰激凌店中、阿淑喜燕堂中、张老太做寿过程中都有一定篇幅的关于这些人物意识流动的描写。尤其是阿淑，阿淑这个人物主要是在心理微观时间中完成了塑造。

心理微观时间的叙述暂时中止了宏观时间的线性发展，也同时终止了对人物外在行动的关注，通过心理描写以回忆、想象、幻想等方式让人物自行展开叙述，这种叙述最能洞察人物内心的矛盾与隐秘。叙述中，时间的向度是自由的，既可以是现在，也可以是过去和未来，时间不遵循现实逻辑，可以直接从过去跳脱到未来，也可以实现过去、未来、现在相织。喜燕堂中，身心俱疲的阿淑在吵吵闹闹的婚礼现场，其意识展开流动——回忆了父母对

---

① 王铁. 叙述的艺术：观点 时间 节奏［J］. 新疆师范大学学报（哲学社会科学版），2000（2）：48-53，108.

自己婚事的关切，自己最初对婚姻的理解与现在对婚姻的无奈，对九哥的惦念与想象。在人物片段式的对往事的追忆、对现实的思量中，阿淑的形象一点点明晰起来。通过阿淑的自叙述，我们可以清晰地看到一个受新思想影响对爱情婚姻充满向往的女性在现实境遇中向旧习俗、旧文化无奈妥协的过程。卢二爷坐在洋车上的各种无意识的心理活动又让我们看到了一个平庸、无聊、生活了无生趣的中年男人形象。

值得注意的是，心理微观时间展开的叙述一直是在宏观线性时间这个时间轴上进行的，阿淑的回忆是在现在时间的干预下进行的。现在时间—新娘、新郎—鞠躬—回忆想象中伴随着这鞠躬；堂外打架吵闹—下意识猜测打架的种种原因，再来反观自己此时心境……在这里，叙述时间明显大于故事时间，故事时间也就是几秒钟、几分钟，原因在于故事时间中的某个时间点暂时中止线性发展而衍生为心理时间，心理意识流的种种涌现，需叙述者有选择性地讲述。叙述节奏变得缓慢，此时叙述时间大于故事时间。

出于对叙述的控制，叙述节奏太快或者太慢都影响叙述效果，叙述者出于叙述目的必须有选择性地对叙述内容加以控制。当叙述节奏变慢后，继起的叙述应当加快节奏。这就表现为宏观线性时间与心理微观时间展开的叙述必须是交错而来的，这样既保证叙述的速度又增强了作品的艺术感染力，两种时间的叙述魅力各自得到彰显。一部优秀的作品往往能够做到两种时间在文本中的巧妙结合，而《九十九度中》就是这样的作品。

三、比照、互补式的情节结构——叙述意义的巧妙呈现

俄国形式主义理论家认为，情节与故事是两个不同的概念。"'故事'指的是作品叙述的按实际时间、因果关系排列的所有事件，而'情节'则指对这些素材进行的艺术处理或在形式上的加工，尤指在时间上对故事事件的重新安排。"①

按照以上观点，我们先来梳理《九十九度中》的故事内容。《九十九度中》主要叙述了这样几个事件和生活片段：挑夫送挑、要赏；卢二爷邀约、赴约；张宅下人布置寿宴；张老太寿宴前后生活状态呈现；杨三讨债、打架；喜燕堂阿淑婚礼的回忆；喜燕堂的各种人状态的情景呈现；冰激凌店逸九的

---

① 申丹．叙述学与小说文体学研究［M］．北京：北京大学出版社，1998：30．

回忆及三人对邻座情侣的猜测与羡慕；刘太太赴宴途中；卖酸梅汤老头生计艰辛；丁大夫宴席中的情景呈现；张家几位少奶奶的心理状态呈现；丫头寿儿的生存饥饿、疲累；张宅书房幼兰与羽闹别扭；挑夫生病及暴毙，张秃子求药；张宅名伶送戏；慧石与伯父相遇；张宅丁大夫打牌；报馆编辑撰稿；杨三被拘；卢宅卢二爷托关系未果等。这些事件，看似各自独立，每个事件并没有按照时间顺序去继续发展，人物的命运也并非戏剧性冲突式地进行演绎，一切显得平和而又自然，一切就是生活某一时间段的本来样貌。如果把此时空与彼时空的事件放在一起并时展开叙述，人物与人物之间的关系在叙述过程中层层勾连，叙述意义便由此层层相生，作者情节处理的匠心得以彰显。

挑夫送挑为生计奔忙与卢二爷在车上打发时间的诸种设想并置叙述；张老太的空虚、无聊与张宅各色人等的忙碌并置叙述；喜燕堂外杨三讨债、打架的动与喜燕堂内阿淑内心回顾往事的静并置叙述；阿淑的娴静与丽丽、锡娇的轻佻并置；丁大夫从容地打牌与挑夫的暴毙并置；等等。除了比照，叙述者还有意把人物内视角下形成的叙述空白，在对相关人物的再次叙述中进行补充。比如，逸九对阿淑的回忆补充了阿淑回忆的叙述空白；冰激凌店吃冰激凌的情侣的身份在小说快结束时得到巧妙而又关键的补充——报社编辑；幼兰与羽争吵中的慧石在下文中进一步得到补充性刻画等。叙述者把这些不同空间发生的事情通过比照、补充等方式同时呈现在读者面前，由此作者的叙述目的得以巧妙传达：在"九十九度中"这个兼有时间与空间性质的天气指数中，不同阶级、阶层的人在各自的生存圈中，各自顺从着生活的轨迹活着，看似各不相关、秋毫不犯。男性，无论是卢二爷、逸九、丁大夫、张家大爷这样的中上层，还是杨三、挑夫、卖酸梅汤的老头这样的底层人，他们的世界是缺乏实指意义的，他们对世界的态度是顺从、默许甚至是麻木的，他们缺乏内心的向度。衣食无忧者算计着在闲暇之余怎样打发无聊的时间；为生计奔波者在喘息之余，杨三、王康类的则会聚在一起赌博、滋事、说粗话，卖酸梅汤的老头会算计着下一笔生意。在女性中，除了看到阿淑内心挣扎与抗争过的痕迹，又都是无奈、缄默的，甚至是迎合这个世界的。张家的少奶奶们会沿着张老太的轨迹继续着她们内心的虚空与表面的荣光；寿儿则会在主子赏了银镯子后继续沿着自己所属阶层的生存逻辑忍住饥饿过活；幼兰与慧石，她们的敏感与纤弱又注定她们对爱情的幻想会成为阿淑顿悟式的

"理论与实际永不发生关系"。

小说的情节结构是比照、互补式的，但是这种比照、互补是展示性而不是强硬的对比批判性的。虽然从小说中，我们能看到叙述者对挑夫暴毙命运的同情，但这种同情不似那个年代意识形态阶级批判性的——站在底层人物的叙述视角，极力通过各种手法渲染其生存困境及命运悲剧。在作品中，挑夫形象的塑造是简洁和间接的，既没有实在的外在形象塑造，又没有心理描写的展开，只有概略性的描写与叙述，挑夫是沉默与卑微的，甚至叙述者似乎都在刻意地不给他们留下叙述空间。然而也正是叙述者对挑夫的这种叙述态度，让我们更真实地感受到挑夫这样沉默的底层劳动者的无奈、弱小、一文不值。

尤其小说结尾，白天发生的零散但真实的事情，如杨三讨债斗殴、挑夫霍乱毙命、张宅名伶送戏等生活片段，通过报社编辑的编撰，变为各自独立但能够同时呈现出来的新闻资料，成为大众茶余饭后的谈资，现实生活的真实存在就这样打上了鲜明荒诞的色彩。在这里，"叙述时间随着报馆的工作而终止了，故事时间却因生活规律继续前行，也许是其他故事的开始，未完成引导读者想象，文学的意味由此产生、蔓延"①。这种比照、互补式的情节结构通过报馆新闻设置的方式得到隐喻性的阐释：意义就在于呈现本身而已——而生活就是由太多这样无法穷尽的"九十九度中"的生活片段构成的，生活就是无穷多的个人悲喜的叠加。文本超越篇幅的有限性最终指向了人生存的无限性、可能性，以及人生的无奈性甚至荒诞性。

值得注意的是，《九十九度中》事件、情节设置得琐碎、繁多，但是显得杂而不乱，除了这些情节之间是比照、互补式暗暗应和的，还在于其设置了挑夫、杨三这样流动性的线索式的人物，以及其始终以张宅为主要的叙述空间展开叙述。

作品开篇以挑夫送挑入文，之后由挑夫引出卢二爷及其车夫杨三。交代杨三去向后，叙述又随着挑夫转向张宅。张宅寿宴叙述罢，叙述再从杨三去向展开，由此引出喜燕堂的婚礼、刘太太赴宴、卖酸梅汤老头等。之后，叙述再次跳回张宅，对张宅中流动性较小的人物展开叙述后，叙述又再次随流

---

① 刘俐俐，汪怡涵. 李健吾评价《九十九度中》"最富有现代性"的原因探析 [J]. 内蒙古大学学报（人文社会科学版），2006，38（4）：86-91.

动性人物挑夫走出张宅。叙述挑夫暴毙、邻居寻药等情节，与寻药相关引出丁大夫，叙述再次回到张宅。最后，叙述回到杨三及卢二爷身上，与小说开篇人物出场基本照应。

　　小说《九十九度中》以暗含时空关系的"九十九度中"统摄全文，截取这一温度下社会各色人等各自的生活片段成文，构思独特，行文流畅，正如李健吾先生评价"没有组织，却有组织；没有条理，却有条理；没有故事，却有故事，而且有那样多的故事；没有技巧，却处处透露匠心"①。通过上文分析，作品之所以能够取得如此高的艺术成就，很显然与其特定叙述技巧的运用是分不开的。

载《山西大同大学学报》（社会科学版）2015 年第 2 期

批评实践三

废名小说《桃园》中的叙述声音

　　叙述声音"指作者所采用的那些传达了'说话人的价值观'以及'让人感觉到说话人存在'的不同措辞和句式"②，即叙述者在叙述过程中有意、无意发出的自己对事件、人物的认知与判断的声音。叙述声音的传达常常混合在作品的叙述过程中，比较集中地表现为叙述者在叙述中以自己的口吻发出的抒情或者议论，或者表现为叙述者借助人物而传达自己对事件的价值判断。在任何的叙述性作品中，或多或少都存在着叙述者自己的声音。在《桃园》中，叙述声音主要表现为在叙述过程中通过字句的选择，描写、抒情等手法的运用间接传递的叙述者声音，也包括通过对事件、人物的评论直接传达出的叙述者声音。

一、叙述声音的间接传达

　　《桃园》中叙述声音的间接传递主要表现为对作品中两个主要人物叙述视

---

① 李健吾．李健吾创作评论选集［M］．北京：人民文学出版社，1984：154.
② 费伦，拉比诺维茨．当代叙事理论指南［M］．申丹，马海良，宁一中，等译．北京：北京大学出版社，2007：640.

角的选择中，透露出的叙述者的态度。关于阿毛，叙述者主要通过人物内视角叙述完成形象塑造，关于王老大，叙述者则主要采用第三人称非人物内视角完成，很明显叙述者对阿毛的认同要多于王老大。在叙述过程中，叙述人有意通过阿毛内视角直接显露阿毛对父亲的依恋，而对王老大的行动叙述中，叙述者反复用"他的阿毛"这种直接凸显自己叙述者声音的语句来强调王老大与女儿之间这种情感依赖关系。很明显，叙述人对父女俩的情感关系是理解认同的。叙述视角的选择透露了叙述者对父女俩互相关爱、依赖却又难以互相理解的情感状况的无奈。

《桃园》中叙述声音的间接传达还表现为叙述人情感向度对读者所进行的有意引导。《桃园》整体上呈抒情笔调，作品中有许多抒情的句子，值得注意的是，抒情并不是完全由作品人物完成的，多半是由叙述者完成的，并且叙述者情感的释放又多是在场景呈现的具体过程中实现的。这具体体现为小说中的心理描写、对话场景以及景物描写中叙述者声音的渗入。例如，小说开篇交代了阿毛生病的事实以及阿毛与父亲的生活环境，之后叙述者跳出叙述发表感慨——"你这日头，阿毛消瘦得多了，你一点也不减你的颜色"，叙述者对阿毛的偏爱溢于言表。在叙述过程中，叙述者对阿毛的态度还表现为对阿毛的指称的变化——阿毛、阿毛姑娘、小姑娘，对阿毛部分身体器官的修辞性表述——小手，小小的心儿，与月亮、青苔比照而写的眼睛，对阿毛声音的表述——轻声、低声、慢慢又一句等。叙述者通过语言选择在不动声色之中自始至终表达了自己对阿毛的小心翼翼、倍加怜爱之情，在这种情感导向之下，读者对阿毛自然也充满了与叙述者相同的情感态度。这样，王老大买玻璃桃子后，小心翼翼之下玻璃桃子的碎裂似乎也与阿毛的离世有了某种关联，由此，小说对阿毛死亡的伦理化处理在玻璃桃子的碎裂声中得以坐实。

二、叙述声音的直接传达

在《桃园》中，从小说开篇直至小说结束始终伴随着叙述者自己公开的声音，这种声音主要以夹叙、夹议的方式呈现。小说开篇首先概括性交代了阿毛与父亲的生活境遇与生活环境，接下来叙述者就以自己推测的语气指出王老大能够拥有桃园的原因。在这里，叙述并没有历时性地展开，叙述者需要依据自己的叙述权威，为自己的叙述建构合理的存在场域，因此故事背景的交代与设置，是叙述者必须站出来以自己的声音陈述"事实"的叙述行为之一。同时在叙述过程中，作品中还有基于对人物行为的叙述者的评价，如"王老大一门闩把月光都闩出去了""王老大不知怎的又是不平""王老大这样的人，大概要喝了一肚子酒才不是醉汉""王老大捧了桃子——他居然晓得朝回头路上走"等，叙述者对人物难以认同的情感态度是很明显的。在叙述过程中，叙述者基于对阿毛在人物内视角叙述中认同态度与对王老大无论是在叙述视角还是在叙述评论中的非认同态度形成鲜明对比，增强了作品的审美张力。

叙述者公开的叙述声音，还表现为小说中以叙述者自己的口吻所呈现出的大段的抒情、议论性文字。例如，出现在小说中间的关于月下王老大茅屋景致的抒情式描写与议论，以及对醉酒而归王老大的评论，叙述者对王老大与阿毛各自孤寂的生存状态的同情、怜悯以及自己对死亡、对与生存相关的认知，在这几个相关段落中得以昭示。

总体来看，《桃园》中叙述者的声音是比较清晰的，但是因为作家对叙述美学的追求，叙述声音并没有使读者掌握更多的叙述信息，反而由于一些暧昧不明的叙述声音，小说更加平添了几分蕴藉属性。

载《文学教育》（上）2015 年第 12 期

第五章

女性主义批评：理论与实践

女性主义批评是 20 世纪六七十年代出现在欧美的一种文学批评方法，此种批评以"女性主义"为主要立场与角度，在文学文本中挖掘女性特有的世界感知经验和审美表达经验，借用文本寻找被传统男性中心主义压抑的女性声音，重新审视文学史和文学现象，尝试实现对传统男权文化的批判与颠覆，因而具有较强的政治色彩。女性主义批评是女性解放运动在文化领域产生影响的必然结果，并且伴随着女性解放运动的发展而进一步得到发展。

第一节　女性主义批评理论的产生和发展

女性主义批评的出现与西方女性解放运动有着直接的关联。20 世纪初，西方爆发了妇女解放运动，在 20 世纪二三十年代的第一次妇女解放运动中，女性获得一系列权利，其中以获得选举权为最高的运动成就。第二次运动发生在 20 世纪 60 年代后，这次运动致力于对女性教育、就业、文化、政治等各个领域权力的争取，并上升到了女性文化和女性存在本质的探讨。

一、女性主义批评理论的产生

女性主义批评理论吸纳了 20 世纪西方文艺理论发展过程中种种不同资源，逐渐形成自己的理论体系。例如，结构主义二元对立的思想以及解构主义对二元对立思想的解构，启发女性主义研究者对男女性别二元对立的设置与解构；新马克思主义思想从社会存在结构介入对文学文本意识形态场域的剖析，启发女性主义思想研究者们把女性放在社会历史发展的性别角色上来考虑女性的生存地位；后殖民主义批评理论则使研究者从族裔、种群、经济发展模式等后殖民语境中展开对女性文学的研究。这些理论资源的借鉴，使女性主义文艺思想在发展过程中，能够一直保持着开放的态度与较强的活力。

女性主义发展过程中不得不提的先驱者是法国的波伏娃与英国的伍尔夫，她们的女性主义思想至今依然影响着许许多多人进入女性文学的研究中。弗吉尼亚·伍尔夫，英国著名意识流小说家，她的小说《墙上的斑点》《到灯塔去》等作品作为意识流小说影响了一代代从事创作的人。伍尔夫基于自己的人生经验、创作经验和学识积累于1929年出版了《一间自己的屋子》，这部作品被视为女性主义批评重要的奠基之作。在这部著作中，伍尔夫分析了女性文学发展遭遇的处境。她肯定了过去女性文学传统的存在，女性作家与男性性别不同招致的文化身份、社会角色的不同致使其在文学创作中体现出了不同的题材选择、风格特征与语言习惯，这使其文学创作有了"女性"特有的烙印。这种"女性"声音的存在因异于男性作家，因此常处于边缘的位置，有时甚至不得已通过匿名或男性化笔名的方式为自己的创作赢得一席之地。这样被压抑的文学创作处境，伍尔夫认为与父权社会女性的生存环境、经济独立能力、受教育程度有着紧密的联系。男权社会将她们禁锢于家庭之中，因而她们没有自己独立的发展空间，文学创作也是如此。因此，伍尔夫提出："一个女人如果想要写小说一定要有钱，还要有一间自己的屋子。"这里的"钱"即独立的经济能力，而"屋子"则是女性能够独立发展不被侵占的能力空间。伍尔夫用"一间自己的屋子"隐喻了女性被男权文化侵占的经济与文化空间，指出了女性实际的生存现状。伍尔夫还提出了"双性同体"的思想，她认为理想的人格样貌应该是"双性同体"的，既要有准男性气质如刚猛、强悍，又要有准女性气质如阴柔、细腻，双性的和谐是文学创作最理想的状况。这种观点显示了伍尔夫对男女二元对立思想的解构。

法国的西蒙·波伏娃作为女性主义文学批评的奠基人，其著作《第二性》被誉为西方妇女的"圣经"，迄今被译为二十几种语言在世界各国流传着，这部作品被视为女性主义理论的经典之作，奠定了女性主义文艺理论的基础。在《第二性》中，波伏娃提出了一个重要的观点："一个人之为女人，与其说是'天生'的，不如说是'形成'的。"① 这个观点指出女性在社会中的地位不是生来就是如此的，而是源于社会经济地位上的不平等。在物质上，女性

---

① 波伏娃. 第二性：女人［M］. 桑竹影，南姗，译. 长沙：湖南文艺出版社，1986：23.

被男权文化规定的社会身份"女儿""妻子""母亲"依附于父亲、丈夫、儿子，社会分配给她们的生存空间是家庭居所，因此其被剥夺了独立生存的能力，她们只能依靠家庭获得生存，这样也就丧失了文化权、受教育权、话语权。因此在精神层面上，女性成为男性的镜像与影子，而男性则通过话语权、文化权的掌握确定了自己的"第一性"的性别阶梯，女性只能成为依附于此的"第二性"，由此男性通过传统的男权文化不断巩固自己的社会、经济、文化地位，女性也由此而"形成"。在《第二性》中，波伏娃还分析了五位法国男作家笔下的女性形象。她认为这些女性形象都是男性作家对女性基于父权文化想象的结果，她们作为男性的陪衬或附属物而出现，从而抨击了父权文化在文化想象中建构和固化女性传统"第二性"的位置，这种关注男性笔下女性形象的做法为后来女性文学批评提供了很好的范例。

二、女性主义文学批评的发展

女性主义批评思想在其理论与实践活动发展过程中逐渐发展出了两支特色鲜明的流派：美国女性主义批评流派和法国女性主义批评流派。美国女性主义批评从人道主义和经验主义立场出发，注重文本分析，揭露在创作和批评领域的性别歧视，并致力于挖掘女性文学的传统，建立自己的批评原则。法国女性主义批评则受到了语言学、精神分析、解构主义思想的影响，强调女性受压抑的状况并致力于在语言领域寻求突破。两者批评思想虽然各有侧重，但都吸收了早期女性主义经典著作的思想，将女性在文学创作及批评领域受到的压抑与不公待遇作为批评的出发点。

美国女性主义批评大致经历了三个发展阶段：从 20 世纪 60 年代末到 70 年代初为第一阶段，此阶段批评的重点在于对男性作家文本中的性别歧视现象予以批判与解构；20 世纪 70 年代中后期为第二阶段，此时期女性主义批评者致力于女性作家及作品的挖掘与重估，试图建立女性文学史；第三阶段为 20 世纪 70 年代末到 80 年代之后，此时期一方面女性批评进入理论工作的构建阶段，另一方面，少数族裔的女性批评纷纷崛起。美国女性主义批评的两位代表人物是凯特·米利特与肖沃尔特。凯特·米利特的女性主义批评思想主要体现在其代表性著作《性政治》中。在书中，她提出了"性的政治"理论，她认为在男女两性的性别角色上存在着权利关系，这也就是所谓的"性的政治"。她指出男性利用其在社会中的权力把控地位，在男女两性的社会地位、社会角色等方面指定出一系列的价值观念，并从宗教、神话、心理学、生物学、教育、意识形态等方面对其反复强化予以固化，使其变成一种内在化、合理化的存在来实现对女性的长久统治。同时，米利特还运用此观点对一些重要的男性作家如劳伦斯、亨利·米勒等的作品进行批判，指出其作品通过作家想象而达成形象塑造、语言表述等方面的性别歧视。米利特"性的政治"理论及其批评实践为美国女性主义批评思想提供了新的理论资源与实践范本，为女性主义批评发展做出了开创性的贡献。伊莱恩·肖沃尔特的女性主义文学批评思想主要体现在她的著作《她们自己的文学》和《走向女权主义诗学》《荒原中的女权主义批评》等作品中。她认为女性文学发展经历了对主流文学的模仿、对传统文学标准的反抗和争取自己权利和价值的自我确认三个阶段。在《她们自己的文学》中，她阐述了女性在文学领域从依附到觉醒的历史过程，在探索女性文学史方面做出了独特贡献。肖沃尔特还首次提出了"女性批评"这一概念，她把女性主义文学研究划分为两种模式，一种"关涉的是作为读者的妇女，即作为男人创造的文学作品的消费者。这一方法中含有的女性读者的假设，改变了我们对一个给定文本的理解，提醒我们去领会它的性符码的意味"①。这种模式注重对文学作品进行社会历史分析，重点关注男性作家文本中的女性形象，关注文学史及批评对女性作家的忽略、贬低和压制，突出文学的意识形态性。另一种模式"关涉到作为作家的妇女，即研究作为生产者的妇女，研究由妇女创作的文学的历史、主题、类型和结构"②。前一种批评模式被她称作"女权批评"，后一种被称为"女性批评"。后一种批评模式把女性作为文本意义的生产者，研究女性写作的动力和女性语言问题、女性文学史和特定作家作品等，这一研究假定女性亚文化群存在，女性写作不同于男性写作的模式，从而成为女性主义文学批评的重点。在《荒原中的女权主义批评》中，肖沃尔特对"妇女批评学"做出了新的贡献，她认为文化研究模式更适合建立女性主义批评理论，她指出女性写作既不在男性传统之内，也不在男性传统之外，而是同时在两种传统中，女性写作不可能绝对离开男性主宰的文化，同时还要受到其他文化的影响。

---

① 肖沃尔特. 走向女权主义诗学 [M]//周宪，罗务恒，戴耘. 当代西方艺术文化学. 北京：北京大学出版社，1988：345.
② 肖沃尔特. 走向女权主义诗学 [M]//周宪，罗务恒，戴耘. 当代西方艺术文化学. 北京：北京大学出版社，1988：345.

因此，她提出："女性中心批评的首要任务是标出女子文学属性的确切文化方向，描述穿过个别女作家文化田地的诸种力。"① 这些观点对女性写作话语的建立无疑有着重要的启发意义。

法国女性主义批评重视理论建设而轻文本批评实践，女性主义批评理论家们吸收借鉴法国评论界特有的哲学、心理学、语言学等理论资源，集中对女性与语言和写作的关系进行抽象思辨，侧重男性与女性、男性文化与女性文化差异的鉴别。法国女性主义批评尤因其批评家的学术个性而瞩目。其中，对法国女性主义批评理论产生重要影响的有埃莱娜·西苏、茱莉亚·克里斯蒂娃等。埃莱娜·西苏对女性主义批评理论最大的贡献在于她提出了"女性写作"的理论，她认为传统写作一直被父权文化控制，女性应该开创一种具有反叛性的写作。她认为身体是女性被父权文化压抑最重要的场所，女性用身体写作可以接近其潜意识的本质力量，使写作具有突破压制的力量，"写你自己，必须让人们听到你的身体"②，"写作恰恰正是改变的可能，正是可以用来作为反叛思想之跳板，正是变革社会和文化结构的先驱运动"③，通过写作，女性确立了自己的主体地位，完成了自我建设，这使写作具有了革命的意义。茱莉亚·克里斯蒂娃吸纳借鉴语言学、符号学、精神分析学说、西方马克思主义等理论学说思想，建立了自己的一系列理论学说。她质疑男女欲望根本不同的观念，她认为女性的欲望与其政治要求相关，女性反传统的写作方式应被看作女性欲望的表现和女性主义的政治行动。她认为女性的性别差异是由符号规定的，男女两性的差异和矛盾是符号界与象征界之间的差异和意指过程所决定的，她把女性主义解放女性的目标寄寓在符号界的女性话语之中，并用女性话语的潜在革命性来颠覆和消解象征界的父权社会的男权主义律法，从而使父权社会的男权主义制度裂变。茱莉亚·克里斯蒂娃的女性主义批评思想具有非常明显的符号论特点，显现出了西方后现代主义"语言学转向"的潮流和文化研究的热潮，具有明显的后现代主义思想的特征。

女性主义批评思想伴随着女性解放运动而来，具有一定的革命性意义。女性主义批评思想虽然还存在许多不成熟、不完善的地方，如对女性语言、

---

① 王逢振，盛宁，李自修，等.最新西方文论选［M］.李自修，译.桂林：漓江出版社，1991：279.
② 张京媛.当代女性主义文学批评［M］.北京：北京大学出版社，1992：194.
③ 张京媛.当代女性主义文学批评［M］.北京：北京大学出版社，1992：200.

女性风格、身体写作等问题的探讨至今没有定论，但是女性主义批评始终坚持对话开放的批评模式，在发展过程中不断吸纳、借鉴其他思想流派的理论资源，不断修正和完善自己的理论话语与理论体系，因而成为 20 世纪以来最有活力的思想理论之一。

第二节　女性主义批评的实践操作

女性主义批评作为一种意识形态鲜明的批评方法，在具体的批评实践中，常常以破求立，通过对文学文本中父权文化对女性的压抑与控制的识别，对无处不在的男性中心主义现象予以指认、做出批判，同时通过文学创作确定自己的主体地位、建立自己的话语体系。女性主义在发展过程中，由于对不同理论资源的借鉴，研究视角各有侧重，又可分为马克思主义女性主义文学批评、精神分析女性主义批评、后殖民女性主义批评、后现代女性主义批评、后结构女性主义批评、生态女性主义批评等不同派别。女性主义批评理论虽然处于反复修正与长期的建构之中，然而在具体批评实践中，依然有很多可供借鉴的操作方法，国内也涌现出一大批致力于女性文学研究的批评家。

从女性主义视角展开文学批评，其在实践操作中可从以下几方面入手。

第一，对"作为读者的妇女"的女权批评。常用的批评模式为文本分析，即重点对作品中女性形象进行分析，在女性形象的设定中，追究作家设定女性形象的内在心理动因、社会原因、人物设定诉求等，以此揭示女性在男权文化中长期处于被压抑和压迫的社会文化地位，唤起读者阅读警觉，通过文本批评对男权中心主义社会文化进行施压。在男性作家的文本中，女性常呈现为两种极端面貌：圣女和妖妇。这在中国古典小说中尤为常见，中国古典小说四大名著莫不如此。《西游记》中的女神与女妖，《三国演义》中的女性基本是作为男性的附属品出现的，顺从、安静。《水浒传》中的女性要么是男性化的女性（孙二娘），要么是淫荡的女性（潘金莲、阎婆惜等），唯一出彩的扈三娘也最终成为男权世界的战利品被物化，失去主体性。《红楼梦》虽然表面有对"红楼女儿"的褒扬，有对男性污浊世界的批判，然而字里行间对女性"第二性"的书写依然清晰可见。在男性掌握话语权的社会文化中，男性中心主义对女性社会角色理当如此认定，在各类男性作家的笔下，女性角色也应当如此地呈现出其在现实世界真实的存在样貌，她们要么是慈爱、无私、无我的母亲，要么是纯洁、无邪的女儿，要么是贤惠、顺从、贞洁的妻子。她们若是背叛了社会给她们制定好的角色，则往往在文本中遭到作者的审判，于是在中国古典小说中的"荡妇"基本上是以作者为她们设定好的"死亡"为归宿的，甚至那些被迫受到凌辱的女性也往往自觉以死明志。例如，《西游记》中唐僧的母亲，本来丈夫的大仇已报，母子得以相认，看似已经是大团圆结局，但是因为母亲为强盗所掠被迫失贞，作者便让她在经历一番思想斗争后，选择赴死，来成全其贞洁、贤德之为妻之名、为母之名。《水浒传》中，林冲之妻在受凌辱后，也最终选择死亡。小说创作者对这种死亡满是欣赏与赞叹，在传统男权文化中，鼓励女性以牺牲生命来换取所谓的名节。对"圣女"形象的刻画，在男权文化的文本中，其设定往往是奉献、无私、宽厚、贞洁等，如唐传奇、明清戏曲、志怪小说中的女神或女妖形象，从这些形象的设定中，我们可以看出中国传统男性文人对理想女性自恋式的想象：穷酸秀才巧遇财识都较自己高出许多的贵家小姐（女仙、女妖），对方无条件地爱上秀才，并在经济上对秀才予以帮助，最终秀才完成理想追求。在这些叙述文本中，这些女性基本是没有自己个人追求的，唯一的追求可能就是觅得良人，这样的动机使她们勇敢、无畏、痴情、忠贞，同时慷慨、乐于奉献。在男权文化文本中，女性按照男权文化的需要任意打造，而在现实生活中，真实、普通的女性形象往往是沉默与失语的，她们在文本中多是作为一个功能性符号，而不是一个鲜明的角色。

在现当代的文学作品中，随着女性解放运动的发展，女性的社会地位得到了很大的提高，女性形象在文本中也更加鲜活、多样化，但是传统男权文化在文本创作者的无意识中依然发挥着作用，在曹禺、郭沫若、巴金等人的作品中，我们依然能够看到他们对女性的男权中心意识的书写。当代作家的作品中亦是如此，余华、阿来、莫言的作品中也是充满着对女性男性中心主义的偏见。文化发展与经济社会制度发展并非同步，虽然女权主义运动在世界各国如火如荼地进行着，女性经济、政治、社会文化地位也随之有所提高，然而走出男权文化逻辑，建构女性文化依然任重道远。

第二，对女性作家的作品批评。常用的方法是分析作品在语言、题材、体裁、人物形象设定、表现手法、心理描写等方面的特点，以此找寻女性文学创作的性别轨迹，勘察女性作家在作品中对自我性别的认知与构建，由此为妇女的文学建设一个女性的框架，发展基于女性体验研究的新模式①。在女性创作的文学文本中，由于自我性别经验与基于此的作家对世界的独特感知，女性作家在其文本中总是不免其性别书写轨迹，这常常表现为作家在创作主题的选择、语言的运用、创作视角的偏爱等，这些特征使女性作家的作品常常产生出区别于男性作家的独特的性别审美魅力。虽然在中国古典文学中也存在着一定数量的女性作家作品，但总体看来，这些作品女性主体意识并不明晰，对自我生存境遇未展开积极、有建设性的探析。所以，人们对女性作家文学作品的研究，多是在五四开启的现代国家构建的过程中展开的。人们对这些作品的分析常从以下视角展开。一是在社会历史分析视角下，对作品的题材分析。例如，张爱玲作品中女性爱情、婚姻主题，丁玲作品中女性社会政治角色主题，萧红作品中故乡乡土生活主题，冰心作品中爱与自然、宗教关系主题等。人们对这些女性作家不同写作主题的分析常从作家个人的生活经历、童年经验以及时代主流文化影响等角度展开分析。多数作家包括部分男性作家对女性性别命运探讨的处理，多是把女性放在爱情、婚姻的现实状况中来呈现的，如鲁迅《伤逝》中的子君，曹禺《雷雨》中的繁漪。张爱玲小说中的多数女性人物，苏青、丁玲、张洁、铁凝等作家的相当一部分作品中的女性，她们对自我命运的认知更是从爱情、婚姻与家庭中体认的居多。因为在现实生活中，这些领域是女性对自我定义和自我价值认知关联最紧密的领域。传统男权文化也往往通过爱情和婚姻把女性禁锢在家庭之中，家庭这个内域空间让女性文学表现出了"内向"的性别性格，由此多数女性作品重抒情、重心理描写，作品细腻，感染力强。还有一些作家把女性命运放到更广阔的空间中，如丁玲，她笔下的女性人物常常通过对现代国民身份的追求来做自我价值判断，因而她的作品更多沾染了时代风云，叙述视野开阔。在丁玲的小说中，为"人"的时代苦闷与为"女"的现实焦虑在其《莎菲女士的日记》《我在霞村的时候》等作品的话语叙述中形成"双声"，显示出了女性在时代风云之中对自我识别的艰辛。在 20 世纪 90 年代，林白、陈染等女性作家的女性叙述话语的内囿性更加强烈，在自我私密话语中，身体成为一个符号，承担着女性彰显自我存在的一种武器。二是对女性文学艺术传达

① 肖沃尔特. 走向女性主义诗学［M］//周宪，罗务恒，戴耘. 当代西方艺术文化学. 北京：北京大学出版社，1988：358-361.

方式的分析。女性作家因其性别特征，在其文学文本中无论是语言调性的选择，还是形象加工的偏爱以及作品审美内蕴的渲染无不凸显其女性特质。女性作家的作品多数情感细腻、深沉。这些细腻的情感常常体现为作品中的环境渲染、意象选择、人物心理行为分析等方面。评论家对女性作家作品的分析，要考虑到女性作家在艺术表达上的性别化处理，如在张爱玲小说中反复出现的月亮意象与镜子意象。月亮是传统闺怨诗、离愁诗中常被运用到的意象，月亮清冷的属性与女性内囿的性格特质有相通之处；镜子作为传统古典诗歌常被选用的意象，常常与女子独处、自醒、自怜的情境相连。两种古典意象在张爱玲的小说中反复出现，一方面继续借用其传统文化内涵渲染女性主人公的生活境遇，另一方面又加上张爱玲对这些意象加以大胆的现代化手法的改造，使其作品呈现出一种女性世界幽囿清冷的异美。例如，在林徽因唯一的一篇小说《九十九度中》中，作家采用全景呈现兼以意识流的创作手法，一方面把女性生存境遇放到更大的社会空间之下，让"她们"以男性眼中的"他者"样貌呈现，另一方面又让诸如"阿淑"这样别人眼中的新娘发出自己的声音，这种叙述方式使女性的作为"他者"与作为具有自由生命意志的"自我"同时呈现，在这种情境性的对比中显示出作家对女性群体真实存在现状的立体化的呈现。在当代女性作家的作品中，梦境化的情节处理方式，意识流手法的大面积使用，自然意象的偏爱，整体语言风格的柔美、细腻，都凸显出了女性作家在创作手法上与男性作家的不同，这都需要评论者仔细辨别并在评论中认真挖掘其内在的性别审美因素。

第三节　女性主义批评实践

批评实践一

论萧红小说《生死场》女性身体经验的表述

小说《生死场》发表于 1935 年，被视为萧红最具有代表性的小说作品之一。此书的出版过程颇费周折，最终是鲁迅把它与萧军的《八月的乡村》、叶紫的《丰收》等小说作品一起编入"奴隶丛书"中而得以公开发表。因此，此部小说在一定程度上被视为政治意识指向鲜明的左翼小说之一。由此可见，《生死场》得以进入当时意识形态所指强烈的主流文学圈而被接受，与其小说鲜明的意识形态指向是分不开的。然而，细细研读此部小说作品，其渗透在文本中的意义所指，早已经溢出了左翼小说所涵盖的价值指向与审美经验。鲁迅在为《生死场》所作的序言中称赞萧红所描写的"北方人民的对于生的坚强，对于死的挣扎，却往往已经力透纸背；女性作者的细致的观察和越轨的笔致，又增加了不少明丽和新鲜"①。在这短短的序言中，我们可见鲁迅已经洞察到了在对北方人民生存抗争的表述中，萧红所传达出来的女性的认知经验以及女性"越轨的笔致"式的写作经验。

在《生死场》中，萧红以女性的生命体验为出发点，把女性的身体经验作为认知世界的一个重要参照点，以此来观照女性的生存以及整个乡村群体的存在境遇。因此，她把她的人物放在生与死的场域中考察。在这里，生与死则是自然种群繁衍的轮回。女性的生育成为生存与死亡之间的中介，因此与女性的生育相关的身体经验，也就成为小说的一个重要表现内容。萧红把这种关于身体的经验叙述寓于身体的物质根性以及影响其身体的物质根性存在的物质贫穷及其伴生的精神空洞之中来表述。在这里，人的生存首先作为物质躯体存在，一切供给身体的根性存在的外在物质条件，成为推动人物行动的外在驱动力。在《生死场》中描绘的那个贫穷的小村庄里，人的存在更多的是一种动物式的解决自身身体根性的存在与种族繁衍的存在。在这种存在方式中，女性被视作一种劳动生产工具，她一方面帮助男性从事物质生产解决生计问题，另一方面要从事繁衍后代的生殖生产。在两种不同形式的生产过程中，她们还承受着被男性施加的身体暴力。在《生死场》的前三分之二的篇幅中，萧红表达的都是女性在这种生与死界限模糊、混沌状态中的身体苦难。身体成为女性感知这个外在经验世界的一种形式。一方面，她们承担着贫穷生活施加在她们身上的对自由生命的挤压与变形：物质的极度贫乏与生存环境的极度险恶，使她们的精神世界被压扁、被榨干。她们从来意识不到自己的存在，她们只能按动物的方式，让生存和糊口变成她们生活的全部。同时，作为女人，她们又只能接受生育带给她们肉体上的刑罚，而这种

①　鲁迅．生死场·序［M］//萧红．生死场．哈尔滨：黑龙江人民出版社，1980：1.

刑罚在男权文化专制生存环境之下又是那么触目惊心。萧红对女人生育的苦难的描述，在《生死场》中"刑罚的日子"这一章里，得到了完满而真实的呈现。在这一章中，萧红将妇女的生育和各种动物的生产交叉对照来描写，暗示着劳苦女性的卑微渺小，与动物一般。于是，萧红悲愤地发出了"在乡村，人和动物一起忙着生，忙着死"的呼喊。有的研究者指出，"女性的身体在萧红这篇小说（《生死场》）中是有血有肉的存在。由于它的存在，'生'和'死'的意义因此被牢牢地落实在生命的物质属性上，而得不到丝毫的升华"①。这种生与死也就是身体的物质体的生成与毁灭本身。

这种身体的根性存在压抑了人性中温情的一面，在身体感受到的外在刺激的疼痛中，现实生活中不能直接引起身体物理疼痛的情感经验、人的情感感知功能渐渐萎缩和麻木。死亡在人类的情感认知中，常常是能够激起人来反观自己生存状态的一种存在形式。在《生死场》中，人们对死亡的感知是麻木的。无论何种形式的死亡——产妇的难产、婴儿的夭折、疾病的侵袭、人与人间的暴力，这些都难以引起这里人们的情感波澜。在《生死场》的叙述中，萧红在文本中多次对乱坟岗子进行描写，在这里，死亡成为死亡本身，只是一种肃杀幽魅的生存气氛，而难以引起活着的人对自身生命状态有意识的审视。生命意识的非自觉状态，使《生死场》中的人物更多的是以一种客观生物体的方式存在。外在物质条件将人的情感异化：老王婆对自己不慎摔死的孩子并没有表示太多的悲痛，而对自己田地里的庄稼和即将被卖掉的老马却流露着依恋的感情；麻面婆的死亡并没有让二里半有太多动容，而那头跟随他多年的老羊，却可以让他流泪。之所以如此，正是因为身体的根性存在对供给自身存在的外在物质实体的高度敏感，而只有生存本身的供给能够得以维持，人对社会性情感的欲求才成为可能。萧红对生命的这种物质根性的体验，以及对女性生育的表述经验，都与其自身生活经历相关。从十六岁逃出家门之后，萧红就一直过着漂泊动荡的生活，经历了自身生存的种种艰辛，对身体的这种根性存在，其在流亡生活中对疾病、寒冷、饥饿深得体悟。这期间她经历的几次生育体验以及由此带来的情感创伤，也使她对女性生育经验的痛苦表述更加真切。

---

① 王晓明．批评空间的开创：二十世纪中国文学研究［M］．上海：东方出版中心，1998：308．

　　萧红特殊的生活经历，以及她对生命存在本身独特的认识，再加上她卓绝的才情，决定了她的写作带有鲜明的个性色彩。当时特殊的时代语境与自己在文坛上并不高的地位，使萧红的写作不得不考虑与时代主流意识形态的合流。作为特殊时代文本书写的策略，萧红的《生死场》在后半部分中才会有民族叙述的部分。当然，这也是出于作家自己作为社会人，对时代敏感的自觉选择。《生死场》的前半部分描写了乡村弱质乡民在一个基本自足封闭的生存圈子里，浑浑噩噩的生死轮回。这里的生与死更多的是作为一种自然现象，处于一种内在的平衡之中。作品后半部分笔锋一转，描写外来侵略者带来的灾难，那是不光施加于女人同时也施加在男人身上的民族灾难。无论是怎样的灾难，女人总是处于最底层的，她们以前是男人的奴隶，现在成了奴隶的奴隶。男人与女人在生死场域中的自然平衡被外来侵略者打破，生死已经不是可以由外来的如疾病、生育、天灾等非人为因素来决定的了，现在取决于侵略者个人主观的意志。生死的场域由前半部分女性先天受难的生殖与死亡之场，转化为麻木的愚夫愚妇们在亡国灭种遭遇生存危机的灾难中的争取国家民族抗日解放的拼死求生之场。从小说的叙述篇幅来看，作者显然更加注重前半部分对生死场域中人的存在状态的思考。从以前我们看到的对于《生死场》的政治意识形态性的评介，以及鲁迅、胡风两位男性文化精英为其所作的序言与后记来看，《生死场》能够进入大众视野乃至进入文学史都是得益于人们对其意识形态性的解读，其女性"越轨的笔致"是被忽视了的。

　　在后半部分的意识形态所指强势的叙述中，萧红依然选择女性作为中心叙述对象。王婆与金枝从前半部分主体性不强的生存状态，变成了有较强主体意识的表现对象，在民族救亡中表现出强于男性的抗争意识。这种表述虽然与前文叙述有某种不协调，但是在这种民族叙述姿态下，仍然可以看出萧红不经意间流露出的自觉的女性意识。有的研究者指出，"从叙事角度看，作者（萧红）对抗日的描写也有些疏离和牵强，她想把抗日主题贴上去，却又因生疏而无力驾驭，显得不协调。其中除了萧军的影响因素外，主要是来自主流意识形态对个体创作的无形制约"①。因此，我们有理由说，《生死场》中民族救亡主题的选择，更多的是出于萧红对女性身体经验的传达在一种意

---

① 王晓明. 批评空间的开创：二十世纪中国文学研究［M］. 上海：东方出版中心，1998：308.

识形态强势文化语境下的策略性选择——"以有血有肉的女性身体作为切入点去探寻民族国家与女性之间的微妙关系，把被民族国家话语整合起来的女性生命重新撕裂开来，或者说还原于本来的破碎状态"①。

综上所述，九一八事变之后，特殊的时代背景使以争取民族解放和阶级解放为旗帜的、具有强烈政治色彩的革命文学成为主流文学，作为左翼作家的萧红自觉以文为笔，实现自己对时代的大的"国民"书写，然而在这一过程中，她并未像其他多数左翼女作家一样遮蔽自己的性别意识，而是通过一定的文本编织技巧，借用大的时代话语巧妙地发出自己女性"异质"的声音。

载《文学教育》（上）2015 年第 9 期

批评实践二

女性写作中主体认同经验分析
——以现代文学史中女性小说写作为研究对象

"在中国近代以来的现代性语境中，民族、国家不仅是现代主体不可忽视的内容，甚至在相当长历史时期里是唯一的、绝对的现代主体……个人主体不过是作为民族国家理念的独特呈现形式而出场的。"② 在五四运动到新中国成立（1919—1949 年）这个特殊的历史时段中，民族主体国家构建一直是中国现代化的主要发展轨迹，个人主体的构建始终是被压抑着的。个人主体意识得不到充足的发展，女性的独立性别主体意识的建构，更是难以有突破性的进展。现代文学史中，女性小说三十年间所呈现出的特征，也恰恰说明了这一点，笔者试从主体认同的角度，对现代文学三十年中女性小说写作所呈现出来的主体认同经验做出识别与分析。

---

① 毕媛媛，林丹娅. 无处安放的女性身体：解读抗战叙事掩盖下的性别表述 [J]. 职大学报，2014（2）：4.
② 王宇. 性别表述与现代认同：索解 20 世纪后半叶中国的叙事文本 [M]. 上海：上海三联书店，2006：2-3.

一、主体认同与女性写作

主体认同，即人对自己主体身份的反思与确认。认同，英译为 identity，又做身份同一性解释。认同是一种区别的过程，区分出自己与其他人的不同，从而对自我属性进行建立。认同本身又是一个"同一"的过程，是对某种身份、族群、性别属性进行确认与接受，从而建立个人归属感。认同就是在这样一个"同一"和"辨己"的过程中展开的。从根本上说，认同是一个主体建构的过程，是主体在特定社会、文化关系中的一种关系定位和自我确认，是对主体自我身份的建构和追问。它关涉作为主体的人与自然的关系、与社会的关系以及与自身的关系。

主体对自己主体身份的确认大体从两方面展开：一是主体的自我认同，二是主体的社会认同。前者是主体通过个人经历反思自我存在状态的认同；后者是在特定生存场域内对本场域特定价值、文化和信念的一种认取与接受的态度，是特定社会关系网络点上自己对自己社群属性的确认。主体自我认同与主体的社会认同，两者是主体在其对自己主体身份确认过程中同时发生的。任何自我认同均是在社会认同条件下来实现的，是各种社会认同要素在主体身上的结合与反思的结果。主体的社会认同又是在自我认同反思内驱力的推动下实现的，两者在主体认同过程中是相互交融的。

主体认同过程是一个动态的、发展和未完成的过程，具有开放性和建构性。语言是人社会性存在的标识，主体认同的实现正是在这语言建构的社会网络关系中，通过对话语建构的象征体系的认同，来实现自己的文化性的存在状态。文学作为一种特殊的语言建构形式，无疑与主体认同的实现之间有着种种割舍不开的关系。乔纳森·卡勒在《当代学术入门：文学理论》中这样指出："文学的价值一直与它给读者的经验相联系，它使读者知道在特定的情况下会有什么感受，由此得到了以特定方式行动并感受的性格。文学作品通过从角色的角度展现事物而鼓励与角色的认同。"[①] 在此，他强调了文学话语对读者认同的导向作用。文学作为一种表达个体生命观念，体悟创作主体人生感受的艺术表达形式，其中必定蕴含着作家自己的价值、情感观念。这些情感、价值取向直接所指是作家自己的认同观念。这种认同观念除了是创

---

① 卡勒. 当代学术入门：文学理论［M］. 李平，译. 沈阳：辽宁教育出版社，1998：117.

作主体作为生命个体对自己主体身份的认同反思，还积淀了创作主体作为社会性存在，在社会认同中对社会历史语境中自己的语境化定义。

中国现代历史是个人的主体性与民族国家主体性并置展开诉求的历史。女性作为主体性存在从历史深处走来，其主体认同也表现为对个人主体的认同以及对自我所属民族身份的主体认同。在这种历史诉求中，"个人的建立与民族国家的建立是联系在一起的，个人主体与民族主体的建构是现代性的两个重要方面。同时，现代化的过程，不论是救亡还是启蒙，都是一个权力提取的过程，说到底，启蒙也是一个将个人纳入现代民族国家管理中的过程，是为了现代民族国家的目标对个人强行干预和塑造的过程。现代化的过程是一个对个人不断驯服和控制的过程"①。由此可见，中华民族国家现代化构想与建设的过程本身就是一个压抑个人主体性的过程。出现在根深蒂固的父权文化作为文化潜流，民族国家构想作为时代主流话语的历史语境中的女性文学，其女性话语势必受到双重压抑——主流国家叙述机制的压抑与潜流无处不在的父权文化的压抑。

二、女性写作中的主体认同经验分析

（一）五四时期女性小说作品主体认同经验分析

五四时期，女性写作中呈现的主体认同经验可以表述为"人"的觉醒期、"女"的困惑期。女性作家在文本中表现了强烈的社会关怀意识，与男性作家一起充分发挥了文学的意识形态功能，体现了女性作家的社会责任感与知识分子情怀。在为"人"的主体构建中，女性却不经意间发现了为"女"与为"人"的差距。她们意识到自己性别身份的特殊性，却又不知怎么去识别与建构自己。

五四时期，处于主流的时代话语依然是西方启蒙思想带来的个性解放思潮，强调的是个人的自由、平等与自主的主体地位。五四时期的启蒙家"把'人'的觉醒归结为人的独特性，也就是把人从各种群体的、类属的、观念的领域中解放出来。这样一种寻找'人'的独特性的努力必然导致对家庭、伦理以至民族和国家的否定，因为一切外于'人'本身、'个体'本身的东西

---

① 旷新年. 个人、家族、民族国家关系的重建与现代文学的发生 [J]. 中国现代文学研究丛刊，2006（1）：41-48.

都构成了对'人'的压迫"①。与五四精神相连的是批判、怀疑、反思。五四精神所指的是对中国传统文化和社会的反叛。"五四"人物专注于对传统的解构，却并没有强烈的建构意识。即使是去建构一种合理的生命生存状态，五四早期的思想家们想要建构的也"是一种力图破除民族的界限，建立一种人类的意识，以'个体—人类''我—人'的关系超越家庭与民族的关系"②的人类主义的理想社会模式。与此相关的是，五四文学的基本主题就是作为个人的主人公（五四文学流行自传式的叙事方式，人们有理由把人物与作者的关系理解为一种自我表现式的关系）与整个外部世界的尖锐对立。这个外部世界是包罗万象的传统社会，现代文学史家通常把这种个人主义看作在社会的结构性变化中个人从传统中获得解放的表征。

作为五四精神的文学反应，五四时期的女性文学同样显示了对个性解放思想的炽热情怀，表现在文学文本中是女性主人公对传统旧文化的批判、对旧家庭的逃离，自主地选择自己的恋爱与结婚对象，并且要求在婚恋生活中自己的主体地位要得到平等。五四的启蒙思想许诺女性在逃离封建家门走向现代社会后拥有支配自己命运的主体身份。然而，五四早期启蒙思想缺少建构性或者建构的虚指不切实际，从旧家庭中逃离出来、在爱情与婚姻中建立自己新家庭的预想在封建父权文化现实实践中破灭，使女性在逃离家门后陷入一种无根的漂泊感之中。这种情绪表现为五四女性文学上的整体凄切哀婉的情调与忧郁感伤的色彩。最早从旧的家庭生活轨道中逃离的女性，摆脱了旧的束缚。然而，在现实社会生活中，五四启蒙思潮并没有向她们兑现女性主体地位的社会平等。在自我主体价值的建构过程中，个性解放并没有带给主体价值实践者切合实际的生存导向。于是，在五四女性的小说叙述中，小说中的许多主人公最终都在个人理想和现实的落差中逐渐放弃自我找寻，而在悲观、失望的没落情绪中走向自我禁锢或者自我生命的舍弃。这在庐隐的小说叙述中表现得最为明显。

五四女性小说写作中透露着五四女儿走出家门，逐渐在社会认同中求证自己所遭遇的时代苦闷感。这种苦闷感中也混杂着女性对自己性别身份，在

---

① 汪晖. 中国现代历史中的"五四"启蒙运动［M］//汪晖. 汪晖自选集. 桂林：广西师范大学出版社，1997：320.

② 汪晖. 中国现代历史中的"五四"启蒙运动［M］//汪晖. 汪晖自选集. 桂林：广西师范大学出版社，1997：322.

社会求证中所遭遇到的与为"人"的主体性所产生的落差而产生的失落与无着感。为"人"的时代苦闷与为"女"的现实焦虑在一些女性小说中形成话语的双声，这标志着女性在"五四"这个特殊时代背景下对自己的识别与体认。

（二）左联时期女性小说作品中主体认同经验分析

五四以后，苏联的政治功利主义文学观开始支配文坛，文学载上了政治之道，成为革命宣传的工具。1928 年，在中国文坛出现了无产阶级革命文学的倡导与论争，文学开始被要求去负载政治意识形态。1930 年，中国左翼作家联盟成立，左翼文艺运动蓬勃展开。此后，"九一八"事变的发生，国内阶级关系发生新的变化，文学的意识形态性进一步被强化。女性作为文学创作的重要组成群体，在男性精英占主流地位的文坛中要想争得一席自己话语的表述空间，同时能够被这个主流文坛认可，其在创作视点上也必须与主流文坛的要求契合。谢冰莹的《女兵自传》、丁玲的《水》，尤其是萧红的《生死场》，在发表之初都得到了男性精英式人物的评论与推崇，这无疑引导着这些女作家本身以及其他女作家的写作方向。

在诸多女性作家中，丁玲可以说是对时代有着最强烈敏锐感知力的女作家之一。左联时期，她走出了前期莎菲式的在都会文化中寻不着生存欢欣的苦闷性叙述，以带有咄咄逼人气势的《水》打破了她先前塑造的沉默与孤独、迷茫的女性形象。之后，她又从"革命+恋爱"的小说模式中，找到了与时代主流叙述合拍的方式，把女性人物放在时代洪流中叙述。这些女性人物虽然已经缺少了她前期人物的性别审视意识，甚至呈现为无性化或者雄化，但至少我们看到了处于特殊时代的作家，自觉调整写作姿态，试着从其他角度为笔下人物或者是为自己，寻找摆脱生存困境的方法。事实上，女性意识的无性化甚至雄化，是左联时期女性文学的一种比较普遍的现象。除丁玲外，谢冰莹、冯铿、罗淑、白朗等女性作家的作品，都在相当程度上表达了女性意识的无性化。女性意识较强烈的萧红，此时期的部分作品如《手》《王阿嫂之死》中虽然也描绘了一些女性形象，但由于她更多地把女性苦难命运放在阶级解放的背景下，模糊了对女性自我意识的审视。值得我们注意的是，左联时期女性意识的无性化并不是女性意识的消失，相反它在一定程度上是女性主体意识进一步深化的表现。"左联时代女性文学中的无性化是寄托全面实现女性价值和彻底解放女性的审美理想的。虽然它的很多作品已不再是严格意义上的女性文学，但它又以要实现'女性—人'的愿望而对五四以来女性意识的发展进行了深度自醒。"①

比较能够代表此时期女性文学整体创作风格的左翼女性小说，其根本特征显示为女性性别意识的自觉淡化，女性"国民"意识的自觉增强。其淡化性别意识，以女"国民"身份写作是因为她们看到女子的解放应该首先是人类的解放，而不只是"五四"式的个体人的解放。五四时期的文化启蒙运动，它使中国人获得了"人文"意识，唤醒了人的独立主体意识，左联时期的政治启蒙运动，则使中国人获得了"阶级"意识。② 它使国人认识到人作为一种"类"存在，以及这种"类"主体性实现的合理性与历史必然性。因此，以历史理性的眼光来看待，女性文学出现女"国民"式的文学写作姿态有其历史必然性与合理性，它虽然暂时遮蔽了女性作家的性别主体意识，但更强化了女性作为社会人的为"人"（以男性为参照的人）的主体性。事实证明，只有女性中为"人"的主体性得到充分发展和强化，其内在的女性性别主体意识也才会逐步发展而同样得到强化。

同时，我们更应该看到，除作为主流的左翼女性小说叙述之外，还有一部分女性作家如沉樱、林徽因、萧红等的部分小说作品自觉与主流意识形态疏离，从女性经验感知与表述特殊时代中女性的命运，来呈现出了较强的女性意识。虽然，她们的这种写作姿态在左联时期以很小的支流甚至边缘的姿态呈现，但这恰恰反映了女性对自我第一世界的审视，即使是在外在意识形态呈高压之势下，依然会在不经意间呈现，甚至这种呈现会在与主流意识形态合拍的姿态下进行言说，如萧红的作品。萧红的作品将其一贯的创作风格与时代的主旋律有机地结合在一起，显示出了"文学是表达人类冲突的重要场所。当然也是一个显示性别关系的巨大空间"③。

（三）全面抗战期女性小说作品中主体认同经验分析

全面抗战爆发后，由于政治主导意识形态的差异，中国社会展现在我们

---

① 王君义，张立群．一朵时代风雨中的双色奇葩：谈中国现代女性文学中女性意识的倾斜与补偿［J］．沈阳教育学院学报，2003（1）：25.
② 宋剑华．论左翼文学运动的人文价值观［J］．福建论坛（人文社会科学版），2006（1）：87-92.
③ 葛雪梅．萧红文学创作中性别冲突的独特言说［J］．学术界，2011（3）：157-163，287-288.

面前的是并存于同一历史时间维度中的不同社会空间——在政治、经济、文化上面貌各异的三大地域：国统区、解放区、沦陷区。它们共同昭示着，各种历史问题汇集在这一时刻所形成的民族群体的共同命运。此时期的女性小说创作，主要还是凸显了女性作家的国民身份，在许多女性作家尤其是解放区的女性作家的小说创作中，主流的依旧是前期的遮蔽了性别的阳性书写。正如前文分析，这种遮蔽性别的阳性书写方式，有其历史必然性与合理性。抗战时期，特殊的政治背景和社会环境也导致了特殊的文化语境的形成，随着民族国家话语主导地位的逐步确立，马克思主义思想的传播与影响，在文学界，从民族救亡的视角进行文学创作，这成为文坛创作的主流。女性文学作为现代文学的重要组成部分，暂时搁置了五四以来女性个体解放的历史任务，自觉以文为武器，加入民族解放与救亡的现代国家构建之中。女性的这种被称为阳性化书写的遮蔽性别的小说创作，我们更应该视之为女性作为社会人对自己社会身份的一种自觉认同。其走出家门，或者亲自参加抗战运动或者以文为武器，积极声援抗战，这些行为都呈现出现代国民强烈的社会责任感，是作为现代人对自己国民主体性的积极认同。值得注意的是，在个别女性作家中，其作品虽然是在抗战的大时代背景下展开的，以"抗战、救国"为主题，但是在这种大的家国叙述中，女性自省的声音依然能够穿透高亢的政治呼号，以自己的姿态显现。比如，丁玲的小说《我在霞村的时候》和《在医院中》。

　　同时，我们也应该看到，除一些暂时隐去性别身份、以雄性姿态书写的女性作家以外，在沦陷区还出现了像张爱玲、苏青、梅娘等坚守自己女性身份，从女性视角进行写作的女性作家。尤其是张爱玲的小说创作，其无疑是中国现代文学史上的一朵奇葩。这些女性作家的写作姿态，除与个人资质、生活经历相关之外，还与当时所在地区的文化相关。梅娘所在的北平，张爱玲、苏青所在的上海都是当时全国重要的文艺中心，她们都有着良好的文学创作基底。尤其是在上海，海派作家身份的张爱玲、苏青等，其写作风格必然呈现出海派作家对文学题材的海派式处理方法。上海当时作为半殖民地的现代大都会，20世纪三四十年代，消费文化得到了很大的发展，娱乐性文学以及色情文化泛滥，张爱玲、苏青的作品偏于表现私生活，并广涉情欲，这无疑迎合了当时上海娱乐性文学的时尚。海派作家对情爱这种紧贴女性生存经验的情感表述，"除了商业动机外，未曾没有建构自己的话语的意图：它对

'生活方式'的喻说必须排除'思想'模式的干扰，它要在纯'生活'的范围内讨论两性的问题，它要用身体的唯美、性的至上，来取代两性关系中非生活化的其他说法"①。海派作家这种悬置政治意识形态，朝向生活本身言说情爱的写作态度，也正符合了沦陷区文化高压之下，文化只能作为粉饰太平的一种装点现实生存的境遇。在这种情况下，作为一种艺术形式的文学，反而可以拥有一定的自主性，从而得到发展。自觉疏离了政治意识形态的沦陷区女性文学，也恰逢时机从女性实际生活遭际来看待女性自身，不再像前两个时段那样主要从社会、阶级、阶层等外在社会结构中，去寻找女性不幸与痛苦的根源，而更多地从女性深层心理结构上去挖掘女性自身的瘤疾及其文化根源，呈现出了强烈的自省意识。

这一时段的女性文学所显现出来的主体认同更加复杂，但我们依然能够清晰地辨识出民族国家主体身份在个人身上的建构。个人对自我身份的反思，受到外界的冲击与引导，导致女性作家的创作时而与时代同构，时而又返回自身寻求个体自我的现世存在，并在文本深处发出与时代异质的声音。

"对女性来说，历时百年的'现代性'进程其实就是一个不断争取'主体性'的进程……通过写作，通过针对'历史'的批判性写作，性别政治将被拖入'最漫长的革命'中。"② 在现代文学的发展过程中，女性写作从最初追求自由、平等"人"的现实属性的实现中，发现了为"女"的现实属性实现的艰辛，到把自我身份的确认放在民族—国家建构的体系中，自觉通过书写追求"女"国民主体身份的实现，很好体现了女性作家通过写作寻求主体认同的努力，只是在这些努力中，我们依然或隐或现地察觉到在现代化国家的构建过程中为"女"和为"人"的某种不兼容。

载《重庆交通大学学报》（社会科学版）2014 年第 3 期

---

① 姚玳玫. 想像女性 [M]. 北京：中国社会科学出版社，2004：297-298.
② 王侃. 论 20 世纪中国女性写作的历史意识与史述传统 [J]. 南开学报（哲学社会科学版），2011（6）：12-20.

批评实践三

时间与现代女性叙述
——浅谈中国现代女性小说作品中的三种时间体验

对时间的思考，自古都是人类反观自己生命状态的一个重要视角。由于万物的演变与人的生老病死的过程都有规律，且呈现为某种客观时间性，而在人从过去走到现在，从年轻走向衰老走向死亡的过程中，时间抹上了浓重的感情色彩还带有强烈的主观性。因此，对时间的感慨与体认成为中外许多思想家、艺术家对自己生存进行书写的主题。欧洲重要的神学家奥古斯丁曾经这样说："时间究竟是什么？没有人问我，我倒清楚，有人问我，我想说明，便茫然不解。"① 古希腊重要的哲学家赫拉克利特的那句名言更是被许多人熟知——人不能两次踏进同一条河流。站在时间之流中，每个人都是惶惑而又无奈的。

进入 20 世纪，著名的存在主义哲学家马丁·海德格尔把人的存在放在时间之中予以确认。他在自己重要的思想著作《存在与时间》的序言中这样写道："具体而微地把'存在'问题梳理清楚，这就是本书的意图，其初步目标则是对时间进行阐释，表明任何一种存在之理解都必须以时间为视野。"② 在海德格尔的存在主义哲学中，人的存在方式为"在世"之态，人又以时间确立自己的"此在"之态，于是时间变成了人存在的一种生存向度，对时间的体认正是个人对自我生命状态的体认。正是由于时间与人的生存境遇有着某种隐秘联系，笔者从现代女性作家小说作品对时间的三种叙述中来透视女性存在的特殊境遇。现代女性小说作品（现代女性作家创作的小说作品）对时间的叙述表达为以下三种时间体验。

一、循环性时间体验
女性作为被传统父权文化规训为第二性的存在个体，其生存空间是狭窄

① 奥古斯丁. 忏悔录 [M]. 周士良，译. 北京：商务印书馆，1963：242.
② 海德格尔. 存在与时间 [M]. 陈嘉映，王庆节，译. 北京：生活·读书·新知三联书店，2006：1.

的。女性的生活空间多被圈限于家庭之中。操持家务与相夫教子是父权社会为女性量身打造的专职。在现代女性小说作品中，厨房、客厅、卧室等家庭内域空间多为女性日常活动的空间背景。女性在这些场所或私语或倾诉，或做着白日梦。幽闭的生活空间，使女性对时间的感觉是单一、重复的。日升、日落、月圆、月缺，这些自然性的客观时间标记着女性日常生活的顺序、开合。与此相对应的简单而重复的家务劳动，使女性的日常生活经验也是苍白、空洞而缺乏自我体认的。由此形成了女性自我存在个体荒凉、惨淡，没有鲜活所指的生命经验。

张爱玲的许多小说作品鲜明地呈现出这种循环性时间体验。在《倾城之恋》中，女主人公白流苏曾这样感叹道："白公馆有这么一点像神仙的洞府：这里悠悠忽忽过了一天，世上已经过了一千年。可是这里过了一千年，也同一天差不多，因为每天都是一样的单调与无聊。"① 在小说的结构安排上，张爱玲最为精妙地传达出女性的这种循环性时间体验。张爱玲的小说多呈现为一种圆形的封闭式结构，在这一单调、封闭的结构中设置人物的命运。张爱玲对其笔下的女性人物多处理为带有悲剧性的人物，其悲剧性多表现为女主人公在日常烦琐的生活中处心积虑地争斗、算计，渐渐蚀掉灵魂、耗光精神，最终凄然、悲凉，有着无所归依的悲剧性命运。细观张爱玲笔下的女性人物，她们似乎终日活在一种躁狂与焦虑情绪之中：曹七巧终日算计着获得对金钱及金钱支配下家庭生活的支配权；白流苏一门心思地要把自己贴在范柳原身上；梁太太则施尽手段利用侄女来留住情人……这些人物于无人声处沉淀下来的生命体验却只有心底的寥落与凄冷。这还不是张爱玲小说人物悲剧性的全部所在，张爱玲在叙述中又凭借自己高超的文本驾驭能力，把人物悲剧性的命运不断地延宕下来。张爱玲小说的这一文本策略主要表现为其小说"镜像结构"的设置。"所谓镜像结构是指人物之间或人物自身前后行为的相同、相似或某种特殊联系，使故事的前后情节如镜像一般相互映照，有的惊人的相似，有的貌似相反，质则相类。"② 例如，曹七巧复制了女儿长白，霓喜复制了继女瑟梨塔，梁太太复制了侄女葛薇龙……前者把自身经历着的悲剧传递到后者的身上，后者抑或把悲剧继续传递下去……在同一人物身上，命运

---

① 金宏达，于青. 张爱玲文集 [M]. 合肥：安徽文艺出版社，1996：208.
② 林亦修. 张爱玲小说结构艺术 [J]. 中国现代文学研究丛刊，1996（1）：71-80.

遭际也在循环上演：霓喜的后两次"婚姻"只是第一次的翻版，得到婚姻后的白流苏依然如婚前般"怅惘"，《创世纪》中的紫薇、潆珠、全少奶奶三个不同的人演绎的却是同一个关于爱情与婚姻的悲剧。张爱玲在《金锁记》的结尾中这样写道："三十年前的月亮早已沉了下去，三十年后的人也死了，然而三十年前的故事还没有完——完不了。"① 张爱玲站在女性对时间体验的立场上，先知般地用一句"完不了"便点出了女性在男权社会下重复、循环、无处逃遁的作为女人的悲剧。

在萧红、苏青等其他现代女性作家的小说作品中，循环式时间体验也是非常明显的，在此不再详述。著名的法国女性主义批评家茱莉亚·克里斯蒂娃曾说过："至于时间，女性主体似乎提供了一种具体的尺度，本质上维持着文明史所共知的多种时间中的重复和永恒，一方面是周期、妊娠这些与自然的节律一般的生物节律……另一方面也许作为结果，是永恒时间的具体存在，不可分割、无可逃避，与线性时间毫无关联……"② 女性存在呈现为一种时间的重复循环和永恒。重复是女性自身的性别（经期、孕育等生理节律现象）特征的外在表征，永恒时间则标识着女性的可生殖、可孕育能力。父权社会中被规训的地位及对自身的性别体认使女性形成循环的时间观，女性在社会中被幽闭的生存状态更加强了这种循环性时间的心理体验，而女性可生殖的能力又被男性在父权社会下置换为女性生存处境、婚恋悲剧的因素。

二、绵延性时间体验

绵延是著名哲学家柏格森哲学观中的一个重要概念。柏格森认为：理性能力把本不可分割的生成之流分割为各自看似独立的空间（例如，科学时间——秒、分、时的设定，把人之存在的流变生成性生硬地分割开来）来遮蔽人本真的生存状态。他认为生命是一个不断绵延的进程，在生命体验的不断绵延中，人类生成。他说："我们的绵延并不仅仅是一个瞬间取代另一个瞬间，如果是这样，除了现在就不会有任何东西——没有过去延续到现在，没有进化，没有具体的绵延。""绵延乃是一个过去消融于未来之中，在前进中不断膨胀的连续进程。"③

---

① 金宏达，于青．张爱玲文集 [M]．合肥：安徽文艺出版社，1996：252.
② 张京媛．当代女性主义文学批评 [M]．北京：北京大学出版社，1992：350.
③ 龙迪勇．寻找失去的时间：试论叙事的本质 [J]．江西社会科学，2000（9）：48-53.

本书中的绵延性时间体验即人通过对自我的感知，把外在客观时间内化为心理时间，在心理时间中延宕自己的情绪体验，使时间能够不断生成而带有不可阻断性。主体自我在自我体验的不断生成中形成对自己新的认知，表现在作品中，即作品对外在客观时间的淡化以作品人物心理情绪变化来组织叙述。"我们无知觉的时间就是主观的心理时间，它由心理对外界变化之反映和自身心理活动形成，构成自己生命时间之流，并反映或对应外界的客观时间。"①

在现代女性小说作品中，相当一部分作品呈现出女性存在自我时间的绵延性体验。相对于男性，女性更感性且细腻，喜欢私语、爱倾诉、耽于幻想。

细观现代女性作家的作品，大多数作品都带有浓浓的抒情味，在作品中到处都弥散着女主人公对自我生存状态的焦虑与拷问。这表现为在现代女性小说作品中到处存在大篇幅的心理描写，有一部分作品甚至直接以第一人称叙述全文，带有很强的主体认知性。同时，日记体、书信体在现代女性作品中也被广泛运用，这样便构造出一个多声部的女声世界。这些女声通过女主人公对自己心理世界的剖析，通过自己对自己的絮语，把父权文化下压抑千年的女性隐秘心理体验在文本中大胆响亮地陈述出来。在这些女声叙述中，时间之流被转化为女主人公生命的律动，一个个鲜活的生命在时间的叙述中生成。

例如，凌叔华的小说《酒后》中，女主人公采苕酒后欲吻一男子，而丈夫的在场及传统妇德规训在自身的内化，使她在吻与不吻之间矛盾、徘徊。得到丈夫的许可后，她又及时用道德化了的理阻止了心中的欲。整篇小说通过对女主人公行动、语言、心理的描写透视出采苕心灵流变的整个过程。同时，小说以女主人公心理情绪波动为时间线索，在绵延性的时间流变中呈现出女主人公采苕的心理状态的一次次新的生成：欲念—酝酿—徘徊—决断—自我阻止。

庐隐的小说则通过女主人公的独白或倾诉，淡化客观时间的进程，以人物心理时间来推进情节，使人物在倾诉中确立自己对自己的认知。时间的绵延转化为情感的绵延，情感的绵延又突出强化了时间的绵延。《醉后》中有这样一段女性的情感告白：

我静静在那里忏悔。我的怯弱，为什么总打不破小我的关头。

---

① 维之. 精神与自我现代观：精神哲学新体系［M］. 北京：社会科学出版社，2004：454.

> 我记得，我曾经想象我是"英雄"的气概，手里拿着明晃晃的雌雄剑，独自站在喜马拉雅的高峰上，傲然的下视人寰，仿佛说：我是为一切的不幸，而牺牲我自己，我是为一切的罪恶，而挥舞我的双剑啊！……

在这里，我们找不到客观时间流逝的痕迹。时间凝化为一个时间点上的心理图式，在不断膨胀，在"我"的情绪体验中不断被拉长、延伸。时间存在表现为"我"的存在。

日记体小说表面看是随着客观时间的推进而展开的，因而呈零散、断裂状，细读则会发现日记中所呈现的情感经验一直绵延、流动，从未间断。《莎菲女士的日记》中，莎菲在几个月中宣泄的始终是同一种情绪：理与欲的矛盾和男性想象与男性现实间的矛盾。在日记中叙说自己，在日记中反观自己及周围的世界，这种日记式的书写本身就是对时间绵延性体验的物化。对时间绵延的日记式物化，延伸、拉长了时间与体验的绵长性，从而完成自己对自己生存的质疑与拷问。

三、断零、碎片式时间体验

时间的零散、碎片式体验是现代性体验的一个重要维度。现代女性小说作品中对零散、碎片式时间体验的表述不如拥有广阔生存空间占社会主流地位的男性表现得强烈和明显。在一些女性作家的作品中，时间的碎片式体验还是有章可循的。林徽因的《九十九度中》就鲜明地呈现出这种时间经验。

小说《九十九度中》以1933年北平某一天的某一时间剖面的华氏"九十九度中"作为各种场景中人物共同的时态，共时地展现了同一时态下不同身份、地位的人在不同空间场域中的生存状态。小说以"张宅""喜燕堂""东安市场点心铺"作为较大且较为稳定的空间场景，同时又设置了以这三个场景为中心点，在这三个空间点之外发生的一系列其他情节：卢二爷会友途中意识的流动；杨三讨债斗殴；穿梭于这三个场景外讨生活的挑夫的行动及言语；赶去张宅祝寿的刘太太微妙的心理波动……在这三个较大的空间场景中，作者又设置了各种不同身份的人物。张宅：恶俗的厨子、奶妈，饥饿的小丫头寿儿，昏老迷惘的张老太，恋爱中的羽与幼兰，心事重重的惠石……喜燕堂：绝望、悲戚的新娘阿淑，青春、摩登的锡娇、丽丽，年轻有着种种幻想的茶房。点心铺中重点设置了带着淡淡苦闷、有着生之怅惘的阿淑的九哥——逸九。

林徽因在小说中把人物并置在同一时空下，中止了客观时间的线性发展与延伸。作者通过心理描写让人物通过回忆、想象等方式自行讲述自己的故事与欲望，每个人的故事都是片段、零散的，却又都是最能暴露其内心隐秘的；每个人都是匆匆出场的，却又都是真真切切、可感可触的。这样，人物各自的生存境遇就真实地呈现出来了。

尤其在小说结尾，作者设置了报馆的情节：白天发生的零散但真实的事情——杨三讨债斗殴、挑夫霍乱毙命、张宅名伶送戏等生活片段，在数小时后变为各自独立但可能同时呈现出来的新闻资料，成为大众茶余饭后的谈资。人的存在就这样打上了荒诞的色彩。寿儿的饥饿无助、阿淑的悲戚绝望、挑夫妻子的哀号与痛苦、逸九的苦闷与迷茫在茫茫的时间中被继起的喧嚣声淹没——人生又是这般虚空。

林徽因在这篇小说中设置了大量的人物，每个人物都与其他人物有着千丝万缕的联系，他们生活在同一时空下，有着种种诉求，然而由于身份、地位的不同，他们又都是陌生、冷漠甚至残忍的。他们的故事里有别人的影子，却只能单向度地演绎自己的故事。刘西渭《咀华集》这样评价："唯其这里包含这一种独特看法，把人生看作一根合抱不来的木料，《九十九度中》正是一个人生的横断面。"①

在现代小说创作中，对时间的碎片化、零散化的现代性体验做出表述的女作家并不多，这与其作为女性，社会生存空间狭窄，受封建男权文化规训，内囿、自敛的文化性格有关。同时，女性又被驯导为身体的禁忌者，很难有机会也很难主动体验到像上海新感觉派那种声色迷离、放逐身体感官的身体经验，从而对时间碎片化体验缺少外部强烈的冲击力。

在林徽因的这部作品中，时间虽然碎化为一个个单片，在每一个时间碎片中记录着一个人的生存底色。这种编织时间的方法，编织人物命运故事的技巧以及人物讲述自身故事的逻辑都是清晰而理性的，与严格意义上时间碎片化、时空错置感而引起人的主体感觉混乱、意识幻化从而生成的生命虚无感、荒诞感的非理性处理方式还是不尽相同的。这固然与当时都市化——消

---

① 刘西渭. 咀华集［M］. 北京：人民文学出版社，2001：52.

费文化的发展进程有关，而女性整体被驯化了的文化性格也是其中重要的因素。"时间感与历史感都是经由文化而获得的，我们关于时间的感知源于我们的文化。"①

人在时间中确认自己，现代女性小说作品所呈现出来的女性对时间的体验为循环性时间体验、绵延性时间体验、碎片化时间体验，它们共同的所指却是女性浮出历史地表的艰辛。

载《中北大学学报》（社会科学版）2008 年第 1 期

批评实践四

"抗战"语境下女性叙述话语中的主体认同分析

一、"抗战"语境中的女性叙述话语

（一）抗战的热情书写

1937 年，抗日战争全面爆发，在这样的时代背景之下，草明、白朗、谢冰莹、丁玲、罗洪等女性作家纷纷拿起自己的笔，以笔为枪写下了许多反映抗日战争的小说作品。草明创作了《秦垄的老妇人》《受辱者》等作品。《秦垄的老妇人》从一位孤独、悲伤的老农妇的视角，传达了民众的爱国热情和对日本侵略者的仇恨。《受辱者》则通过刻画女主人公梁阿开的不幸经历，表达了日本侵略者带给人民的精神创伤，以及人民抗日的坚强决心。谢冰莹写下了《毛知事从军》《梅子姑娘》。《毛知事从军》通过对一位毛姓小伙子的刻画，赞美了他为国杀敌的革命热情与奋不顾身的精神。《梅子姑娘》则从一位日本姑娘梅子的视角出发，表达出了一定的反战情绪以及人们对和平的渴望。丁玲先后写下了《一颗未出膛的枪弹》《入伍》《在医院中》《太阳照在桑干河上》等小说作品，表达了自己对抗战的认知以及对阶级解放的思考。作家们对抗日激情的讴歌以及对日本侵略者的控诉与仇恨，成为此段民族叙述的主话语，在国统区、解放区以及沦陷区都有着不同形式的叙述。

① 鲍尔德温，朗赫斯特，麦克拉肯，等．文化研究导论［M］．陶东风，和磊，王瑾，等译．北京：高等教育出版社，2004：181.

在民族矛盾成为压倒一切的主要矛盾，关系到民族生死存亡的特定时代，积极介入国家主体身份建构，捍卫国家主权与独立，可以说是拥有主体身份的现代人的主体意识的基本体现。女性作家通过文学文本传达出的也恰恰是自己对国家主体身份建构的努力。可以说，民族国家的认同意识是现代人标识自己现代身份的一个重要的尺度。"民族认同是民族国家作为独立主体而存在的象征，它不仅指涉民族成员的政治忠诚，也涵盖他们的文化归依。"① 女性作家通过文学文本的意识形态实现了自己的文化归依。

（二）庸常生活中的"女"性自省

这一时期，除了通过文本实现国家身份认同的女性表述，还有一些女性作家故意淡化抗战背景，着力描写女性在庸常的现世生活中的悲喜遭际。这些作家主要以张爱玲、苏青、梅娘以及萧红为代表。

在张爱玲的小说作品中，婚姻与爱情是她书写的主题。不同于前两个时期的女性作家对婚姻爱情中女主人公形而上的美好想象，她笔下的女性人物对爱情和婚姻更多的是放在现实生存的形而下层面来考虑的。张爱玲敏锐地感觉到了经济权的获得是女性立身的关键，女性只有获得平等的经济地位，才能真正成为和男性一样的主体，而非仅仅对象化的存在。张爱玲诸多的小说文本，如《倾城之恋》《留情》《沉香屑·第一炉香》《连环套》等，都表达了谋求经济地位对女性在爱情和婚姻中的重要意义。张爱玲把五四以来女作家描绘的驱使叛子出逃的爱情的神圣意味褪去，还原为两性关系与生存依赖关系，从而解构了爱情，凸显了现实中女权的缺少，同时对女性甘为"女奴"的对男子的依附性的现实惰性予以批判。张爱玲还表达了女性作家对女性现实生存境遇的文化反思。《沉香屑·第一炉香》中葛薇龙的命运虽然有其迫于生计自主选择的原因，但是姑母梁太太个人私欲的推动也是很大的原因。《十八春》中曼桢的不幸有其女性懦弱而无力反抗的一面，但是姐姐曼璐及家人的默许却更迅速地推动了她的悲剧性命运的发展。萧红的作品《呼兰河传》中的小团圆媳妇则更是直接死在了愚昧乡间文化操持者的婆婆的手中。父辈女性的悲剧性命运自觉延续到子辈女性身上，推动女性悲剧命运循环式发展的正是潜藏着的父权文化规范。我们之所以说是潜藏，是因为女性在无形的

---

① 刘翠玉. 现代性视野中的民族认同 [J]. 重庆交通大学学报（社会科学版），2009，9（5）：9.

文化环境中自觉将这些规训内化，使这种文化规训得以在女性群体内部不断衍生蔓延。张爱玲及萧红的部分小说恰恰体现出了女性作家对男权文化规范潜生姿态的认知与警觉。

在女性姿态的庸常生活叙述中，苏青、张爱玲等女性作家对女性个体情欲也予以关注。在苏青的小说作品《蛾》中，她就描写了一位沉溺在性欲体验之中不能自拔的女子。苏青大胆的笔墨、细腻的人物心理刻画，使女性长期被压抑的性欲体验得到昭示。在张爱玲的《沉香屑·第二炉香》等作品中则批判了父权文化的"贞女"规训对书中男女主人公正常情欲的扭曲。正视情欲、剖析女性"闺阁身体"，从文化惰性、封建宗法制度的深层机制上反观女性，"张爱玲此种注重女性特质以及女性双重意义的阴性书写模式，使她在相当程度上能够撇开被父权文本和民族国家论述所操纵的可能性"[1]，这种写作姿态，在以抗战救亡为主流的时代话语中显得如此格格不入又意味深长。

在沦陷区出现的女性自省姿态、女性情欲张扬的写作，反映在了政治意识形态稍显弱势的文化语境中，经过前面几十年女性文学发展的积淀，使女性意识自觉增强。这种稍显强势的女性意识反映到小说文本中，就是女性从自身性别经验出发对自身进行叙述、审视与批评。这种强烈的自我反思力，显示出女性作家自我鉴别力的增强。

在现代女性小说的创作中，女性从写作中获得对自己主体身份的认同，一方面她们把目光放到社会的风云变迁中，从而确立自己的社会人身份；另一方面她们从私己的现世体验出发，言说着女性这一性别的生存遭际。在现代文学发展中，两者基本是并行发展的。只是，政治风云的变迁、时代大文化语境的影响，在政治意识形态高涨的时段里，女性小说创作中的性别意识被不自觉遮蔽。抗战时期，自觉疏离了政治意识形态的沦陷区女性文学，恰逢时机地从女性实际生活遭际来看待女性自身，不再像前两个时段那样主要从社会、阶级、阶层等外在社会结构中，去寻找女性不幸与痛苦的根源，而是从女性深层心理结构上去挖掘女性自身的瘤疾及其文化根源，呈现出了强烈的自省意识，推动了女性文学的发展。

在此，我们还需要特别提到的是女作家丁玲，她的小说作品在某种程度

---

① 林幸谦. 荒野中的女体：张爱玲女性主义批评 I [M]. 桂林：广西大学出版社，2003：198.

上甚至可以说代表了现代女性文学的发展风貌。抗战时期，作为解放区的女性作家，她的作品很大一部分呈现出了与时代合流的写作趋势，表现为木兰式的写作姿态。在 20 世纪 40 年代初，她又创作出了《我在霞村的时候》和《在医院中》这类有着一定女性知识分子自省意识的小说作品。尤其是小说《在医院中》，丁玲用自己的话语表述了在社会政治语境下，作为革命知识分子的社会主体的忧患与批判意识，也透露出作为女性对女性生存境遇的特别警醒与自觉的意识。

二、一个特殊的文本：《在医院中》

在现代女性文学小说创作中，丁玲的作品是任何一个现代女性小说研究者都绕不过去的研究对象。她的作品在现代文学的三个不同的十年中，都呈现出了鲜明的与时代合流的特征。她又是一个有着鲜明的时代感悟力与创作调整能力的女性作家，仔细研究其部分小说文本，我们又会发现在其创作的小说作品中潜藏着的，与其欲与之合流的主流意识形态不相容的个性化声音。"当作家被'民族主义'的国家意识形态征召，并将国家话语推至文学创作中的至高甚而唯一的话语之后，它并不能如想象的那般天衣无缝地消弭与女性主义之间的矛盾与抵牾。"① 《在医院中》就是这样一部突破了解放区政治口号玄空的所指，而充满了女性理性自省意识的小说作品。

《在医院中》发表于 1941 年，从一位刚刚走入工作岗位的女大学生陆萍的视角出发，"尖锐地揭示了具有现代科学民主思想和高度责任感的革命知识分子与农民小生产思想习气、官僚主义的矛盾"②。主人公陆萍毕业于上海产校，抗战中来到延安，成为抗战大学生，并一心想成为政治工作者。可是，组织却没有让她去做"一个活跃的政治工作者"，而是需要她到离延安 40 里地的一家新开办的医院去工作，而且医务工作应该成为她终身对党的贡献的事业。这个"终身"的医务职业，与她的性格爱好和个人理想发生了矛盾冲突，使她苦恼，但她还是放弃了个人兴趣爱好和"幻想"。然而，陆萍去到的医院在她眼里形式和本质并不相符。一方面，医院具备院长、医生、护士、

---

① 毕媛媛，林丹娅. 无处安放的女性身体：解读抗战叙事掩盖下的性别表述 [J]. 职大学报，2014（2）：3.

② 钱理群，温儒敏，吴福辉. 中国现代文学三十年 [M]. 北京：北京大学出版社，1998：527.

病房、病人、手术室等所构成的医疗机构和体制，具备一所现代医院的基本结构。另一方面，这所现代医院的实际构成因素、管理体制等却是落后的。院长、指导员、管理科长都是非专业的，是不具备现代医院实际管理能力的人。几个护士也都是由农村妇女担任。这里的医疗条件与环境也是非常差的。陆萍身在这样一个充满了冷寂与疏离的环境中，面对这样一个缺乏现代管理体制的落后医疗机构，却并没有丧失自己的工作热情。面对医院中存在的种种问题，她去参加会议，提意见，寻求种种解决问题的机会与方法。然而，她的勇敢干预、企图改变现状的不懈努力和斗争，结果被"大众"视为"异物"，从而使自己陷入"被孤立"的困境中。一次煤气事故之后，她对自己所企图认同的革命组织产生了怀疑。

最初的陆萍是带着压抑着的矛盾情绪来到医院中的，难以适应的也只是这个新环境落后的组织结构以及人民麻痹的神经、落后的思想，但她还是充满着用自己的力量去改造的信心，去积极应对这个环境。这种与组织的安排和自身所处的现实环境的矛盾冲突，其实是陆萍身上潜在的自由知识分子的性格个性与党性原则及其平庸的现实生活所产生的矛盾冲突，也只是一种难以融入现实环境的外在冲突。当一切的努力成为徒劳时，陆萍才感觉到这个环境对自己的彻底疏离，从而对医院所代表的集体性的现代革命话语产生认同危机。这种认同危机，激活了人物身上的知识分子的理性审判能力。在丁玲的叙述中，陆萍始终是一个异己环境的介入者。作为从上海现代大都市走来的、有着现代生活认知体验的女学生，到经过延安解放区思想历练的、有着较强党性原则的女党员，陆萍有着他人所没有的犀利目光和高涨的工作热情。作为一个女革命知识分子，革命者的政治身份要求她无条件地服从党对她工作的分配。她在对自己革命身份的认知与个人思想的调整之中，接受了组织的决定。这一身份，要求她无条件地认同党组织的机构设置。当现实中医院这一组织机构，并非如陆萍理想中的解放区机构所指来设置，尤其是这一机构所指所要求的相应的人事管理以及机构组成人员的思想配置，都与理想的机构所指严重脱节时，有着严格的理性批判能力的知识分子的身份，又使她对现代革命所指产生疑惑。革命者的政治身份，使陆萍忘我地、积极热情地去投入自己的工作岗位中，并且试图去改造她认为与革命机构人事所指相悖的不合理的现实中的人事设置。知识分子的理性审度与批判经验，又使她不断对自己的不断受挫后的努力提出疑问与反思，从而对现代革命所指的认同产生焦虑。

　　在陆萍身上，丁玲不但投射了一个革命知识分子对自己政治文化身份的思考与认知，同时作为女性，丁玲在《在医院中》的叙述中，还掺杂着对解放区女性解放程度的关注与思考。在陆萍的眼里，产科房里的那两个看护对工作"既没有兴趣，也没有认识，可是她们不能不工作"，因为"新的恐慌在增加着""从外面来了一批又一批的女学生，离婚的案件经常被提出"①。在解放区，离婚成为现代婚姻的一种合法性的尊重男性、女性自由平等的方式，从某种程度上说是对女性自由、平等主体地位的一种法律性肯定。因为在封建社会女性没有婚姻的自由选择权，男性可以单方面放弃婚姻，而女性却没有这一权利。现在在解放区，法律赋予了女性自主选择婚姻的权利。但是现实生活中，女性个体的生存能力，以及相应的社会经济就业模式和传统的文化道德观念，使女性依然难以脱离对男性的依附。两位看护虽然表面上有着独立的工作能力，但是她们的丈夫都是有一定社会地位的人，一位是医生，一位是某单位的总务处长。丈夫的社会地位虽然带给她们一定的生活保障，但是同时带给她们精神恐慌——被丈夫抛弃了，或许她们的看护工作也会不保。解放区的现代婚姻制度，并没有从实质上带给女性真正意义上的自由、平等，女性解放也只是停留在制度上，女性自身作为一个性别群体却依然没有发掘出自己性别的自由力量，女性更应该提高自身能力从文化上来解放自己。

　　让陆萍最终身心俱疲、从精神深处产生认同焦虑的也恰恰源于医院中关于她的流言蜚语。与一位外科医生做完一次手术，陆萍由于煤气中毒而生病。医院中就流传出她"害相思病"、因恋爱发狂了等流言。为此，医院相关的管理者还多次找她谈话，做她的思想工作，让她端正工作态度。以前，陆萍咄咄地对医院中种种不合理的现实问题提出了自己的看法，却无人回应，甚至遭到冷漠或者嘲讽，现在当陆萍因为工作病倒，涉及了人们对桃色新闻的猜想，于是大家分外"关心"起她来。由此可见，在解放区这片政治话语赋予了男女平等、自由解放的土地上，女性作为一种异于男性的人却依然被指定为"情色"角色，人们依然停留在前社会的性别认同上。

　　陆萍作为一位女性革命知识分子，在"医院"这个异于自己关于现代医院的先在认知的环境中，不断做出调整，或者适应，或者努力尝试改造，但

---

①　丁玲. 丁玲文集：第三卷 [M]. 长沙：湖南人民出版社，1984：253.

发现自己无法与这个环境相融，甚至最终被完全排斥。小说最终安排陆萍在主动的申请中，获得组织的准许可以离开。这一结尾的设置也在一定程度上反映了丁玲对解放区这一政治模式与其现实层面的"肌质"（新批评术语）的矛盾态度。代表先进现代力量的陆萍在医院中无疑是被排斥的，同时她选择离开，也意味着她与环境无法相融后产生对"医院"这一组织机构的排斥。但是，这种排斥心理她个人是无法摆脱的，丁玲在这里设置了由上级组织的批准离开来完成对人物这种处境的解救。上级组织无疑在全文中扮演的是一个支配人物命运的角色。从中可以看出，作为一个特定党群中的知识分子，丁玲对自己党群组织的自觉遵从与认同。在文章具体叙述中，设置医院中种种与党旨以及现代思想意识不相容的封建残余思想，又可看出丁玲身上那种能够穿越政治迷雾，严于审视的知识分子理性批判能力。无疑，作为具有一定阶层党派身份的知识分子，丁玲对自己党派的认知实际是充满矛盾的。其中显露出来的恰恰是民族国家主体身份构建对个人主体的收编，以及作为知识分子拥有自主主体意识的个人，对这种收编的对抗。这两者间的对抗音，恰恰是在其小说文本话语声音的裂隙中才能感受到的。有的研究者指出："丁玲文艺思想中始终存在着两个不同的话语系统，始终呈现着'为革命'和'为自我'的二元倾向。这一方面固然说明了思想转变的长期性和复杂性，另一方面则显示出了'五四'思想传统和文学传统在特殊历史语境中所具有的顽强生命力。"①

　　抗战时期，女性的叙述声音很明显是多声部的，有实现自己国家主体身份的呼告，也有偏离时代主流话语，踯躅于女性特有的生存空间或嘲讽或哀婉或冷峻地解剖着女性生活的文化土壤，"这一时段的女性文学所显现出来的主体认同更加复杂，但我们依然能够清晰地辨识出民族国家主体身份在个人身上的建构，对个人对自我身份的反思的冲击与引导，从而导致女性作家的创作时而与时代同构，时而又返回自身寻求个体自我的现世存在，在文本深处发出与时代异质的声音"②。

载《安康学院学报》2015 年第 5 期

---

① 秦林芳. 左联时期丁玲文艺思想的二元倾向 [J]. 学海, 2013 (6)：159.
② 李艳云. 女性写作中主体认同经验分析：以现代文学史中女性小说写作为研究对象 [J]. 重庆交通大学学报（社会科学版）, 2014, 14 (3)：74.

批评实践五

五四女作家情爱叙述中的主体认同分析

在长期的封建父权社会制度里，女性被置于为女、为妻、为母的修饰性"他者"地位上，其生存的空间仅仅囿于家庭之中，其性别的文化品格在父权文化规训下自动呈现为内囿性。五四以来，在由男性精英倡导的现代启蒙思想的国家—民族的构建规划中，女性解放作为国民性改造的一个程式，被动地在时代大潮下开始进行自我演绎。女性文化品格的内囿性与女性解放原初的非自主性，决定了女性在告别自己传统的文化角色时的艰辛。生活在传统与现代夹缝中且具有一定主体反思能力的女性，虽受传统父权文化机制潜在内化的影响来审视自己的生存境遇，但依然逃脱不了男性目光对其性别身份的规定。只是，在现代化个人"主体性"的诉求中，女性开始对父权文化逻辑下自己的这种被规定和限制了的生命存在状态的合法性提出疑问。传统父权文化场的潜在身份规定、时代思潮对人主体性的号召、女性生命内在自由的鲜活体验，这三种对生命的不同认知与体验，在现代女性小说的创作中，表述为小说文本中的爱与欲、情与智的矛盾冲突，显现了女性走出传统文化的身份训诫与在现代性话语中自主建构自己身份的困顿与迷茫。女性作家多把这一在传统与现代中指认自己的思考，放在离她们个人经验最近的对爱情、婚姻的认知体验中来考察。

一、五四女作家的情爱书写

在社会现实存在中，爱情是人类特有的情爱类型。在马斯洛的需要层次理论中，人们对爱情的需求是继生理需求和获得安全感之后的很自然的感情诉求。人们对爱情的认识，"恩格斯在《家庭、私有制和国家起源》中指明三点：（1）爱情是以性欲为基础的，但又绝不同于单纯性欲；（2）爱情是以互爱为前提的，女性与男性处于同等的地位；（3）爱情以双方结合为实现目的，持久而热烈"①。

在现代的情爱观念中，真正的爱情是以互爱为前提的。一方面是指爱情

---

① 庄春梅. 对女性情爱问题的经典性论说：马克思、恩格斯女性情爱观新探 [J]. 江汉大学学报（人文科学版），2003（5）：69.

具有对象性和选择性，需要主体双方产生感情的共鸣；另一方面是指女性和男性一样，在性爱中是独立的个体，可以实现自己爱的自由和爱的权利。这在古代的爱情观点中是不可能存在的。婚姻作为爱情最终的实现目标，是爱情的记录与佐证。

在五四时期"文学革命"的语境下，女作家对爱情自主、婚姻自由的表述，是当时反封建、追求人的自由平等的时代主流话语在文学叙述中的一种具体呈现。这种对爱情的渴望与建构在女性小说作品中表现为女性对待爱情的三种姿态：义无反顾、游离、失望。从这三种姿态以及衍生在这三种姿态中的女性性爱意识，我们能够体察出女性在具体的生活实践中对自己生命状态的认知。

（一）爱的义无反顾

"我是我自己的，他们谁也没有干涉我的权利"[①]，面对爱情，子君决绝地对封建旧家庭说不。在"文学革命"宏大的时代语境下，女性小说家的笔下出现了许多子君式的"叛女"形象，她们打破封建旧家庭的藩篱，逃到那个许诺给她们自由平等的社会中去。平等、两情相悦的爱情成为她们逃出家门最具有感召力的借口。决绝而义无反顾的叛女形象，以冯沅君小说作品《隔绝》《隔绝之后》中的隽华为代表。在冯沅君的叛女叙述中，女主人公对爱情的预想，是有某种乌托邦宗教情怀在里面的，它是诗意的、纯净的，是与性爱无关的神圣的感情。在这里，爱情不仅仅是爱情本身，更多的是一种与阻碍自我主体发展的外在力量对抗的精神力量。爱情，不只是男女之间的两情相悦，作为一种现代性的话语编制，还是时代情绪的能指符号。

现代的爱情观念是认可与正视性欲的，强调爱情双方在性爱中的主体地位，而在冯沅君的叛女叙述中，爱情是没有欲望根基的，它成为男女主人公共同确认现代人独立品格的一种黏合剂。在《隔绝》中，冯沅君这样写道："不然我怕没有一个人，只要他们曾听见过我们这回事，不相信并且羡慕我们的爱情的纯洁神圣。试想以两个爱到生命可以为他们的爱情牺牲的男女青年，相处十几天而除了拥抱和接吻密谈外，没有丝毫其他的关系，算不算古今中外爱史中所仅见的?"在她的另一部小说作品《旅行》里，同样一遍遍地强调着纯洁爱情与肉欲的不相关性。由此可见，冯沅君等女性作家，更多的是在爱情的名义下，给予爱情反封建实现时代话语感召的自由"人"的时代意义，

---

① 鲁迅. 伤逝［M］//鲁迅全集：第二卷. 北京：人民文学出版社，1973：278.

而有意回避了爱与欲的现实相织性。女性潜意识里仍保留着传统道德对女性在性爱生活中的规范与禁忌。女性一方面顺应时代感召叛离父亲的家庭，成为爱情自由的实践者；另一方面，她们却又要在父权传统的道德规训中，保留自己女儿身份的贞洁。因此，在冯沅君式的叛女叙述中，叛女情人的形象往往是模糊不清的，他们更多作为叛女理想爱情的投射对象，其在文本中也只是一个虚设的促使叛女行动的功能性人物。

在冯沅君式的叛女叙述中，爱情实则是指向爱情之外的。它思考的是"我们"与"他们"的文化对抗。在这种对抗中，女性作家通过小说文本寻求的是主体的时代身份的认同。当然，在这种寻求认同的过程中，女性是充满着自我指认的艰辛的。正如前文叙述，这里的创作主体流露的是在传统父权文化场中的潜在身份规定话语、时代思潮对人主体性的号召性话语、女性生命内在自由的鲜活体验话语，这三种不同质的话语在交错与互相对话中生成了认同经验。这里有传统父权文化机制的身份规训——女儿身份的伦理价值所指，也有时代主潮下具有主体性的个人身份所指——爱的自主权拥有者的社会人，以及生成在前两者文化语境中的女性的鲜活的生命体验——叛女经验。在这三重指认的交错纷争中，最终无法指认自己的隽华只能选择生命的终极逃离——死亡。在叙述中，作者想要借爱情叙述的是当时主流叙述中的反封建旧家庭的时代主话语，然而人物命运的最终设置恰恰显示了主流叙述中掩饰不住的现实女性生存的境遇。

（二）爱的游离与失望

与上述爱情表述姿态不同的另一种女性的爱情经验是对爱情的游离与失望的心态。对爱情的游离与失望的书写，主要表现在凌叔华、庐隐、丁玲等女性作家的小说叙述中。在凌叔华的小说作品《绣枕》中，她叙述了一位待字闺中的大小姐，通过精心的刺绣来编制迎合传统礼教为自己分配的爱情。那汇集着她的心血与爱情期望的绣枕最后却在不经意间被分配给自己的爱情对象践踏与抛弃。在《女人》与《花之寺》中，凌叔华则通过叙述两位通过自由恋爱与丈夫走在一起的女子，表达在婚姻内对丈夫与爱情的审视。在这里，爱情似乎已经修成了正果，但是身在婚姻之中的她们并没有完全体会到现代情爱观许诺给她们的完全的幸福与自由，她们更多体味到的是婚姻之后爱情的虚指。在凌叔华的叙述中，爱情似乎离得很近，却又难以完全把握，女主人公眼中的爱情似乎总是处于游离之态的，无法切身。比起凌叔华的温婉，庐隐对爱情的表述则是激烈而强势的。在她的小说叙述中，庐隐表述的则是对放在女性现实生活语境中的现代爱情观念现实兑现可能性的质疑。庐隐笔下的走出父亲家门的叛女，在现代爱情观念的指引下开始寻找理想的爱情，开始打造自己的现代人生。然而，以爱的名义在社会中求证自己的主体，注定失败。《或人的悲哀》中的女主人公亚侠，在对理想爱情的追求中，接二连三地陷入情感的旋涡中，欲罢不能，"想放纵情欲"又不甘堕落，与人周旋又让她内心异常痛苦，在自己对人生的游戏态度中，她最终发现自己被人生愚弄，选择结束自己的人生。《丽石的日记》中受新思想洗礼的丽石，也由于遇不到一位志同道合的如意郎君，又不愿听任"媒妁之言"，自己更无法将心事告诉别人，最后在无法释怀的失落和自卑的折磨中抑郁而死。

理想爱情的难以兑现让现代女性作家笔下走出家门的女性感到苦闷、绝望。当某些幸运的女性找到了理想爱人，进入婚姻中时，她们却又陷入了另一种生存的苦闷之中。在庐隐的《庐隐小说·何处是归程》中，女主人公在自由婚姻中更多体验到的是新式婚姻中自己女性传统"为妻""为母"的角色，对曾经事业志趣的挤压与替代。在陈衡哲的小说《洛绮思的问题》中，作者则更是直接地讨论了女性家庭角色与事业之间的双重冲突。凌叔华通过《小刘》进一步揭示了婚姻对女性个性生命的扼杀。女性逃离父亲的家门，走入"夫"的家门，依然是女性"他者"生活的轮回。

"五四新文化运动既是个人主体身份确立的过程，又是民族文化主体建构的过程。个体通过与家族礼教制度决裂而获得崭新的'个人'身份，民族也借由摈弃传统而认同进步、自由、平等、民主等现代价值，而获得现代民族的文化身份。"① 在上述论述中，我们可以看到五四时期女性在对爱情的追求中，寄予更多的是自己在现代民族身份构建过程中个人"主体"身份的社会认同。无论是对爱情义无反顾决绝的姿态，还是对现代理想爱情追求破灭后的无奈与绝望，其验证更多的是自己作为现代人自由、平等的主体属性。爱情只是她们用来验证自己身份的试剂。在这种验证过程中，她们验证到的却是自己被编织为现代身份的虚幻与自己难以逃脱的传统女性性别身份的悲哀。现代国家构建过程中释放出来的现代个性解放话语许诺她们为人的平等与自

---

① 杨联芬. 新伦理与旧角色：五四新女性身份认同的困境 [J]. 中国社会科学，2010（5）：207.

由，然而在她们实践自己的这种主体属性时，她们首先发现的却是自己在爱情、婚姻与事业中的被压抑性。她们从父权式的旧家庭出走，以决绝的姿态告别传统的封建家族制度，然而与现代民族构建话语配套的社会机制以及与之相适的意识形态机制并未完全伴生建立。由于时代局限以及女性性别意识的不自觉，她们难以一下子探究出自己被压抑生存状态的深层原因，更不能为自己摆脱这种境遇找到一条合适的出路。于是，我们看到女性作家们只能选择让自己的女主人公或者在死亡中逃离，或者在悲凉与无奈中继续悲戚。

因此，此时期女性情爱叙述话语中求证更多的是自己"现代人"的主体身份，"女性问题只是被看成人的整体解放的一部分，她们没有清楚地认识到自身精神存在的特殊性，在女性自身实现自我完善所必需的自我认识与批判性内省这一层面上，显示出了一定的局限性"①。

二、一个特殊的文本：《莎菲女士的日记》

发表于 1928 年的丁玲的小说《莎菲女士的日记》，从发表的年代来看，中国那时已经处于五四精神的落潮期。其话语表述与情绪所指又集中代表了五四女性作家对五四精神的文本叙述姿态。从文本中流露出来的五四时代苦闷感以及女性体验的性别焦灼歇斯底里式表达的写作姿态上来看，《莎菲女士的日记》被视为五四女性文学的终结篇是极其合理的。在《莎菲女士的日记》流淌的个人情绪表述中，已经寓含了作家五四时代书写的焦虑。

《莎菲女士的日记》以日记书写的文本形式，记述了一位离家到都会寻找出路的女子在三个月内发生的爱情纠葛。丁玲把莎菲形象的塑造寄托于莎菲对爱与欲的认知与处理上。莎菲的形象被普遍认为带着很重的叛逆烙印，这种叛逆相当程度表现于她情欲表达的主动与大胆。莎菲是一个有着现代情爱观念的大胆追求真正爱情、渴望灵肉统一的知识女性。她孤高自傲、愤世嫉俗，满怀希望地依靠自己的力量去寻找美好的生活。她希望自己得到现代爱情观念许诺的平等，以及能够给自己带来身心愉悦的爱情。她接触到的两位男性——苇弟与凌吉士都不能兑现自己对爱情的预想。苇弟的愚钝、狭隘、不解风情的关心，是一种基于哀求地位的痴心与善良；外表华丽、风度大方

---

① 黄晓娟. 从精神到身体：论"五四"时期与 20 世纪 90 年代女性小说的话语变迁 [J]. 江海学刊，2005（3）：186.

的美男子凌吉士在与莎菲一见倾心之后，却暴露出灵魂的俗气、肮脏与丑恶。她向往灵肉一致的爱情，但在与两个人的交往中感受到的是无爱的痛苦与沉溺欲望之后的幻灭与绝望。她被称为"心灵上负着时代苦闷的创伤的青年女性的叛逆的绝叫者"（茅盾语）。她是叛逆者，是因为她不再是传统父权文化规训下温婉含蓄的传统女儿，而是个性乖张、寻找自我欲望满足的走出父门的现代知识女性。莎菲又是苦闷的，她是五四精神落潮后的个人主义实践者与陷入传统父权文化体系阴影中的现代知识女性。个性解放下个人自由的追求，在 20 世纪 20 年代末的民族主体建构中显得格格不入。思想得到启蒙的女性实践其主体身份的场域却依然存在着难以打通的父权意识壁垒。她的苦闷是双重的，因此这种苦闷中压抑的声音成为"绝叫"。

表现性爱是文学创作中的敏感领域，在保守、封闭的文化语境中，性爱或沦为色情，或被视为禁区，而二者同样渗透着陈腐的封建主义性别观。相形之下，女性文学中的性爱描写则大多是围绕探讨两性关系，特别是女性心理展开的，其中的性别意识较多地剔除了封建因素，体现了两性平等的现代观念。在丁玲笔下，莎菲被塑造为五四以后解放的青年女子在性爱上的矛盾心理的代表者。莎菲向往悬置于肉体之上的爱情，但是在爱情交往中感受不到爱情的她，又留恋凌吉士的丰仪与红唇柔发、骑士风度，情愿与其展开欲望纠葛。在这里，丁玲赋予莎菲对性欲合法性的认可，把觉醒了的女性欲望，直白地表达出来。它让人们认识到女性性欲的合法性，跨越了对女性性表达的阻隔，因而《莎菲女士的日记》被视为女性意识很强的女性主义作品之一。在丁玲的写作中，莎菲站在居高临下的位置，掌握着一向由男性操控的主动权，瓦解了男权社会的情爱统治。莎菲虽然是传统的激烈反叛者，对男尊女卑的社会秩序发起冲击，但是传统女性的价值观在她脑海中仍然扎根甚深。她在接受了凌吉士的爱抚之后，表现出的竟是"后悔"——"懊悔我白天所做的一些不是"，这是"一个正经女人所做不出来的"，痛恨自己"甘于堕落"。也就是说，莎菲心中，仍存着"正经女人"的观念。这正是封建贞操观与道德观在她脑海中作祟，她不自觉地便流露出这一已经内化了的集体无意识，这与她追求性自由、性解放是完全背离的。莎菲懊悔着自己在欲望中的徜徉，却又难以走出对给予她色情想象的凌吉士的迷恋。现代爱情观念与传统父权文化的潜在规训双重加重着莎菲的苦闷：只有欲望没有爱情的感情让莎菲绝望，放纵欲望后对自我认识的传统性的反思又加重了这种绝望。

"'五四'后期女性创作尽管倚重爱情题材，但总体却是回避肉体的，而现在丁玲的叙述中多了一重眼光，坦然直面肉体，具有对肉体含义的了悟。这种醒觉，或者说让肉体出场，走上前台亮相，这并非完全由于丁玲的独创性和敏感，而与时代密切相关。"20世纪"20年代末'五四'精神退潮，都会半殖民地化加剧，社会性能量膨胀，肉体浮出"①。20世纪20年代末，伴随着都会的殖民地化，视觉文化也有所发展，影像、歌舞娱乐等文化消费形式逐渐兴盛。早在《莎菲女士的日记》之前，1927年，丁玲曾发表小说《梦珂》，其中叙述了一位在都市生活中渐渐同化为男士色情对象的女孩子的生活经历。其中涉及都市的电影、舞厅等消费娱乐场所的描写，透露出了丁玲写作语境中的都市化气息。《莎菲女士的日记》中的凌吉士是一个生活在大都会，享受着现代都市提供给他的种种娱乐消费形式的人。从他对莎菲的态度来看，莎菲无疑也是他在都会色情文化诱导下的欲望消费品之一。同样，生活在大都会中敏感的莎菲无疑对凌吉士对自己的态度是有所警觉的，她看透了他灵魂的肮脏与卑鄙，因而对其是厌弃的态度。受都市色情文化的诱导，凌吉士白嫩的面庞、鲜红的嘴唇、耀人的眼睛同样刺激了莎菲的欲望。凌吉士同样成为莎菲在视觉文化诱导下的欲望想象对象。在这里，作者对莎菲的内心情感、心绪以及性格表达做了极力张扬。莎菲作为欲望主体审视着凌吉士，苇弟与凌吉士等男性人物的主导性地位则被降格，淡化为一种背景和衬托，他们成为莎菲的审视对象，成为莎菲确认自己主体存在的一种参照物。在莎菲对凌吉士的形体相貌与仪态举止的审视和欣赏过程中，莎菲确认着自己的主体性的两性审美体验。对凌吉士作为莎菲欲望想象的视觉消费对象的设置，显示了丁玲在《莎菲女士的日记》中所做的女性主义姿态的书写。

莎菲清醒地认识到自己与凌吉士是游戏式的"爱情"，因而她是苦闷的。爱与欲分离的无奈，欲与欲的游戏式狂欢后的虚空，都使莎菲在自我咄咄的日记式审视中做歇斯底里式的倾诉。在这之后，她掩藏的恰是其对自我主体地位诉求所遭遇到的挫折的号叫与无奈。莎菲是清醒的，因此也是痛苦的。她认清了女性在男性统治的文化中被消费与被审视的客体地位，因此她用自己的方式——与男性周旋、玩弄男性的方式来确认自己在两性关系中的主体地位。她不喜欢苇弟却依然乐于与其保持暧昧关系，她迷恋凌吉士带给她的

① 乐铄. 中国现代女性创作及其社会性别 [M]. 郑州：郑州大学出版社，2002：113.

欲望想象，然而清醒地知道凌吉士对自己的真实态度，所以她"吻了那青年学生的富于诱惑性的红唇以后，她就一脚踢开了这位不值得恋爱的卑琐的青年"①，以期掌握这场爱情游戏中的主动权。

在莎菲的叙述中，她始终流淌着一种焦灼的情绪。在日记中，莎菲对自己的审视，透露出莎菲对自我认知的敏感，日记中有她对爱情与身体欲望的思考，更渗透了她对自己生命主体价值的自主诉求。在她和苇弟与凌吉士的爱情游戏中，她感觉到的是自己浪费生命的虚空，而她却无力摆脱这种虚空的感觉，能做的仅仅是搭车南下，"浪费生命的余剩"。文本中流露出来的自始至终都是莎菲对自己主体价值难以兑现的焦灼与无望。

莎菲作为"心灵上负着时代苦闷的创伤的青年女性的叛逆的绝叫者"，其时代苦闷体现为五四女儿逃离父门在爱情实践中遭遇挫折之后的精神无着。这种姿态的叙述与五四其他女作家是相似的，但在丁玲的叙述中，女性第一次从女性经验出发如此鲜活地表现出对性爱自由的合理性诉求。丁玲通过对男女两性人物关系的颠覆性设置（男性成为女性的审美对象、欲望对象、价值评判对象）和女性欲望（性自由取向、性与爱相统一的情爱追求）的激越性表达，建构了与五四时期寻求与男性结盟以反抗父权文化的女性文本截然不同的话语形态。

"对中国女性而言，确立'我'与'自己'的关系，意味着重新确立女性的身体与女性的意志的关系，重新确立女性的存在与男性的关系、女性的称谓与男性的关系等一系列重大问题。"② 丁玲通过莎菲形象的设置，把女性对自我的认知放到身体欲望的层面，正视女性作为欲望主体的性别经验，而现代的自我认同意识恰恰包含着对自我身体欲望的肯定与满足。莎菲无疑是有着强烈自我认同感的现代知识女性。正因为莎菲有着强烈的主体意识，她对爱情的表述一方面呈现出五四女性共同表述的爱情幻灭感，另一方面显示出女性作为性别主体的性别体验的鲜活感。这种鲜活的代价是内心的种种苦痛与焦灼，但恰恰显示出女性作为独立性别群体的丰盈。

载《安康学院学报》2015 年第 4 期

---

① 乐铄. 中国现代女性创作及其社会性别 [M]. 郑州：郑州大学出版社，2002：118.
② 孟悦，戴锦华. 浮出历史地表 [M]. 北京：中国人民大学出版社，2004：31.

批评实践六

左联时期女性小说写作主体认同经验分析

左联时期（1928—1937年），特殊的革命文化语境下，民族意识、阶级意识成为时代认知的主流意识。"革命文学"成为此时期文学创作的主要语义所指。女性在拥有了用文字去书写历史，反映现实的主体写作身份后，受轰轰烈烈的革命主流叙述话语影响，透过文字自然会流露出其社会认同的要求——女性国民身份诉求。然而，在"国民"与"女"性之间，以"国民"为代表的国家话语权力及与之相伴生的父权话语势必压抑仅仅作为修辞意义的"女"性，这在"国民"与"女"性之间显现出话语的裂隙。在这种裂隙之下，"女"的压抑与沉重显露无遗，左联时期，女性文学创作呈现正如某些评论者所说，缺乏女性的性别自主意识。在此时期，我们看到的却是女性作为现代"国民"，自觉参与社会建构与国家构想的努力。

一、不同写作主题中的自我认同

（一）对革命的热情书写

左联时期，女性文学较多呈现的是女性对女性第二世界的认知体悟。在这里，女性作家审视世界的眼光，超越了性别意识而呈现为某种客观性。这里的女性作家，表现为具有与男性国民身份平等的特定历史阶段、特定阶层、特定党派特征，改造社会、建构国家的社会"人"。女性确认自己"国民"身份，在文学创作上最重要的表现，就是对革命题材写作的自觉选择与对革命热情的自觉礼赞。

大革命失败后，民族解放运动突起，女性脱离民族解放从个性解放中寻求性别解放的幻想破灭。一些女性作家很快调整写作视角与生存实践方式，以新的写作姿态来反映女性对社会的认知。丁玲很快告别了幻灭的"莎菲时代"，完成了从个性主义向工农大众革命道路的转变，写下了《韦护》和《一九三〇年春上海》等作品。冯铿最初以《月下》等小说抒发自我意识，经历了大革命失败的考验，转而用刚接触的崭新的政治思想去探寻人生道路，创作出被鲁迅赞誉的《红的日记》，从而塑造了现代文学史上第一个女红军形象。谢冰莹根据自身生活体验写出了《女兵自传》《从军日记》等带有革命喜剧色彩的小说。萧红一开始的创作，就突破了个人生活的狭小圈子，写出了如《王阿嫂的死》《牛车上》《生死场》等带有阶级解放色彩的小说。

在这些女性作家的叙述中，女性开始不再通过自由、平等的爱情来寻求自己主体身份的存在，私己爱情不再是确认自己的唯一标尺。这种尺度，开始变为对寻求民族解放、阶级解放的积极介入程度。在这些女性小说的叙述中，爱情甚至变为妨碍自我发展的绊脚石（如《韦护》），只有革命的因素介入了，女性才能够鲜活而散发出光彩，成为作家自己设定的被自己喜爱，也预设被读者喜爱的角色。从女性作家的这种写作姿态来看，女性开始认识到悬置了民族解放、阶级解放的个人解放，是难以兑现女性对自我生命的把握的。女性确认自己的主体性存在不但能够实现自己的个人解放，而且更重要的是能够介入社会、民族的解放的洪流中，去承担作为有主体意识的社会"人"的社会责任。人要成为具有能动性和实践能力的主体，就必须有自主意识。人的自主意识包括人的自由意识以及社会关系意识等。对自己个性解放的要求正是人自由意识的体现。社会关系意识包括经济关系意识、政治关系意识、文化关系意识、人格关系意识等内容。创作文本中对民族主体性建设的积极参与与推进，对阶级解放的关注与批评建构，恰恰体现了女性作家发挥其主体性，在文本表述的认知经验中建构自身主体身份的努力。

（二）对下层人民悲悯的关怀

左联时期，一部分女作家通过对革命的热情关注甚至亲自参与革命，来表述自己在民族解放推进过程中的"国民"身份；另一部分女作家则通过文学文本致力于国民性批判，展开底层人民悲悯性叙述，来表述自己女性知识分子对主体国家的批判式建构。

罗淑的《生人妻》叙述了一对恩爱夫妻因为生活所迫不得不分开的生存现实，造成他们生离死别的是不平等的社会制度。在这里，罗淑把劳动妇女的苦难与对黑暗社会制度的批判联系起来，写出的不仅有女性的屈辱，还有底层民众的反抗。与《生人妻》相类似，冯铿的《贩卖婴儿的妇人》反映的则是在半封建半殖民地的中国，内外反动统治者狼狈为奸，普通中国人连爱自己孩子的权利和最起码的生存需求都被剥夺的现实。林徽因的《九十九度中》则以一种俯视悲悯的情怀叙述了在同一时间维度中，各个阶层、各种社会地位人的不同生活，从而对比了社会贫富悬殊所造成的人之生存的本质差别。萧红在《生死场》中呈现了一群如蝼蚁般为活着而活着的麻木的人。在萧红的叙述中，她一方面表述的是在乡土历史惰性和生产生存方式的轮回中，生存仅仅沦为一种形式的生存状态，另一方面突出表述的则是在这种生存状态之下，女性成为"奴隶的奴隶"的苦难与不幸。

在这些怀着悲悯情怀的女性作家的叙述中，社会底层人民不再如五四时期只是作为一种知识分子主人公内视角的外在关注对象而存在，而直接成为主人公，其经历和体验是由其生存的内在逻辑推导而来的。他们不再如五四时期那样是小说叙述人眼中悲苦经历的表演者，而成为这种苦难生存状态的亲历者，其表述自己的生存状态是从其内在视角出发的。这种叙述姿态的改变，表现了女性作家叙述视角的自觉下调与对社会阶级矛盾的深入认识，从而透视出女性写作从最初的以自我的私己体验为中心，向走出自我感性阈限，以客观、理性、深刻的眼光看待现实生活的叙述姿态的理性化转变。女性作家站在理性高度审视社会生活，标志着女性作家自我反思能力的增强，只有当女性对社会生活、对女性命运有理性的思考，才可能逐步识别出潜藏得很深的父权文化对女性的潜在规训，才能逐步有意识地建构自己的性别文化，从而成为独立的性别群体。

（三）对爱情、婚姻的现实观照

对爱情与婚姻的关注，是女性文学中永远不会缺少的主题。女性与家庭具有先天的亲和力，也注定了女性对自己生存状态的确认往往是在爱情和婚姻状态中进行的。在以民族关怀、阶级话语为主流叙述姿态的左联时期，部分女作家依然从对爱情与婚姻的认知中，表述自己对女性生存状态的体认。这种叙述风格基本延续了五四时期女性叙述的基本风格，但是女性作家在对婚姻与爱情的认知上同时也显示出了鲜明的理性态度。这方面的作品包括庐隐、凌叔华、冯沅君等五四女性作家 20 世纪 20 年代末到 30 年代初的作品，而在左联时期步入文坛的沉樱的小说作品最有代表性。

1928 年，21 岁的沉樱发表了《回家》，开始步入文坛。她的小说创作集中于 20 世纪 20 年代末至 30 年代初。与同时代的主流女性作家相比，她的小说作品多以爱情、婚姻、家庭为写作题材。在这种与女性生活状态切身的小说叙述中，她思考着妇女解放的含义与前途。她表述爱情的作品主要有小说《生涯》《某少女》《空虚》《下午》《时间与空间》等。在《某少女》中，她塑造了一位在爱情生活中追寻生命意义的纯情少女。在这里，爱情悬置了五四时期所蕴含的反封建的政治意识形态色彩，而成为爱情本身。在《时间与空间》中，沉樱表达了爱随着时间和空间变化而转移的随意性，对爱情的意义与价值本身做了理性的思考。在她的笔下，爱情更多地呈现出一种终归要归于"寂冷的灰烬"的无奈。她笔下的主人公不再具有什么忠贞不渝的品格，她们有叛逆但失去棱角，有痛苦但缺乏深刻，精神偏于犹疑空虚，行动偏于进退两难，无从选择也不知选择。在这里，爱情褪去了五四时期能够使主人公义无反顾的乌托邦色彩，而更多呈现出在特定历史时期爱情的真实面貌。同时在《爱情的开始》《喜筵之后》《女性》《旧雨》等作品中，她呈现了女性在婚姻中遭遇到的家庭对个人发展的阻碍，经济压力、子女拖累以及女性对生育的恐惧都成为女性在婚姻中必须面对的问题。

　　在沉樱的小说叙述中，五四时期走出父亲家庭的女性，通过婚姻走入了丈夫的家庭，却依然未找到幸福与自由。与庐隐、丁玲、凌叔华此时期描写爱情或者婚姻的小说不同的是，沉樱的小说虽然表现出了女性在爱情、婚姻、家庭中的无奈与悲伤，但这种对无奈与悲伤的感受却不如前几位作家那么让人感受痛切。沉樱笔下的女主人公对自己在爱情、婚姻中的状态，更多呈现为一种隐忍或者被动的麻木式的接受。爱情或者婚姻不再是让女性感到生命鲜活的生存状态，而退化为一种表演给别人的生活形式。女性在现实的爱情婚姻状态中已经失去了如莎菲式的鲜活的生命感受。沉樱笔下的女性多生活在殖民地化很强的城市中，都会女性遭遇到的这种生活状态与都会文化是密不可分的。20 世纪 20 年代后期，新文化运动退潮，半殖民地化加强的都会承袭了资本主义社会男性中心法则，构建了一套新的妇道和女性角色标准。此时的爱情婚姻家庭中，逆子们多转成新父，而曾经的逆女们正部分退回到她们曾经逃离了的男权中心的家庭中，或者成为公共场合的交际花，沦为文化市场色情观照的对象。在都会这个消费文化有所发展的生活环境中，爱情逐渐被异化，两性的价值观也受殖民地文化影响有所改变。沉樱对生活在都会女性在婚姻爱情中的遭遇的情感表述也正体现了受都会文化影响的爱情、婚姻伦理的改变。

　　在民族解放与阶级解放成为时代书写主题的年代，沉樱等一些女性作家忠于自己的生活感受，主要从爱情、婚姻生活中来表述自己对女性现实生活的认知，使此时期的女性文学在主题表述上呈现出一种多元化的姿态。这种忠于女性生活感受，从女性生活的切身处表述女性生活状态的女性写作姿态，在 20 世纪 40 年代的沦陷区得到进一步发展。

（四）生命与人生哲理思考

左联时期，一些优秀的女作家通过小说作品，对现实生活做了自己的认知表述，同时在这种表述中，寄予了自己对人生和生命的哲理层的思考。这种站在生命高度来反思人生的哲学式的思考，表明了女性站在更宽阔的角度，审视人生、审视自己的态度，以及在这种态度中透视出来的女性小说写作在认知深度上的推进。在萧红与林徽因的部分小说作品中，她们很明显地流露着女作家对生命、人生的哲学式的思考。

林徽因作为京派女作家，与其他京派作家一样致力于对现实人生的观照，追求"和谐、均齐"的传统东方美学理想。同时，身为新月派的重要成员，其在小说创作上又显露出了对情感的自觉节制。因而在其创作中，其情感的抒发呈现为某种内敛性。因为其个性品格及中西文化的深厚积淀，在小说创作上，她更能超越一般女性作家，对现实人生的观照带有强烈的主体认知意识。她在最具代表性的小说《九十九度中》中，把不同性别、年龄、阶层的人物放在同一时间维度中，共时性地刻画出各种人物的行为动作、现实心理，进而创作出一个鲜活生动的人物群。在这里，每个人物都是独特的，有着其个性生命。生存在同一时间维度中的每一个个体生命，却又遭遇种种不同的生活经历。他们有些人的生活是与其他人物交叉有关联的，而在小说文本中，他们又都是独立的，无法深入他人生活。他们只能在同一时间场域中各自遵循着自己的生活逻辑孤单地转动着。在小说结尾处，部分人物的命运或者遭遇又以报纸新闻消息的形式被定格，再次与他人生活相关联，人的生命色彩就这样被打上了荒诞的烙印。林徽因以上帝般的俯视之态通过人物生活现实状态的共时性存在的设置，表达了自己对个体生命平等的尊重。人物在共时状态下生活遭遇的悬殊对比，表达了她作为知识分子对现实生活阶层不平等的批判。通过空间开放的图式，林徽因不经意地揭示出人存在的某种孤独性体验以及生存的某种荒诞性。

另外一名优秀的女性作家萧红，她在《生死场》中则是通过人物肉体形而下式的生存状态，来传达自己对生命的认知的。在《生死场》中，萧红笔下古老乡村的男男女女如动物般存活着。他们麻木地在时间的轮回中消磨着自己的生命，生育成为连接生死与生命轮回的自然手段。在文本中，萧红把爱情、婚姻、亲情等本该充满温情的人生经历，降格为生命生存的一种基本关系链接。当生存仅仅是生存本身，其他链接关系妨碍了生存本身时，这种关系可以随时脱离链接状态。在这里，萧红更多表达的是自己对生命那种根本性存在状态的透视与体验。在《生死场》中，萧红无疑对那些由于历史重负而丧失生命主体性的乡间弱质生命进行了批判。同时，她也传达出了对生命根本性存在，以及女性命运宿命般轮回的理解。《生死场》以及萧红左联时期的其他作品中，始终弥漫着其对人生悲凉感的体悟。荒凉和寂寞成为她小说的基本语调。在生命哲学中，荒凉和寂寞不仅仅是一种心理感受，还是对生命困境的哲学体验，萧红对生命存在的认知与体验，是与其漂泊动荡的生活与情感上遭遇的创伤分不开的。

二、左联时期女性主体认同经验的特征分析

五四以后，苏联的政治功利主义文学观开始支配文坛，文学载上了政治之道，成为革命宣传的工具。1928 年，中国文坛出现了无产阶级革命文学的倡导与论争，文学开始被要求去负载政治意识形态。1930 年，中国左翼作家联盟成立，左翼文艺运动蓬勃展开。此后，九一八事变的发生，国内阶级关系发生新的变化，文学的意识形态性进一步被强化。女性作为文学创作的重要组成群体，在男性精英占主流地位的文坛中要想争得一席自己话语的表述空间，就要被这个主流文坛认可，其在创作视点上也必须与主流文坛的要求有一定的契合。谢冰莹的《女兵自传》、丁玲的《水》，尤其是萧红的《生死场》在发表之初都得到了男性精英式人物的评论与推崇，这无疑引导着这些女作家本身以及其他女作家的写作方向。

在诸多女性作家中，丁玲可以说是对时代有着最强烈敏锐感知力的女作家之一。在左联时期"革命文学"的书写过程中，她走出了前期莎菲式的、在都会文化中寻不着生存欢欣的苦闷性叙述，以具有咄咄逼人气势的《水》，打破了她先前塑造的沉默与孤独、迷茫的女性形象。之后，她又从"革命+恋爱"的小说模式中，找到了与时代主流叙述合拍的方式，把女性人物放在时代洪流中叙述。这些女性人物虽然已经缺少了她前期人物的性别审视意识，甚至呈现为无性化或者雄化，但至少我们看到了处于特殊时代的作家，自觉调整写作姿态，试着从其他角度为笔下人物或自身寻找摆脱生存困境的方法。事实上，女性意识的无性化甚至雄化，是"革命文学"语境下女性写作的一种比较普遍的现象。除丁玲以外，谢冰莹、冯铿、罗淑、白朗等女性作家的作品，都在相当程度上体现了女性意识的无性化。女性意识较强烈的萧红，

此时期的部分作品，如《手》《王阿嫂的死》，虽然也描绘了一些女性形象，但由于她更多地把女性苦难命运放在阶级解放的背景下，模糊了对女性自我意识的审视。值得我们注意的是，左联时期女性意识的无性化并不是女性意识的消失，相反它在一定程度上表现了女性主体意识的进一步深化。"左联时代女性文学中的无性化是寄托全面实现女性价值和彻底解放女性的审美理想的。虽然它的很多作品已不再是严格意义上的女性文学，但它又以要实现'女性—人'的愿望而对五四以来女性意识的发展进行了深度自醒。"①

左联时期出现的比较能够代表此一时期女性文学整体创作风格的左翼女性小说，其根本特征显示为女性性别意识的自觉淡化，女性"国民"意识的自觉增强。其淡化性别意识，以"女国民"身份写作是因为她们看到女子的解放首先是人类的解放，而不只是五四式的个体人的解放。五四时期的文化启蒙运动，使中国人获得了"人文"意识，唤醒了人的独立主体意识。左联时期的政治启蒙运动，则使中国人获得了"阶级"意识。② 它使国人认识到人作为一种"类"的存在，以及认识到这种"类"主体性实现的合理性与历史必然性。因此，以历史理性的眼光来看待女性文学出现的女"国民"式的文学写作姿态，我们发现其有历史必然性与合理性，它虽然暂时遮蔽了女性作家的性别主体意识，但它更强化了女性作为社会人的为"人"（以男性为参照的人）的主体性。事实证明，只有女性中为"人"的主体性得到充分发展和强化，其内在的女性性别主体意识也才会逐步发展并得到强化。

同时，我们更应该看到，除了作为主流的左翼女性小说叙述，还有一部分女性作家如沉樱、林徽因、萧红等的部分小说作品自觉与主流意识形态疏离，从女性经验出发，感知并表述特殊时代女性的命运，呈现出较强的女性意识。她们的这种写作姿态在左联时期，虽然以很小的支流甚至边缘的姿态呈现，但这恰恰反映了女性对自我第一世界的审视。这种审视即使是在外在意识形态呈高压之势下，依然会在不经意间呈现，甚至这种呈现会在与主流意识形态合拍的姿态下，以隐秘的方式来自我言说。这种叙述姿态我们可以从对萧红的部分作品的解读中来做出分析。

---

① 王君义，张立群. 一朵时代风雨中的双色奇葩：谈中国现代女性文学中女性意识的倾斜与补偿 [J]. 沈阳教育学院学报，2003（1）：25.

② 宋剑华. 论左翼文学运动的人文价值观 [J]. 福建论坛（人文社会科学版），2006（1）：87-92.

第六章

文化批评：理论与实践

文化批评是风行于西方学术界的一种跨文化、跨学科以及跨艺术门类的研究方式和学术思潮。它是一种从文化角度看待文学的批评方式，有狭义和广义之分。狭义的文化批评主要指二战后西方兴起的一种文学研究方式，包括德国的法兰克福学派、英国的伯明翰学派及法国学者福柯、罗兰·巴尔特等人及其他一些批评家的批评思想。广义的文化批评囊括所有从文化角度来看待文学的研究和批评，在这个意义上，新历史主义、后殖民主义、女性主义、酷儿理论、媒介批评、消费文化、亚文化、大众文化、视觉文化、都市空间与城市文化研究等流派或领域，都可以视为文化研究。

第一节　文化批评的出现与发展

从严格的科学意义上说，文化批评不是一种如其他批评模式那样成型的流派或模式；从文学批评的实践上说，文化批评也不是现代才出现的批评形式。文化学或者文化社会学、文化政治学意义上的批评，其实古已有之。《国语》中有"观乐知政"说，孔子在讲到诗的功用时，提出"迩之事父，远之事君"，从伦理的角度来谈诗的功用。曹丕认为诗具有"经国之大业，不朽之盛事"的价值，把文学和国家治理与人生价值理想追求相关联。中国古代一直讲求"文以载道"，这些都可以视为对文学的文化批评。在西方，17世纪之前，美的艺术与实用艺术尚未区分开来，人们对音乐、诗歌、绘画、雕塑、戏剧等的批评都呈现出文化批评的样貌，包括19世纪，马克思、恩格斯关于如《城市姑娘》《人间喜剧》的批评，关于《诗歌和散文中的德国社会主义》

中的批评思想，更有着如现代文化批评所指称的那种"文化与权力"关系的鲜明性。由此，我们科学地理解文化批评，既要有现代观念，又要有历史意识。

　　现代意义上的文化批评，是从 20 世纪五六十年代英国的文化研究引发而产生的。文化研究是当时的英国学者从传统的英国文学学科中逐渐发展而成的一门学科，雷蒙斯·威廉斯、理查德·霍加特等人是其先驱人物。从 20 世纪 50 年代到 1964 年伯明翰当代文化研究中心的成立，这一阶段出现了一系列文化研究的作品，如理查德·霍加特的《识字的用途》、雷蒙斯·威廉斯的《文化与社会》《漫长的革命》、E. P. 汤普森的《英国工人阶级的形成》等。这些著作成为"文化研究"的奠基之作，通过一系列与传统文学批评判然有别的研究，当代文化研究中心获得了超越文学本身的研究成果。例如，《识字的用途》中，霍加特描绘了 20 世纪 30 年代英国工人阶级健康纯朴的文化生活，以及这种文化生活如何在 20 世纪 50 年代受到了通俗读物、流行音乐等美国式"新大众文化"的冲击。他一方面肯定没有被商业文化和教育体制影响的传统的工人阶级群体的生活，肯定"人们的"大众的文化；另一方面则抨击美国式的大众文化。霍加特那里显然有两种不同的大众文化，一种是健康、纯朴的，另一种则是"粗糙的"、有害的。他肯定前者而否定后者。《识字的用途》使用了文学批评的细察方法来分析杂志、报纸、流行音乐等大众文化文本，还用到了人类学的民族志的描述方法，不仅为后来的文化批评确立了一种介入现实文化塑造的政治情怀，还提供了方法论上的借鉴。在这里，文学研究与文学批评发生了重大的转向，即由文学自身的内部研究转向文学与外部广泛联系的研究。乔纳森·卡勒指出："从最广泛的概念说，文化研究的课题就是搞清楚文化的作用，特别是在现代社会里，在这样一个对个人和群体来说充满形形色色的，又相互结合、相互依赖的社团、国家权力、传播行业和跨国公司的时代里，文化产品怎样发挥作用，文化特色又是怎样形成、如何建构的。所以总的来说，文化研究包括并涵盖了文学研究，它把文学作为一种独特的文化实践去考察。"①

　　作为伯明翰学派的中流砥柱，斯图亚特·霍尔的文化批评主要集中于现代性、大众艺术、文化身份、文化表征和文化传媒等方面，发展了葛兰西的

---

① 卡勒. 当代学术入门：文学理论［M］. 李平，译. 沈阳：辽宁教育出版社，1998：46.

文化霸权理论和阿尔都塞的意识形态理论，尤其在大众文化和文化传媒方面。霍尔围绕"大众"定义的分歧，解构了法兰克福学派以来的大众文化理解模式，认为没有完整的、真正的、自知的大众文化，就像没有游离于文化权力和统治关系网之外的文化一样，应该用关系、影响、抗衡等绵延不断的张力来界定大众文化，集中探讨大众文化与传统文化之间的对抗、接受、拒绝、投降等变动不息、迂回曲折的关系和进程。霍尔又把这一思想进一步体现在其文化传媒符号学研究的著作《电视话语中的编码和解码》中，这成为西方文化传媒由消极研究向积极研究转折的关键点，也为后来批判法兰克福学派和文化帝国主义理论奠定了基础。他把马克思主义政治经济学和葛兰西的文化霸权理论有机地融入他的传媒符号学中，把电视话语的生产与流通分为意义生产、成品、解码三阶段，并提出三种解码立场的假设，即著名的解码理论，至今仍是文化批评的重要理论资源和指导思想。伯明翰学派由于在马克思主义的基础上较为广泛地吸收了其他理论，如结构主义、后结构主义、阿尔都塞的意识形态理论、葛兰西的文化霸权理论、女性主义的文化性别理论等，使其文化批评由单一的阶级关注扩大到对地域、族群、散居等多重文化身份的关注，纠正了法兰克福学派狭隘的文化工业批判传统，拓宽了文化批评的视野，批评的领域日益扩大，由早期的阶级为主，扩大到了性别、种族、亚文化、媒介等广泛的领域。从 20 世纪 80 年代起，文化批评向全世界扩散，美国、法国、澳大利亚、加拿大等国家逐渐成为文化批评的重镇。特别是法国和美国，它们很快超越了伯明翰学派，成为西方文化批评新的中心。法国的德里达、福柯、利奥塔、克里斯蒂娃、波德里亚、布尔迪厄等相继成为新的文化批评领袖。美国则出现了格罗斯伯格、丹尼尔·贝尔、詹姆逊、希利斯·米勒等著名的文化批评理论家。文化批评在发展过程中，在不同国家和地区呈现出了不同的研究侧重点，如非洲及第三世界民族裔学者关注后殖民主义研究，而在欧美国家更关注消费文化研究等。不同国家间的文化批评方法、风格等方面也有差异，如澳大利亚，它是较早在大学开设文化研究专业的国家，其文化批评由于特殊国情而深受女性主义、新历史主义和后殖民理论的影响，较为关注女性、移民、土著居民等边缘群体的文化身份问题，偏重文学和历史的关系。同时，文化批评发展过程中不断借鉴新的理论资源，将关注点投射到人类文化的方方面面，因而在"文化批评"这一大的概念指称下，衍生出越来越多的研究分支。若按照文化的类型划分，文化批评可分为大众文化、精英文化、民间文化、主流文化、亚文化、女性文化、少数族裔文化等多种对象的文化批评；若按照文化的构成划分，文化批评则有符号/意义批评、象征/资本批评、意识形态批评、媒介批评、身份认同批评等；若按照批评立场、方法与主题来看，文化批评则有后结构主义批评、消费主义批评、生态主义批评、女性主义批评、知识谱系批评、新历史主义批评、后殖民主义批评等。因而，文化批评整体呈现为多元性与开放性。目前来看，文化批评始终关注着权力结构中的弱者，关注边缘文化以及渗入大众日常生活细节中的那些文化形式，如消费主义、视觉文化等。英国的阿雷恩·鲍尔德温等著的《文化研究导论》中就列出了文化批评中的一些主要题域：文化地形学（城市与乡村、东方学、旅行文化等），文化、时间与历史（现代性、历史、乌托邦等），政治与文化，文化塑造的身体，亚文化，视觉文化等。①

　　总体看来，文化批评既不是囿于文学文本或单纯文学的批评，也不是单纯的"外部"批评，而是在解读甚至审读文本的前提下，"联系"文学外部或跨越文学边界与诸多文化现象相关的批评，尤其是联系权力/文化关系的批评。法国思想家布尔迪厄曾指出："文化生产者拥有一种特殊的权力，拥有表现事物并使人相信这些表现的相应的象征性权力，这种象征性权力还表现在文化生产者，用一种清晰的、对象化的方式，提示了自然世界和社会世界或多或少有些混乱的、模糊的、没有系统阐释的，甚至是无法系统阐释的体验，并通过这一表述赋予那些体验以存在的理由。"② 因此可以说，文化批评首先关注生产者的话语权力。从西方文化研究或文学批评的实践情况看，它关注文化生产者的话语权力，又特别强调工人阶级、平民大众、妇女和种族中的弱势群体等的话语权力。因此，文化批评不像其他批评模式关注历史经典、精英文化、主流文化，而是注重当代文化、大众文化、被主流排斥的边缘文化和亚文化，如工人阶级文化、女性文化、被压迫的民族文化等。文化批评所注重的文化对象，往往有着消解主流文化、对抗文化霸权的指向。这种对象与社会底层的密切联系，提倡用多学科、跨学科、超学科乃至非学科的知识结构和活跃思维来展开批评，把文化意识贯穿到底。由此可见，文化批评是一种泛文学批评。所谓的泛文学，是指它的对象不局限于文学，而是涉及

---

① 鲍尔德温，等．文化研究导论［M］．陶东风，等译．北京：高等教育出版社，2004.
② 布尔迪厄．知识分子：统治阶级中的被统治者［M］//文化资本与社会炼金术：布尔迪厄访谈录．包亚明，译．上海：上海人民出版社，1997：87.

广泛的文化现象，文学只是文化中的一种表现；所谓的泛学科，是指它批评的理论背景绝不只是局限在文学学科，而是多学科甚至非学科。泛文化范畴内的知识、学问、学科都可用于批评，也使文化批评在态度和方法上有别于传统批评。正因如此，文化批评的意识形态评价特性受到了很大程度的强化，有时它甚至就是伊格尔顿所说的"政治批评"。凡此种种，均使文化批评具有明显的批评色彩、对话色彩和平民色彩，从而拓宽了不同话语的共存空间。从这个意义上说，文化批评相对原来的文化学意义的批评是崭新的，确实开辟了文学批评的全新领域。

第二节　文化批评的基本特征与关注焦点

（一）文化批评的基本特征

1. 理论研究的跨学科性与开放性

亚瑟·伯格曾指出："文化批评是一种活动，而非一个学科，它就像是对事物的解释……文化批评在我看来，是一个多学科的、跨学科的、泛学科的，或者说是元学科的工作，文学批评家来自不同的学科，并运用来自这些学科的思想。"① 文化批评自身的发展过程中积极借鉴不同学科的理论资源，其本身的建设与实践又都灵活运用不同学科思想资源分析具体的文化现象。在这里，"跨学科"有着广义、狭义之分。狭义的"跨学科"指的是学科建制的打破。比如，伯明翰大学的"当代文化研究中心"就是一个"跨学科"的机构，它采取多学科人员合作的形式来展开研究。这种研究模式为后来的文化研究奠定了体制上的基础。广义的"跨学科"指的则是一种"跨越边界"的行为。这种跨越不仅存在于学科边界，还存在于理论边界、文本边界乃至视野的边界，这使文化批评成为有史以来最具包容性与创造力的批评形态。事实上，早在伯明翰大学"当代文学研究中心"成立以前，这种跨越行为已经普遍存在于 20 世纪的批评活动中，并形成了各自不同的传统。比如，被称为新马克思主义的卢卡奇、葛兰西与法兰克福学派，弗洛伊德开创的精神分析

---

① 王晓路，石坚，肖薇. 当代西方文化批评读本 ［M］. 成都：四川大学出版社，2004：114.

学派，以及后来的英国文化研究与后来的符号学和后结构主义等，在这些
"跨学科"的研究中，学科与知识的界限往往被打破，批评成为一种追求自由
的活动，它不再受到学科体制的限制与规训。

文化批评关注的对象往往不是价值方面的经典文本，它的注意力在于把
文本与文化问题联系起来看待，主要关注点不在文本本身，而是文本在文化
中的意义。文化批评实质上就是以不同视角对文本中凸显的文化问题的透视，
因而其常常体现为跨学科性。例如，女性主义批评，从一开始就并不是一个
传统意义上的独立学科，只是存在于现有学科之中，又游离于现存学科之外，
女性主义在发展过程中呈现出了若干流派，如后殖民女性主义、生态女性主
义、马克思主义女性主义、存在主义女性主义、心理分析女性主义等，由此
可见作为文化批评理论视角之一的女性主义批评的跨学科性。文化批评的跨
学科性与开放性还表现在，迄今为止它还没有形成一个明确的、被普遍认同
的定义。文化批评反对对任何文本的封闭式阅读及某一视角的解读。澳大利
亚的学者杜灵指出："文化研究是正在不断流行起来的研究领域，但是它不是
与其他学科相似的学院式学科，它既不拥有明确界定的方法论，也没有清楚
划定的研究领域。"① 由此可见，文化批评的"跨学科"性还体现在研究方法
上，文化批评在实际操作过程中，常常运用到包括文学批评、历史学、社会
学、人类学等不同学科的研究方法，这种跨学科的多元取向与研究方法，无
疑直接形成了当代西方文化批评的开放性品格。

2. 强调文学与社会文化整体性关系，具有批判性

文化批评强调文学与社会文化整体的有机联系。英国学者约翰生曾经指
出："第一，文化研究与社会关系密切相关，尤其是与阶级关系和阶级构形，
与性分化，与社会关系和种族的建构，以及与作为从属形式的年龄压迫的关
系。第二，文化研究涉及权力问题，有助于促进个体和社会团体能力的非对
称发展，使之限定和实现各自的需要。第三，鉴于前两个前提，文化既不是
自治的也不是外在的决定的领域，而是社会差异和社会斗争的场所。"② 在这
里，约翰生首先指出了文化批评和社会文化的紧密关系，随后指出了文化研
究中对权力问题关注的现象。文化研究属于对文学的一种外部研究，它依据

① 汪晖，陈燕谷. 文化与公共性 [M]. 北京：生活·读书·新知三联书店，1998：571.
② 约翰生. 究竟什么是文化研究 [M]//罗钢，刘象愚. 文化研究读本. 北京：中国社会
科学出版社，2000：5.

文本以围绕文学文本的各种社会文化现象作为研究对象，但它不同于传统的社会政治伦理批评，它研究的是由话语建构起来的文本世界，因为话语的社会文化生成性，因而依据话语找到文本价值与意义产生的文化依据。因此，文化研究又是建立在文本研读或者细读的基础上的。依此，文化批评考察作品与作品之外世界的关联性，尤其是考察促使作品这样呈现的文学机制，其中包括写作的权力机制。文化批评又具有强烈的政治色彩与批判性，它从来不标榜价值中立，不仅以描述、解释当代文化与文学艺术为内容，而且也以改变、转化现存权力结构为己任。可以说，对文化与权力之间关系的关注，以及对支配性权势集团及其文化的批判，是文化批评的重要特征。文化批评带有浓厚的政治倾向性，如女性主义对父权文化的批判与解构、后殖民主义对文化殖民现象的辨析与抵抗、亚文化研究中对主流文化霸权的反省等。其目的在于通过理解、阐释和研究文化与各种权力之间的关系，分析在具体的社会关系与环境中，文化是如何表现自身和受制于社会及政治制度的。它致力于对当代社会文化的批判，旨在通过批判性介入，推动社会和文化的重建。文化批评关注文化与权力、文化与意识形态等的关系，它对现存社会结构分析并进行批评，反对文化霸权与强调文化的批判性，具有鲜明独特的政治倾向性与社会批判性。

3. 注重实践性

当下文化全球化语境之下，文学生产与接受的生存环境和存在方式发生了翻天覆地的变化，现代技术、媒介、观念和生活方式的巨大变化推动文学由少数人主导的审美活动向大众审美活动转变，从而导致传统文学活动经验上的文学理解、文学观念发生坍塌与解体。文化批评直面当下"众声"之嘈杂，关注文本与社会整体文化的内在关联，具有很强的社会介入性，实践性强。在其自身发展过程中，文化批评不断借用各种文化资源进行自身建构，而这种建构性又不断通过实践性的社会批判行为予以夯实。在当代西方强大的资本主义文化机器前，文化批评要通过干预社会现实达到现实反抗与文化批判的目的，只能在文学文本的实际批判性分析中实现。例如，新历史主义批评中的权力结构分析，大多是从权力结构的载体——话语形态实际分析入手；大众文化研究关注流行音乐、广告、电影等各种大众艺术形式，直接对当下各类娱乐文化现象发声。文化批评一方面致力于运用相关理论对与文本相关的文化现象予以剖析，另一方面又对文化批评实践的成就理论化，实现文化批评体系的建构与扩张。

（二）文化批评主要的关注焦点

对阶级、权力、种族、性别、身份、大众文化的研究一直都是文化批评所重点关注的焦点，本书其他章节已经涉及了性别批评，在此不再赘述，本节重点论述其他关注焦点。

1. 话语与文化霸权

文化霸权即文化领导权或者文化盟主权，最初由葛兰西提出，葛兰西将文艺的社会功用问题与意识形态理论相结合，并且将文化作为意识形态理论的核心内容，把以非暴力方式表现出来的文化控制作为一种极其重要的权力运作方式加以考察。他将文化包括文艺视为相对强制性国家机器而言的隐蔽的专制统治方式，从而形成了一定社会形态下，某一社会集团在思想、意识、文化、道德等方面的领导权，葛兰西称之为"文化霸权"。"文化霸权"理论既是研究社会权力关系体系的一个切入点，又是探究文化，包括文艺与政治、经济之间复杂的动态关系的有力工具。葛兰西认为，在西方社会资产阶级的统治并非主要依赖政治社会及其代理机构进行维持，而主要依赖其对意识形态领导权的占有，通过对市民社会的控制从而使大众接受一定的道德观念、行为准则和价值体系。统治阶级在文化和意识形态上的领导权一旦削弱，国家也就进入了危机状态。文化霸权的建立，是在一个交融着斗争与谈判的复杂的动态过程中完成的。这种文化也并非统治阶级思想文化的纯粹体现，而是在对被统治者的文化和意识形态在一定程度上的接受和包容的基础上实现的，并且诉诸国家和民族的价值形式。当然，这种妥协不会对统治阶级的利益产生根本性的影响。这种观念直接左右了葛兰西对大众文化研究的重视程度，他始终把大众文化置于中心的位置。在他看来，大众文化既不是作为统治阶级意识形态的纯粹体现，也并不仅仅具有被统治阶级单纯的文化抵抗性质。其中，差异、矛盾、斗争和谈判构成了大众文化的基本存在方式。在当代西方学术界由纯粹的形式主义研究、传统文学研究向文化研究转化和过渡的过程中，葛兰西的文化霸权理论是不可或缺的理论来源之一。他直接促成了人们对各种文本形式、文化表象背后运作着的各种复杂力量的关注，其中包括政治权力、意识形态、阶级关系、民族、性别、地域以及社会历史因素。

葛兰西关于文化霸权的理论对法兰克福学派产生了深刻影响，经福柯话语权力理论的揭示而得到更大范围的运用。福柯认为："在任何社会中，话语的生产是被一些程序控制、筛选、组织和分配的，它们的作用是转移其权力和危险，应付偶然事件，避开其臃肿麻烦的物质性。"① 文化霸权要通过一定的话语系统来建构，它们赋予某种文化合法性。福柯的话语权力理论成为女性主义运动及其批评、后殖民主义理论及其批评等多种思潮的理论资源，话语与文化霸权理论在很大程度上导引着文化研究重心由历史经典、精英文化、主流文化向当代文化、大众文化、边缘文化、亚文化以至传媒文化转向，从而对打破封闭的学术樊篱，超越狭隘的学科局限，创造一种全方位、多层面的文化研究方法产生了重要影响。

　　2. 媒介批评

　　加拿大学者德克霍夫从电子文化对人的影响角度指出："我们的心理现实不是一种'天然'的东西。它部分取决于我们的环境——包括我们自己的技术延伸——对我们施加影响的方式。"② 媒介作为人们用来传递信息与取得信息的手段和工具，影响着人类信息交流方式与信息交流效果。因此，我们有必要将传播媒介置于人类社会和文化背景之下，将媒介发展视作连续性的文化整体进行探究。就媒介发展而言，无论是早期的口耳相传，还是新兴媒介的使用，这些都体现了人对媒介的参与和控制的程度，以及在参与和控制中被改变的程度。由于媒介技术的不断变化，人和传播形态之间，以及媒介内容之间的关系，不再是彼此对立的反映和被反映的静态关系，而是相互融合的互动性影响关系。进而言之，文化和社会意义也深深地植入了这种关系之中。法兰克福学派、伯明翰当代文化研究中心包括丹尼尔·贝尔、麦克卢汉、波德里亚、费瑟斯通等许多西方理论家，都曾分析研究过现代传播媒介的某些文化属性及现代传媒，特别是大众传媒的发达对信息传播与信息接受背后的文化现象的影响。

　　随着媒介技术的发展，传播媒介在政治、经济、文化等领域，都产生了非常重要的影响，有时甚至成为起支配性作用的社会力量。显然，媒介技术的变迁所引发的传播媒介与社会的关系问题，已经远远地超出了简单的信息传递的解释范畴，技术发展使媒介本身的价值观以及为特定利益或权力服务的立场变得更加隐蔽。路易·阿尔都塞曾对充斥各种媒体的广告进行了批判。

---

　　① 刘北成. 福柯思想肖像［M］. 北京：北京大学出版社，1995：190.
　　② 德克霍夫. 文化肌肤：真实社会的电子克隆［M］. 汪冰，译. 保定：河北大学出版社，1998：5-6.

他认为，电视广告最主要的受众是广大生产者组成的市民，广告把这些收视的个体构建为商品社会有权自主选择的消费群体。它所具有的意识形态功能在于，广大生产者是这个社会的制度所塑造的承受者，可是广告中这些承受者却被引导去"想象"自己是积极能动的消费主体，并且这种扭曲的想象关系不是发生在公共空间，而是电视收视的常见地点——家庭住处中的，这样就把一种"国家机器"的力量以话语霸权的方式强加给了个人。阿尔都塞指出应该反思警醒每一个主体在形象或形式的表征中如何进入"想象"关系中的，发现这些想象关系背后的权力运作与意识形态幻象。

现代媒介对文学同样产生影响，首先，体现为文学传播发生变革而带来的文学内容及呈现形式的变革。例如，纸质印刷的出现带来小说文体的大发展；电子媒介的出现不仅带来了电影、电视，而且带来了图像阅读；网络媒介的出现带来了网络文学与超文本；等等。其次，现代媒介的发展扭转了传媒的基本发展方向，即传播由面向少数人而转向面向大众，从而引发信息传播与交往的一次大革命。大众与现代传媒的结合，改造了传媒的原有性质和功能，成为现代传媒飞速发展的主要动力，从某种程度上说，现代传媒实际上就是大众传媒的同义词。从法兰克福学派开始，大众属性就成为现代传媒研究的重点，并由此带动了大众文学批评的繁荣。大众文学无论是它的通俗性、流行性和复制性这些总体的美学特征，还是它的创作、接受、发展和流变上的具体特征，这些都是与现代媒介的大众属性紧密联系在一起的。因此，理解现代传媒的大众属性成为理解大众文学的有机部分，同时对大众文学的分析与研究也有助于对现代传媒大众属性的再认识。最后，在现代传媒控制下的当代文学，进入了一个高度分化的时代，各种文学观念和文学风格不断生成、斗争、平衡，形成了现代传媒视野下的文学场批评，并探讨当代文学的权力解体、分化与冲突问题，进而引申到对当代文学场生成与结构的分析，拓展了文学研究的路径，使文学批评更趋向多元。

3. 大众文化

大众文化（popular culture）又称流行文化或通俗文化，是文化批评中非常重要的关注焦点，甚至可以说，文化批评所包含的理论问题和实际问题基本上是围绕大众文化来展开的。人们对大众文化的关注，既体现了当代大众在文化生活中的重要地位，也体现了文化批评由过去把目光聚焦在精英文化上，到关注大众文化的方法论的转换。早在"文化研究"出现在英国之前，法兰克福学派的"批判理论"就对"文化工业"和"大众文化"进行了颇有影响的研究。他们批判大众文化，认为它欺骗和娱乐大众，使人们安于现状，丧失了对现实的批判能力。例如，马尔库塞认为美国的"大众文化"和被商业主义渗透的整个美国生活一样是"单向度"的；阿多尔诺认为大众文化与塑造了资本主义的经济体制合谋，没有像现代派文学和艺术那样否定与批判现实的力量。英国伯明翰学派的"文化研究"一改法兰克福学派对大众文化的消极与悲观的看法，对大众文化的复杂性进行分析，大众文化中的抵抗性以及大众文化接受者的能动性被强调。例如，约翰·费斯克分析以电视为代表的大众文化在生产、消费和接受方面的独特性，他认为观众看电视并不是一个被动接收信息的过程，而是一个积极地为自己生产意义和快感的过程。这一观点扭转了过去对大众文化的一些片面认识，如认为大众文化是商业化、标准化的，接收观众也是同质化的，被动地被那些节目的意识形态同化和控制，丧失了对现实的判断与批判的能力等。费斯克的理论强调了观众的差异性以及在观看节目时的能动的"生产性"，而这些被生产出来的意义和快感就成了观众很重要的大众文化资本，而且"本身就是一种社会权力形式"①，因为快感很多时候是由行使权力和抵抗权力产生的。不同的观众可以通过对同一节目的"改写"生产出属于他们自己的意义和快感。当下在各类视频网站层出不穷的基于电视节目的视频制作与视频剪辑的流行中，人们也确实印证了费斯克的观点，包括电视节目在内的各种流行文化在普通观众那里的输出并非被动的、同质化的接收，接收者基于此的各种理解与各类改编体现了接收主体的积极性与能动性，从而体现了大众掌握在自己手里的文化转化权。大众文化作为文化工业的产物总是追求不断的自我更新，来保持自我永远鲜活的生命力，这带给了文化研究新的素材，而且为解决如文化的霸权理论的问题、大众传媒问题等提供了丰富的材料，并成为文化批评中一个不能忽略的重要方面。

4. 身体研究

"身体"研究简单来说就是阐释人的身体是如何被文化塑造的。长久以来，西方文化一直习惯于在身体/心灵、感官/理性的二元对立模式中思考问

---

① 费斯克. 大众经济［M］//罗钢，刘象愚. 文化研究读本. 北京：中国社会科学出版社，2000：233.

题，身体与感官长期处于被压抑、被忽视的状态中。到了 20 世纪，越来越多的研究者开始意识到身体的重要性，例如，西美尔发现了感官在社会化行为中的作用，埃利亚斯把身体教化与文明进程相联系，福柯对身体受到的权力规训的阐发，直接引发了知识界对身体问题的关注。在福柯的理论中，身体及其相关的性成为权力角逐和占领的场所，权力通过它不断渗透并占据人的微观领域，包括性、快感以及看、听、嗅、触等感官机能，进而影响整个社会。它不仅要接受"规训与惩罚"，还要在医学中成为被凝视的对象。相比宏观的国家权力，这种"生物权力"往往防不胜防，它们直接塑造了人们身体的感受、性意识以及获取快感的方式。以视觉为例，可视性与观看的方式都与权力密切关联，如男性对女性身体的凝视就是男性中心主义的表现。反过来，身体也为反抗权力提供了空间，如朋克时尚中流行的文身、穿孔，便是通过对身体的改造来实现对主流价值观的反抗。在消费文化日益盛行的今天，身体更是体现了各种不同的文化表征，如时尚文化中，服装、化妆、装饰品与文身等与身体有着直接关联性的物品，其自身有着特有的文化符号意味，而在运动着的"身体"那里，健美、健身等则与生活态度、文化旨趣、阶级身份有着关联性。这些都成为文化批评中"身体研究"的重要内容。身体作为关联生命存在本身的物质性存在，同时亦是文化性存在，文化批评对其关注已经使之成为视觉文化、消费文化、亚文化研究的交汇地带。

第三节　文化批评实践

批评实践一

从电影《高兴》看底层表述的娱乐化倾向

21 世纪以来，底层电影正在从相对非主流成长为一种新的主流，为底层言说成为一种知识话语的新时尚和当代中国影像的新奇观。电影《高兴》作为这种新主流电影的实践，将"歌舞剧""方言说唱"与"大众消费"进行了成功的嫁接，间或暴露的混杂性与断裂性，为我们解读时代与当下底层表述的娱乐化倾向提供了新的视角。

一、电影娱乐化倾向导致人物形象深层内涵的缺少

作为一部有着经典悲情的改编电影，《高兴》最终以喜剧的形式与观众见面，原著中深沉严肃的人生主题被极大地削弱，底层生活的沉重与艰辛被刻意稀释。可以说改编之后的电影是一部好看的电影，好看的代价则是降低了原著的思想深度，除考虑票房外，这与导演的创作风格也是密不可分的。这样便奠定了适当涉及现实却不触及底层沉重生活的基调。

原著中刘高兴之所以来城里打工，是因为"我这一身皮肉是清风镇的，是刘哈娃，可我一只肾早卖给了西安，那我当然要算是西安人"，卖肾的原因是说媒的王妈说"你必须盖新房"，在电影中这一段是以陕西方言说唱的歌舞形式予以表达的，而且卖肾的细节也被省略了，这种"雷人"的表达形式早已将原著严肃的人生底色消解殆尽，加之小人物造飞机展现出的大志向，从而将原著中小人物在壁垒重重的城市中寻找"幸福"的艰辛与无奈成功置换为乐观加奋斗加运气（成功的主流叙述模式）。改造后的刘高兴除去了底层悲苦的命运底色，成为一个乐观、积极、奋进、有理想的逐梦者，同时兼具传统叙事中关于农民的所有美好特征，这样的改造还有更进一层的目的——有效回避城乡冲突这一敏感话题。

《高兴》讲的是农民进城打工的故事，农民进城会碰到许多问题，这些问题在电影中也有适当的表现，但是农民进城的种种尴尬处境都被巧妙地化解、稀释了，这得益于人物的性格塑造。刘高兴，乐观、积极、奋进，集中了传统叙事中关于农民的所有美好特征，电影改造之后的刘高兴多了一份对大众文化诉求的关注与追求，更易于被城市人接受；五富作为影片中时时刻刻陪在刘高兴身边的男二号，他贪财、懒惰、懦弱，承载了城里人对农民的所有鄙夷与厌恶，由于他懒、他馋、他窝囊、他目光短浅，观众也就从个人情感上选择接受了导演对这一愚昧落后农民蔑视的刻板印象。城乡对立的尖锐转嫁为对五富卑劣、粗俗的挖苦、调侃，进而有效地实现了阶级立场向个人情感的成功置换。这样一个粗俗的农民，进城后的种种困境与不公便全然归咎于其个人，困境中的尴尬更是被转化为笑料。农民进城遇到的第一个问题就是住的问题，高兴与五富的居住环境不好，而这一状况被五富一个泰山压顶式高空跃落的笑料设计冲淡了。这样的人物定位将农民的优缺点一分为二，整体的农民形象被抽象为两个极端，有效回避了城乡冲突。

二、细节设置中电影形象的生硬与粗糙

电影中的细节设置进一步完善了整体农民形象的分离。刘高兴每次收破烂途中都会将一束野菊花送给一位坐轮椅的老人。这一举动有两层含义，第一，在底层价值虚无化的今天，似乎只有设置一个比底层更加弱势的残疾人与中底层对比，中底层的价值与意义才能得到体现与确认。第二，其中不乏以乡村拯救城市的意味，老人象征传统的衰亡以及与现代的隔阂，其孤独而又无奈的生活处境正是城市缺乏沟通与人情的真实写照，沾满新鲜泥土与原野芳香的野菊花是民间生命与真情流露的自然凝结，现代都市人的敏感与脆弱需要来自民间的拯救，尽管这种拯救所显现的效果是微薄抑或是苍白的。从这个意义上说，野菊花可被视为电影创作者寄予刘高兴的救赎希望。

电影中的刘高兴除了收破烂，还有一项更加伟大的计划——造飞机，相对于这个宏伟目标，收破烂倒显得是副业了。与之呼应，原著小说中刘高兴身边的箫换成了模型飞机，飞机是逃离大地、摆脱现实羁绊的符号象征，象征了刘高兴脱离农村的狂喜。与飞机相比，原著小说中与刘高兴时时相伴的箫则代表了刘高兴绵绵不断的乡愁。电影创作者试图切断其与乡土的联系，从而将其塑造成一名乐观、执着的奋斗者。相对于刘高兴的细节改造，五富两次一片狼藉的呕吐场景则暗示了进城农民对城市文明的威胁。甚至当五富再次复活也是以呕吐为标识的，这暗示了农民本性的不可改变。似乎这样的改造还远不足以消弭城乡间高耸的壁垒，电影相对于原著对环境的改造也就显得顺理成章了，原著中有着大量初到西安以及收破烂场景与环境的描写，而在电影中，社会环境交代简单，确切地说是人物关系单纯化，原著中有这样一段关于吃饭的描述：

> 这顿饭吃得不错。老板问：可口不？我说：啥都好，就是豆腐差点……老板说：那你在家吃豆腐跑到城里来干啥?! 我本来好心好意给他提建议的，他却不善良……①

---

① 贾平凹. 高兴 [M]. 北京：作家出版社，2007：64-65.

对比影片中的同一场吃饭场景，老板热情洋溢地招待两位客人，伴随着本地方言说唱组合黑煞乐队节奏强劲的背景音乐《陕西美食》，五富一番狼吞虎咽，饭桌上盘碗堆叠，镜头转换，摄像机摇过"西羊市"硕大的牌匾，五富不断的饱嗝与街道两旁各式的本地小吃相映成趣，呈现出浓郁的地方特色，可就是少了将主人公置于其中、生活于其中的生活厚重感，两人倒显得来西安不是打工的，更像是旅游的。同样，电影中农民进城之初，扑面而来的高楼，节奏强烈的说唱音乐，快速切换的画面，像极了一部城市宣传片。

作为一部底层电影，《高兴》基本能够如实反映底层生活，但对通俗文化的过于借重与妥协使电影流于新奇形式，相较于原作，其思想深度受到极大削减。尼尔·波兹曼说："人们感到痛苦的不是他们用笑声代替了思考，而是他们不知道自己为什么笑以及为什么不再思考。"[1] 当然，底层叙事并非要原生态地记录底层生活事实，面对需要借助主流话语来确认其"自主性"，因而不能自我言说的底层群体，是否站在底层立场，以底层生活为基础，以底层价值为诉求，考验着学者底层表述的良知。

载《长江丛刊·理论研究》2016 年第 11 期

批评实践二

浅说影视节目中"萌风"盛行现象

随着"卖萌""桃花潭水深千尺，感觉自己萌萌哒；人生得意须尽欢，感觉自己萌萌哒……"等"萌"系网络热词爆红网络，萌文化以其独特的魅力走入潮流前列。作为一种流行文化，"萌文化"传达的是一种简单、幽默、轻松的心理体验，而这正为生活在快节奏高压力下的人们提供了一个释放压力的出口。这种内在社会心理的诉求，也催生了影视节目中对"萌风"的追捧。这表现为电视综艺节目中系列亲子类真人秀节目的盛行，如湖南卫视的《爸爸去哪儿》《一年级》、浙江卫视的《人生第一次》、深圳卫视的《饭没了秀》

---

① 波兹曼．娱乐至死［M］．章艳，译．桂林：广西师范大学出版社，2009：138.

等，而电影《超能陆战队》《愤怒的小鸟》和"小黄人"系列更是萌遍全球。影视节目"萌风"盛行，最根本的原因在于其内在的价值追求。

一、萌的价值诉求之一：真——童稚、纯真

无论是剪刀手、嘟嘴等萌行为，还是"萌萌哒""酱紫"这些"萌系"词语，我们都能感受到藏在这些语言和行为背后的童年的纯真。丰子恺先生曾说："艺术和美往往就蕴含在孩子的童稚活动中。"由此，"萌文化"就被渲染了一层艺术的色彩，具有了审美意味。人们常说"童言无忌"，成年人在层层社会规范的包裹之下，已经忘记了如何表达自己的真实想法，而小孩子却可以直言直语、无所忌讳，能够把自己的感情真实地表达出来，所以回归这种"真"成为现代人的一种向往。萌文化的魅力之一也在于呼吁人们回归纯真的童心。再者，激烈的社会竞争，也导致人们普遍存在"拒绝成长"的心态，这种心态实质上是成人对现实快节奏生活的逃避。"'萌化'的儿童作为一种理想化的存在，映射着成人所渴望的道德尺度，在满足受众'审美期待'的同时，也使自身缺失的情感得以寄托。"①

当下各大卫视流行的亲子类综艺节目正是源于消费者的此种心理。亲子类综艺节目《爸爸回来了》中的甜馨，她会在爸爸做饭做得一塌糊涂时吐槽爸爸："爸爸笨蛋！"会在别人说她皮肤黑时，傲娇地说："我们白着呢！"《闪亮的爸爸》中，小男孩武艺博听到院子里有动静时，就忍不住出门去一看究竟，怕被爸爸发现没有睡觉，回来时还不忘把门关上。当他看到爸爸给自己拍的照片不够帅时，会说："太丑了，都丑哭了。"《爸爸回来了》《闪亮的爸爸》播出之后，在爱奇艺、搜狐、优酷、乐视等各大视频网站的播放量均过千万，点击量过亿，收视率一路飙升。他们除了在节目中表现出幽默、搞笑、轻松的一面外，还传达出浓浓的温情，体现出纯粹的、童稚的美以及人性的本真。儿童天真可爱，毫不矫揉造作，正如李贽的《童心说》："夫童心者，绝假纯真，最初一念之本心也。""萌文化"所带来的纯真、无邪、轻松、温暖的意义，在潜移默化地改变着人们的审美及价值观念，有助于人们卸下工作、生活以及心理的重担，重温童真年代的种种乐趣，成为人们建立人际关系、缓解心理压力、解放心灵束缚的精神诉求、文化诉求。因而，"萌文化"

---

① 马晓妍. 真人秀节目中的儿童形象研究［D］. 济南：山东师范大学，2015.

成为一种时尚，也就不足为奇了。

二、萌的价值诉求之二：善、爱与美

情感源自对善恶的判断，萌形象之所以能被大众接受，还与其传达的善与爱的诉求有关。我们纵观近些年来被大众接受的影视剧，那些成为最新"萌宠"的卡通形象，集中体现了"萌"的另一重属性——善与美。

比如，《捉妖记》中呆萌的小妖王胡巴。胡巴虽然是妖怪，却并不可怕，他除了拥有可爱的萝卜似的外表，还有令人怜惜的身世。天生妖性让他吸血为食，后天的人性又促使他改食素。这一切决定了胡巴是"善"的代表，他在与宋天荫和霍小岚的相处中产生的亲情都为塑造这个乱入人间的小妖王的形象增添了萌点。作为正义一方的胡巴，它的遭遇时时刻刻都牵动着观众的心，它的悲伤就是观众的悲伤，它开心，观众也是愉悦的。它在向人们展现正义的同时，也使人们的向善之心在它身上得到认同。迪士尼动画《超能陆战队》自播出后，大白热就席卷了全球。大白从被制造出来，到来到小宏的身边，一直温暖着这个男孩，带小宏走出失去亲人的伤痛，陪伴着他成长。作为拯救世界的英雄，他是霸道总裁范，作为健康顾问，呆萌是他的常态，他可谓年度最佳暖男。这样的大白，活脱脱就是"爱"的化身。这样的电影传达出的正是"善"和"爱"的力量。

人们对影视节目中的萌化形象的喜爱与追捧，还与这些形象自身自然、完美的演绎方式有关，亲子类节目的拍摄都是以真人秀、跟踪式的方式进行的，人物自我的演绎自然、流畅、不做作，影视节目作为视觉艺术，人物的外形也都基于观众的审美意趣，对形象呈现的具体场景也做了审美思考。电影《超能陆战队》、"小黄人"系列中的"萌"形象虽然在外形上做了夸张性的处理，但是人物本身的呈现符合观众对审美对象的基本要求——和谐、完整、适度。因此，影视节目中"萌风"的呈现必然符合美的规律。"好的影视作品其绚丽的视觉效果、丰富的信息资源、深厚的文化底蕴足以激起观者的审美感受，观者继而会突破自我的局限，树立起与作品相应的审美观念，也就是说构建了新的文化心理。"①

当然，影视节目中对当下"萌"文化的迎合，除了以上所提到的卡通形

---

① 宫科. 影视艺术作品的美学意蕴［J］. 电影文学，2011（19）：25.

象、儿童形象的精心设计与呈现，还表现在成人形象设计的萌化、萌语言的运用等方面。这些被"萌"化了的形象之所以备受观众喜欢与认可，与其所传达的内在价值取向是分不开的。

第七章

审美批评：理论与实践

审美批评是批评者在对文学作品审美体验的基础上进行美的分析，从审美的角度来评价文学作品的一种批评方法。审美批评的宗旨就是"把文学产生审美感受的作用视为作品功能的首要目的，既特别强调文学作品的特性和价值皆在审美，又特别注重探求文学审美创造和审美鉴赏的艺术规律"①。审美批评是文学批评中的一种古老又久盛不衰的批评方式，是批评者在审美的立场上，对文学作品进行审美化的感受、分析与研究的活动，其对作品的分析主要包括作品的形象、意象、语言、结构、氛围、方法技巧等所形成的审美特征。

第一节　审美批评理论的发展

一、中国审美批评理论的产生与发展

中国古代对文学的审美特性的认识相对滞后，先秦时期，文艺首要的功能，更多的是其外部的政教伦理功能，人们对文艺内部审美功能的自觉认识是从魏晋时期开始的。关于文学的审美属性，我们不妨从"文""文学""文章"这三个概念在中国古代的发展来进行了解。许慎的《说文解字》中有"文，错画也，象交文"。"文"是指由线条交错而形成的一种带有修饰性的形式。后来，"文"泛指参差错综的色彩及事物，《礼记·乐记》认为"五色成文"，这都说明了文与形式之美有关联。"文章"在战国后期出现，指按照

---

① 凌晨光. 当代文学批评学 ［M］. 济南：山东大学出版社，2001：320.

一定要求章法组织成篇的书面文辞。先秦时，"文学"一语泛指学问、文教、文化修养等。战国中后期，文学之"文""文章"含义加深，文学观念开始从学术向辞章转化。"文学"一词本身包含了对作品语言辞章的要求，这种文学观念是一种审美的文学概念。孔子时代，他对文章就提出了美的要求，孔子有言曰："言之无文，行之不远。"他肯定了言辞不"文"，即没有美的艺术形式，就不能获得很好的传播。孔子提出"文质彬彬"，运用在文学批评理论上即对文学作品与内容形式有统一的要求。总体来看，先秦时期，孔子虽然已经注意到了文学自身的审美特性，但是对文学作品的关注还是放在伦理批评之下的，因而孔子又有"尽善尽美"说。魏晋六朝时期，文学获得了自身独立的地位，文学批评也随之有了独立的发展。此时期，文学观念进一步向着审美方面发展，出现了相当自觉的审美批评的要求。陆机在《文赋》中提出了"诗缘情而绮靡"的诗歌理论，认为诗歌创作既要表达情感又要实现形式美。《文赋》中，有"其会意也尚巧，其遣言也贵妍。暨音声之迭代，若五色之相宣"等相关的阐释，陆机进一步讨论了作品形式美的诸多要素，如结构、音韵、辞藻等，特别强调音律、节奏在诗歌创作中的重要性。这成为后来沈约"声律论"的先声，中国古代的重形式美的审美批评由此不断发展。审美批评往往联系作品对读者产生的美感程度的强弱与久暂来品评其高下得失，具有赏析评价的性质，这种批评，在我国称为"品"或"悟"，因而在中国古代对诗歌作品的分析评论性术语有"妙悟""滋味"等强调对文学作品审美韵味反复品咂的词语。一部作品、一首诗有没有较高的艺术成就，就要看其表情达意、状物摹景是否有滋味、有神韵、有意境、有意味。其既要"状难写之景如在目前"，又要"含不尽之意见于言外"，还要"羚羊挂角，无迹可求"。总之，审美批评要求作品满足人们的审美兴味与审美需求，读者能够"披文"入情。魏晋以来，钟嵘的"滋味"说，司空图的《二十四诗品》，严羽的"妙悟"说、"兴趣"说，到王士禛的"神韵"说，再到王国维的"境界"说，大致主张审美批评，也实践了这种批评，推动了文学审美批评的发展。进入现代，审美批评经过王国维的倡导，经由朱光潜、李健吾等人的发展得以正式形成，他们将美视作一种独立的价值，美不再依附真或者善，这才有了审美批评的真正独立。

进入现代，朱光潜引进了克罗齐的"直觉说"，借鉴康德美学、西方现代心理学等知识，形成了以强调文学的审美性与独立性为核心的批评观。他指出审美态度是以一种非实用的态度进行文学批评，"要见出事物本身的美，我们一定要从实用世界跳开，以'无所为而为'的精神欣赏它们本身的形象"①。朱光潜认为文以载道说、文学工具说、极端的写实主义之所以失败，关键就在于其丧失了文学与人生之间的距离，忽视文学自身独立的审美属性。李健吾的文学批评多是从自身审美感受入手的，通过审美批评实践坚持审美批评论，他成为中国现代文学批评史上著名的文学批评家。

二、西方审美批评理论的发展

西方由于美学思潮纷繁，美学流派众多，对美是什么的回答各式各样，因而审美批评实际上很难找到像中国审美批评中那些较为普遍而共同的术语，如"滋味""神韵""妙悟"等。西方的美学批评都是按照自己的美学或文学的主张而定的。西方关于文学与美的关系认识极早，古希腊时期的德谟克利特指出："一位诗人以热情并在神圣灵感之下所做的一切诗句，当然是美的。"② 亚里士多德运用其"四因说"从模仿的角度分析悲剧创作，认为艺术家在模仿自然时，自然是材料因，作品的形式是形式因，艺术家是创造因，三者合一，才能够产生艺术品。其中，他所谈到的形式因，正是作品区别于自然的特征所在，这种特征是美的。他指出："美与不美，艺术作品与现实事物，分别就在于美的东西和艺术作品里，原来零散的因素结合为一体。"③ 从亚里士多德开始，西方审美批评着眼于作品的"和谐"。

到了 18 世纪的德国，康德完成了美与非美的区别研究，开辟了审美主义的新潮，形成了明确的审美批评传统。康德的审美判断理论是他美学理论的核心部分。在美的分析论中，康德通过质、量、关系、模态这四方面对美进行了系统的分析，提出了著名的审美鉴赏判断的四契机理论，揭示了审美判断的独特性。首先，从质的角度看，审美判断是一种不涉利害感的超功利的判断。康德认为在对象中见到美，就无须对它有什么概念。花卉、自由的图案画，以及没有目的地交织在一起的线条都没有意义，不依存明确的概念，但仍产生快感。所以，康德指出"一个审美判断，只要掺杂了丝毫的厉害计

---

① 朱光潜. 当局者迷、旁观者清 [M]//朱光潜文集：第二卷. 合肥：安徽教育出版社，1987：15.
② 伍蠡甫，蒋孔阳. 西方文论选：上卷 [M]. 上海：上海译文出版社，1979：4.
③ 朱光潜. 西方美学史：上卷 [M]. 北京：人民文学出版社，1979：77-78.

较，就会是很偏私的，而不是单纯的审美判断"①。其次，从量的角度看，审美判断不涉及普通的概念而能够普遍地使人愉快。原因在于，审美判断虽然都是单称判断，它关涉的只是对象在主体心中所引起的感觉，但因为审美判断建立在主体情意不涉及利害关系这一人类共同点上，一个人的审美快感，也就成为人人的审美快感。所以，"审美判断虽只关注个人对个别对象的感觉，却仍然可假定为带有普遍性"。再次，从关系上看，审美判断没有明确的目的却又符合目的性。合目的性是康德美学中的一个重要概念，而作为先验的判断力的合目的性原理，它是康德美学的核心所在。康德认为如果存在一个对象合目的的形式，并且这个形式满足人们通过知性对对象的理解，同时又不能在知性范畴中为这个对象所显现的表象找到一个目的的话，那么它就是美的。合目的性有两种形式：客观合目的性、主观合目的性。从客观合目的性的角度看，鉴赏判断是没有目的的，之所以从客观合目的性的角度看，鉴赏判断没有目的是因为两方面的影响，即外在的目的和内在的目的。外在的目的是一件事物的有用性，但是鉴赏判断和现实利害与道德上的善都没有关系，因此鉴赏判断没有外在的目的；内在的目的是指一件事物的完满性，完满性要求事物符合概念的要求，而康德认为鉴赏判断与概念无关，鉴赏判断不具有完满性，因此也就没有内在目的。从主观合目的性的角度看，鉴赏判断具有目的性，并且它是一种形式上的合目的性，即对象的形式适合于"主体的想象与知解力"的自由活动与和谐运作，它获取了事物本身固有的美。最后，从模态的角度看，审美判断不依赖既有概念而产生必然的愉悦感。这种愉悦感是人们面对美的对象时必然产生的审美愉悦，这种愉悦建立在人人都有的"共通感"的前提下，人们对美的事物进行鉴赏时，就不是一种私人的感情，而是一种"共识"，一种共同的感情。因而，康德认为审美是一种无利害、非概念的活动中产生的具有主观合目的性的审美愉悦活动。

18世纪兴起的浪漫主义文学思潮主张"美丑对照法"，宣扬创作激情。黑格尔主张对艺术作品要看其是否体现了"理念的感性显现"。到了西方近代，随着唯美主义思潮的兴起，审美批评建立了它的最高权威。康德的"纯粹美"与"审美无功利"理论为这一思潮奠定了理论基础。英国批评家斯温伯格指出："首先是艺术至上，继而我们可以设想对艺术的所有其他附带要

---

① 康德. 判断力批判：上卷［M］. 邓晓芒，译. 北京：人民出版社，2002：41.

求，但是有人如果抱着道德旨趣着手艺术作品，那么就连道德旨趣也应加以消除。"① 另一位英国批评家布拉德雷提出了"为诗而诗"的主张，在他看来，诗所创造的经验属于人类的想象领域，它离开现实世界而活跃在想象世界中，任何将其拉向现实世界的举动，都会破坏诗的纯洁。王尔德是唯美主义思潮重要的代表人，他主张"为艺术而艺术"，并认为艺术的真正目的就是讲述美而不是真的事物的故事。他指出："艺术除了表现自身之外，不表现任何东西。"② 王尔德认为艺术以追求"形式"之美为目标，艺术是与道德无关的。唯美主义理论中重视艺术本身，重视形式，重视纯美，强调艺术创作不应仅仅依赖模仿现实，不应把艺术与道德、理性、功利捆绑，而应做出自己主观心灵的独特创造等。从文艺理论的发展上，唯美主义理论将艺术家与批评家、理论家从对艺术外部因素的关心引导到对艺术内部因素的关心。因此，唯美主义的诞生，在一定意义上标识了"文学艺术自觉时代"的到来。唯美主义所提出的许多理论观点，对文艺创作与文学批评产生了重要的意义和影响，在唯美主义思潮的影响下，审美批评成为西方 19 世纪重要的批评方法之一。

审美批评无论在东方还是西方都是广泛存在的，并且也在各种批评模式中不同程度地体现出来，审美批评将艺术自身或艺术内部视为一种价值加以推崇，这种价值就是人类的审美价值。中西方文学批评的发展过程中，审美批评与其他批评模式伴生，在西方唯美主义思潮影响下，审美批评作为独立的批评模式取得一定的成就，虽然对其争议颇多，然而在今天，审美批评依然作为常用批评方法被广泛运用。在其发展过程中，它不断吸纳其他批评模式的合理因素，逐渐克服自身的封闭性，它不仅在一般的意义上关注美、美感，还注重对审美的社会性和历史性问题的分析研究，并且关注具体的社会历史生活本身，自觉地把社会历史生活作为审视、评价作品的参照物，作为和作家、读者交流对话的一种语境。换言之，审美批评也是开放的，它尤为关注自身批评视野的拓展，注重在审美观照的基础上把握文学形式因素中的理性意蕴，反对将审美孤立化，即倡导和强调在审美与社会、历史之间展开积极"对话"。

---

① 转引自韦勒克. 近代文学批评史：第 4 卷［M］. 杨自伍，译. 上海：上海译文出版社，1997：342.
② 王尔德. 谎言的衰朽［M］//王尔德. 王尔德全集：第 4 册. 杨东霞，杨烈，等译. 北京：中国文学出版社，2000：356.

第二节　审美批评的实践操作

审美批评可分为感受批评与理性批评两种，广义的印象式批评可以视为感受批评，在这里我们重点讨论审美批评的理性批评。审美批评的理性批评是通过研究文学创作中的美的规律，对作品整体进行评价、剖析，提出形式的美在什么程度上体现了思想的真实性，思想的真实性又在什么程度上助成形式的美，并按照美的规律和要求评定作品。审美批评有别于研究人类集合意识为主的历史批评，而采用洞察幽微的高强度分辨力，去体察艺术的精细入微处，丝丝入扣地将其情丝意线抉拨出来。审美批评在辅助完成读者审美过程的同时，也能够端正他们的审美趣味，磨锐其艺术感受力，提高其审美能力。

一、审美批评对批评主体批评素养的要求

审美批评要求批评家以正确的美学观点为指导，遵循艺术的审美特点和创作的审美规律，精通艺术美的构成法则和审美经验的心理结构，总之需要具有一定的美学理论素养和对作品进行美学分析的能力。同时，它还要求批评者对具体作品的艺术形象和艺术美具有敏锐的感受力和鉴赏力，能够对作为审美对象的具体作品有深切的审美感受、体验，并产生独特的审美经验。以上两方面，美学理论素养和审美感受能力、美学分析和审美经验，都是进行审美批评不可缺少的支撑。感想式的批评缺乏坚实的理论支持和深刻的美学分析，学理化的批评缺乏对具体作品深入的审美体验和独特的审美感悟，这两者都不符合审美批评的要求，从而极大地制约了审美批评的水平和质量的提高。

文学批评需要以文艺欣赏为基础。审美主体对作为审美对象的具体的审美经验是进行审美分析和判断的前提。批评主体没有对作品的审美体验，没有被艺术形象引起审美的感动和愉悦，是很难对作品做出准确的审美判断和评价的。鲁迅在《诗歌之敌》一文中说："诗歌不能凭仗了哲学和智力来认识，所以感情已经冰结的思想家，即对于诗人往往有谬误的判断和隔膜的揶揄。"他讲的正是以感情为核心的审美体验对审美判断的重要性。

作品欣赏的审美经验固然是审美批评的基础，但文艺欣赏和审美学批评

以及审美经验和美学分析并不能等同。文艺欣赏的审美经验是感受审美对象的心理体验，是感知的理解和理解的感知的形象思维活动。在审美经验中，审美主体调动自己的人生经验、情感想象、审美趣味等参与对艺术形象的体验，必然会形成一定的主观性和差异性。文艺批评则不能仅仅依靠感性和直觉，不能局限于形象思维，它主要是依靠理性和概念的抽象思维。别林斯基说："进行批评——这就意味着要在局部现象中探寻和揭露现象所据以显现的普遍的理性法则，并断定局部现象与其理想典范之间的生动的、有机的相互关系的程度。"① 这只有通过理性和抽象思维才能达到。如果说，欣赏的审美经验只是让人感受到美丑与好坏，获得感动和愉悦；那么批评则要回答作品的美丑、好坏的道理究竟何在？让人感动和愉悦的原因究竟是什么？在这个意义上，"批评是哲学的认识"。再者，欣赏者的审美经验可以因个人审美爱好不同而带有主观的差异，但是对作品的美学分析和审美评价却必须根据艺术作品本身具有的审美特质和价值，要符合作品的客观实际。

批评者对作品进行审美分析的准确、深刻和新颖程度决定着审美批评的质量和水平，这是审美批评的关键所在。准确而深入地把握和揭示艺术作品的审美特质和艺术形象的审美特点，发掘它们所具有的独特的审美价值，是审美分析的目标和追求。无论是对作品审美意境、人物形象的分析，还是对作品结构、语言、手法的分析，乃至对作品创作方法、艺术风格的分析等，批评者都需要从整体上着眼它们的独特性和创新性。尤其是对创作中出现的与时俱进、具有时代特征的审美趋向，批评者更应及时发现并做出理论阐明。在这方面，别林斯基对俄国 19 世纪新出现的现实主义小说所做的美学分析，堪称审美批评的典范。在《论俄国中篇小说和果戈理君的中篇小说》中，别林斯基用"从平凡的生活中汲取诗意，用对生活的真实描绘来震撼心灵""被悲哀和忧郁之感所压倒的喜剧性兴奋"等来概括和分析果戈理小说的美学特点，充分肯定了果戈理所代表的现实主义创作倾向，令俄国文坛耳目一新。新时期以来，我们的文艺批评对作家作品的审美分析有了很大的进展，对一些作家作品美学特色的开掘也取得了一定的成绩，但像别林斯基那样对作家作品做出准确、深刻而又富于独创性的美学分析的批评不多见。批评要对创

---

① 别林斯基. 别林斯基选集：第三卷［M］. 满涛，译. 上海：上海译文出版社，1980：574.

作产生重大影响和作用，必须在这方面有新的突破。

二、审美批评的实际操作

对文学作品进行审美批评，其着眼点在于文学作品本身的审美性。文学作品的审美性常常表现在作品的艺术独创性、作家情感的真挚性、作品整体的完美与和谐的丰富性和作品的真实性四方面，从这四方面入手，审美批评不易流于浮泛与陷入臆测。

（一）文学作品的艺术独创性

文学作品具有与其他作品相较而来的个别性，具有独属自己的艺术风貌，可以吸引读者。作家对社会生活本质独特的发现与在艺术创作上独有的艺术创作能力，使作品具有独创性。作家反映在作品中独有的审美经验，形成了作品独有的风格特色。缺少独创性的作品是没有生命力的，优秀的文艺作品总能够面对瞬息万变的社会生活，及时捕捉新的审美情趣，提供新的精神信息，从而使读者不断获得新的审美体验，满足读者多样的审美需要。另外，具有独创性的文艺作品，无论是主题构思还是创作手法与技巧都是作家匠心所在，积淀了作家的创造性劳动。读者在阅读作品过程中，会被作家惊人的智慧与非凡的才华折服，从而产生一种满足的审美愉悦感。古今中外优秀的文学作品，其作者都是从特殊角度发现和选取生活的，转而作为题材创造特殊性作品。这是优秀文学作品产生的前提条件。优秀的作家总能以独特的眼光去审视生活，并善于从历史潮流中汲取心灵的感动，对形象的特殊意义进行展示。作家所面对的历史是与他人共同的历史，但他能看到和写出别人看不到也写不出来的东西，有自己独特的思想表现。唐代天宝年间发生的"安史之乱"，李白和杜甫都是直接经历者，他们的诗作有不少是写这个动乱的社会的。李白在《北上行》《赠张相镐》《南奔书怀》和"古风"中揭露胡兵杀掠，抒发的是抗敌壮心，豪情感慨。杜甫则以"三吏""三别"之作描写悲怆战乱中的人民的各种不幸，成为时代的"诗史"。文学的独创性是文学审美价值的保证，也是作品生命力的决定性条件。作品的独创性主要是通过艺术形象来呈现的，它的最高成就是塑造典型或意境。文学艺术离不开形象，虽说读者与作品的审美联系主要呈现为情感联系，但人的情感必须通过鲜明生动的形象诱导、生发出来，只有栩栩如生、具体个别的形象，才能撞开读者情感的闸门，带给读者审美愉悦的满足。同时，作品的形象并非消极地接受内容，它本身就是作家审美情感积极表现的产物，并反过来促进审美情感的积极表现。特别是鲜明、生动的典型形象，它能以真切而富有生气的形象特征，触动审美者的生活积累，调动审美者的想象力，从而引起读者强烈的情感共鸣，因此能否创作出生动鲜明的艺术典型就成了作品成败的关键。艺术典型来自生活，文学作家不贴近生活，不贴近时代现实，创造不出有独创性的优秀作品。对生活只知现象层面的被动反映，不做深度思考与挖掘，不做创作手法与技巧的尝试与创新的作家，也创作不出具有典型意义、具有较高审美价值的作品。在这里值得指出的是，作品的独创性并不意味着作品毫无意义地追逐怪异、涉险猎奇，文艺作品的独创性来自作家成熟的写作风格与匠心独具的创作手法。它带给读者的是具有蕴藉属性的审美惊异感与咀嚼不尽的阅读余味，这就意味着创作者要有精妙的构思与精细的打磨，而不是在主题和技巧上进行猎奇与表现浮夸。

（二）作家情感的真挚性

作家情感在作品中的自然流露是文学作品动人的根本原因。在审美活动中，最活跃的因素莫过于情感，它是张开各个审美主体想象翅膀的动力，是进一步引导审美主体在理解文本内容的同时步入艺术世界的向导。情感交流之间融洽、和谐的气氛直接影响审美预期效果的完成。这种情感的和谐美的创造主要源于创造者本身。作为在文学中居于主导地位的文本，其作用主要在于对主体情绪的感染，通过它来刺激、调动读者的心理活动，使读者最终在思想高度集中、精神完全放松间达到一种情感的和谐美。中国古代诗论家之所以强调情感真实，是因为只有表现了真情实感的作品才会打动人，才会被人们喜爱。早在先秦时期，人们就已经认识到了情感真挚才能打动人心的道理。《庄子·渔父》载："孔子愀然曰：'请问何谓真？'客曰：'真者，精诚之至也。不精不诚，不能动人。故强哭者虽悲不哀，强怒者虽严不威，强亲者虽乐不和。'"东汉王充在《论衡·超奇》中说："精诚由衷，故其文语感动人深。"这都在强调只有情感真挚才能感动人这一道理。六朝以下，诗论家们对此更是不遗余力地反复论说，如提倡"为情而造文"，反对"为文而造情"（刘勰）；主张"诗者，吟咏情性也"，反对"以议论为诗""以才学为诗"（严羽）；标举"绝假纯真"之"童心"，反对"假人"与"假言"（李贽）；倡导"真人""真声""真性灵"，反对"无病呻吟"（袁宏道）；等等。文学作品是人类表"情"的产物，而这种情感不是一般情感的自然宣泄，而是来自作家对社会生活的深刻感受、体验和对生活本质的把握。人们的审美情感往往由道德、理智激发而起并伴随着道德、理智的内容一起被物化在作品中，当道德、理智对内容博大精深而又被赋予和谐的形式表现在作品中时，读者就会在获得审美感受的同时，对这种具有深刻内容的道德、理智产生震惊而使审美感受的浓度大大增加，正如康德所说的："鉴赏因审美愉快和理智的愉快相结合而有所增益。"① 同时，我们需注意的是，文学作品中的情感不只是感性的更是理性的，审美批评关注文学作品的审美特性，其在文本分析过程中同样把研究目光放在作品的思想内容之上，但是它更重视的是思想内容如何能作为增强作品审美感染力的因素而存在，就是要求道德、理智的内容如何服从审美情感的规定与制约，并化为审美情感的一部分。一个有思想、有担当的作家在面对纷繁复杂的现实生活，并进行潜心的审美观照时，必然会对某些反映社会本质思想的东西有更加深切的体会与认知，从而产生激烈的情感震荡。作家一旦把自己的这种真挚深切的体验通过作品形象、情节、场景自然而然地流露出来，这样的作品也就自然而然地具有了真挚性的情感力量而直达读者的内心，搅动读者的灵魂。

（三）作品的真实性

作品的真实性反映在文艺作品中是生活的某种可能性与作家的生命审美体验相契合的程度，作家把自己的情感恰当地表达在文学作品中，读者根据自己的经验，形成对生活可能性理解的准确性与有效性。作品的真实描写建立在作家情感真挚的基础上，并反过来为作品情感的真挚服务。作品描写的真实是手段而不是目的，目的在于使作品的情感真挚深沉，给读者强烈的审美感受。

作品真实性的判断标准：一是来自艺术作品表达与生活的某种可能性相契合的程度，也就是说，作品在多大程度上表达了生活的必然性和偶然性；二是从作者的角度来说，生活的某种可能性与创作主体真切的人生体验和审美经验的相互契合和一致构成作品的真实性。不管是客观的真实存在，还是人在社会实践中凝聚的本质力量，抑或是诸因素的统一，这些在艺术活动中都要凝结在创作者的主观世界中，以观念、体验、情绪、感悟等形式储存下来，借助一定的因由，如灵感、文学才华、技巧等，呈现于文学作品之中。体验、审美取向、情感等不仅制约着作家的想象、虚构、夸张、变形等与形

---

① 康德. 判断力批判：上卷 [M]. 邓晓芒，译. 北京：人民出版社，2002：67.

象的孕育和创造密切相关的因素，而且制约着作家表达情感的真诚性。因此，从作品的角度来说，真实性又是艺术表达与作者表达的情感、人生体验和审美体验的相互契合。从读者的角度来说，判断文学真假的标准既不是作品所揭示的生活的某种可能性，又不是表达的情感的真诚性，亦不是艺术表现的恰切性，而是所有这一切在读者心中所形成的影响在多大程度上与读者的经验世界构成相符或相似。高相似的，便是真实的；低相似的，便似乎是真实的；不相似的，便是不真实的。读者的经验世界，又来自自己对生活的某种可能性的理解和认同。这样，判断文学的真实性的标准，就形成一个动态循环的系统。在这个系统中，最关键、具有决定性意义的是生活的某种可能性。作者不能随心所欲地对文学真实造假，读者也不能脱离来自现实生活的经验，作品必然联系着生活。世界由各种可能性构成，各因素的一切活动都要受到一定的社会历史语境的制约。

　　文学接受作为审美活动，是以接受者的审美感受为基础的，其所追求的真实，可以称为审美真实，其蕴含作品真实性的诸多视角，更强调文艺作品以艺术的方式带给读者的真知与真切的审美感受。审美真实包括作家创作的艺术真实，它又比艺术真实有更高的要求，它是历史逻辑与心理逻辑的统一，是作家正确表现生活特征和内在联系所产生的艺术形象的可信性。审美真实的提出，是要把人们客观的社会心理因素作为真实内涵予以重视。它不仅要运用生活的真实式样把握住生活的本质，还要充分考虑读者所能理解、接受的可信程度。它不反对"细节的真实""现实关系的真实"，相反它正需要利用这一切造成的真实的审美情境，带给读者强烈的审美感受。由此，在作家创作过程中，作家一方面要真实呈现社会生活的本质与内蕴，从表象，更要从本质上为作品营造真实感，另一方面需要把读者的审美需要作为观念上的内在动机，首先站在读者的立场上观照自己的作品，实现审美真实的定位。为了最大限度地造成作品的审美真实，作家首先要确定自己的审美理性，进而在此基础上调动自己的生活经验，真实地去传达自己对生活的理性认知与审美情感，并通过鲜活的艺术形象、巧妙的情节安排、精妙的语言文字最终呈现出来。这不仅需要作家具有把握生活本质内蕴的能力，还需要作家具有高超的艺术创作手法，而文学之美，正源于此。

　　（四）作品整体的完美和谐性

　　批评者从审美视角对文学作品进行分析批评，最终要指向作品整体的完美与和谐。这包括作品内容要素的内在和谐，也包括作品形式要素的精致与自然，更指向内容与形式的有机统一、共生相济。作品的完美和谐性首先体现在内容上，即主题思想的深刻性、明确性，情节安排的流畅性、合理性，形象塑造的生动性、鲜活性，等等。形式的完美和谐性则指向语言风格统一和谐，具有个体特征性，作品情节事件的安排均匀、疏密相间，具有流动、不拘涩的生命气息。作品的和谐性突出表现在作品内容与形式的统一中。优秀的文学作品，内容与形式是和谐统一、圆融一体的。马克思指出："如果形式不是内容的形式，那么它就没有任何价值。"① 不顾内容的需要，一味堆砌辞藻，专门讲究声色格律，因词害义，则"绮丽不足珍"。在中国古代文学发展过程中，不同历史时期的文学在其发展过程中都或多或少地走上过过分讲求形式而忽视作品内容的发展道路，而这部分作品也往往成为此时期艺术成就最低的作品，多数作品最终被人遗忘。同时，只关注作品写什么，而不讲究怎样写的文艺作品也往往难成经典，正如孔子所言："言之无文，行之不远。"读者阅读作品首先接触的是作品的形式、精妙的开头、引人入胜的布局、生动活泼的语言，正是这一切首先吸引了读者，从而逐步加深读者对作品内容的理解。在这里，形式是内容的形式，内容是形式的内容，两者圆融交织浑然一体，作品才有了强大的审美感染力。

第三节　审美批评实践

批评实践一

煦暖的江河
——论张二棍诗歌的美学风貌

张二棍，本名张常春，居大同，是近几年活跃在中国诗坛的优秀山西诗人。作为草根诗人，他在 2010 年开始发表诗作，之后被评为《诗歌周刊》

---

① 中共中央马克思恩格斯列宁斯大林著作编译局．马克思恩格斯全集：第 1 卷 ［M］．北京：人民出版社，1972：179.

2013 年"年度诗人"，还获得 2015 年度"陈子昂诗歌奖"，并参加了《诗刊》第 31 届青春诗会。2017 年 9 月，他受聘成为首都师范大学 2017—2018 年度驻校诗人，现为山西文学院签约作家。张二棍的诗歌作品具有特殊的审美向度与美学精神，其作为国内写诗时间不长但短期内荣获众多殊荣的诗人，也正得益于此。诗评家谭五昌这样评价张二棍的诗："晋人张二棍的诗是朴素的诗，亦是感人的诗。朴素与感人，几乎是好诗的双核，却在当下诗歌中变得越来越稀有。"① 诗评家霍俊明也说过："张二棍的诗既是朴素的也是感伤的，融合与撕裂一直在他的诗中反复拉伸……"② "朴素"源于诗人的创作态度、创作理念与作品的审美效果，"感人"源于作品内在价值取向与创作技巧，但"朴素""感人"或"感伤"毕竟太过笼统、含糊，不能厘清张二棍诗歌整体的美学样貌，因此，笔者从价值向度、修辞策略、美学风格三方面，试对此做出阐释。

一、价值向度："在世"与"超越"的悲悯之美

张二棍其人其诗有很多标签，"草根诗人""底层写作""口语诗"，他的诗歌关注与自己生活在同一时空场域的乡民，如守墓人（《守陵人》）、石匠（《黄石匠》）、木匠（《木匠书》）、哭丧人（《哭丧人说》）、留守老人（《老大娘》）等，也关注生活在城乡边际的边缘人，如疯子（《疯子》），流浪汉（《流浪汉》），洗头妹、民工（《原谅》），小偷、妓女（《小城》）。他书写他们的生，也写下他们的死（《娘说的，命》《水库的表述》《我应该怎样死》《桃李争春》）。正如诗评家谭五昌在授予张二棍《诗歌周刊》2013"年度诗人"的授奖词中所言："他的诗歌文本具有质朴、忧郁、沉痛的审美品格，字里行间充满着生命的痛感与灵魂的哀伤。"③

例如，《穿墙术》："你有没有见过一个孩子/摁着自己的头，往墙上磕/我见过。在县医院/咚，咚，咚/他母亲说，让他磕吧/似乎墙疼了/他就不疼了/

---

① 魏天无. 张二棍：在生活的深渊中写作——新世纪诗歌伦理状况考察之六 [J]. 扬子江评论，2017（6）：67.

② 霍俊明. 谁也没有做好谈论星空的准备 [M]//张二棍. 入林记. 北京：中国青年出版社，2018：7.

③ 谭五昌. 张二棍当选《诗歌周刊》2013"年度诗人"授奖词 [J]. 诗歌周刊，2014（104）：2.

似乎疼痛，可以穿墙而过/我不知道他脑袋里装着/什么病。也不知道一面墙/吸纳了多少苦痛/才变得如此苍白/就像那个背过身去的/母亲。后来，她把孩子搂住/仿佛一面颤抖的墙/伸出了手。""穿墙术"本是蒲松龄《聊斋志异》中不学无术的崂山道士学到的小把戏，诗人以此为题，故意间离了自己在诗歌文本中的情绪，然而也正因为这种间离，诗歌的阅读效果更让人痛心、酸楚。诗人截取现实生活情境中的一个片段，用冰冷苍白的墙与孩子的病痛对峙，咚、咚、咚三个拟声词的使用使这痛突兀而惊心，最后几句，冰冷的墙壁与母亲的拥抱并置，墙壁因有了人的温度而颤抖并伸出了手，整首诗在残酷中又有了几分煦暖。诗句简单通俗，生活场景真实，第三人称视角叙述与反讽意味的标题故意过滤掉了"苦难叙述"的悲情或者煽情意味，从而使作家情感的表达更加沉郁，诗歌文本以这种冷效果将文本所传达的生之痛楚渗入读者的内心。类似的作品还有很多，《一个矿工的葬礼》："现在，他死了/在葬礼上/她孤独地哭着/像极了一个，嗷嗷待哺的女儿。"母亲与女儿身份互换。《十里坡》："你看她，拖着一大包空酒瓶子/从一座垃圾山，向另一堆更高的爬/为什么，她那么不像一个孩子/却如同，一个扛着炸药，登山的壮士。"瘦弱的女孩与壮士身份互换。诗人用反讽的语调故意削弱底层生命个体的悲苦，生活情景的选取却又真实刺目，在这种张力中，生之痛楚跃然纸上。

诗人不仅关注底层生命个体的生存境遇，还以诸多的作品勾描出整个底层生命群像的苦难生存，诗歌《原谅》《咬牙》《众生旅馆》《娘说的，命》《草民》《小城》等可以说是代表。在这些文本中，底层群体对待命运柔韧而顺从，车祸、疾病、贫穷、死亡，他们流着泪默默承受这些生命中的苦难："用一生的时间，顺从着刀子/来不及流血，来不及愈合/就急着生长，用雷同的表情/一茬茬，等待。"诗人的笔触是冷峻的、审视的，又夹杂着怜悯与悲哀，正是这审视、冷峻目光之外的悲哀、怜悯激起每一位阅读者的疼痛感。由于对底层群体生存状况的关注与介入，城乡现代化发展过程中的诸多问题也被带入了诗人的作品中讨论，如环境污染、留守儿童、留守老人、打工维权、城乡冲突、伦理失守等，正因为这些对当下农村发展过程中诸多问题的呈现与暴露，张二棍也被视为现实主义写作方向的诗人。这种对现实生活的"及物"表达，摆脱了当下诗歌口语写作中现实生活细节的零散拼凑、碎片化的自我表述的弊端，有力地提高了诗歌介入生活的能力。诗评家谭五昌说："张二棍运用其最为质朴无华同时又富于功力的诗性语言，生动而又全面地书写出了在急速运行的现代化进程中，中国乡村社会与广大底层人民悲剧性的生存图景与精神面貌。"①

　　"艺术家追求的是人生的终极意义和更高的精神境界，在探究生活的本质、人生的价值、灵魂的本原和宇宙的根本的过程中实现生命的圆满。"② 张二棍的诗歌作品亦做着这样的探求。他用慈悲的目光，对生活在与自己同一时空场域的万事万物做着诗意的书写与理解，它可以是林中的一株渴望被认识的荆棘（《入林记》），也可以是能与我相拥而泣、呼出我小名的灰兔（《旷野》），它还可以是选择落在山，落在棚户区、落在垃圾堆、落在火葬场烟囱中，不嫌弃人间的太阳（《太阳落山了》）。这种理解不仅是一种"在世"的关怀，还充满了对世间万物的大体恤与大悲悯。因而，他的诗歌又是超越的、带有宗教神性光辉的，这在《在乡下，神是朴素的》中尤为凸显。诗的开场简单陈述："在我的乡下，神仙们坐在穷人的/堂屋里，接受了粗茶淡饭。"之后是生活细节的再现："有年冬天/他们围在清冷的香案上，分食着几瓣烤红薯/而我小脚的祖母，不管他们是否乐意/就端来一盆清水，擦洗每一张瓷质的脸/然后，又为我揩净乌黑的唇角。"由此诗人发出感叹："——呃，他们像是一群比我更小/更木讷的孩子，不懂得喊甜/也不懂喊冷。在乡下/神，如此朴素。"短短几句，乡下人与神以朴素的方式和谐相处的样貌得以呈现。诗中，神与孩子并置，神是简单、纯净的，甚至是木讷的，神受乡下人细微又粗糙的照料，又以自己神性的光辉在心灵上庇佑着这片乡野中的每一位乡民。神与人平等又互相关照，这里的神与《太阳落山了》的太阳的形象是相似的，它们对人间的庇护与照耀是平等的，不因世间生命的粗陋、粗鄙、粗野而有所取舍。神或者太阳包括在张二棍诗歌作品中经常出现的意象"流水""星空"，都是诗人在作品中设置的对人间苦难抚恤、体谅的神性"存在"。阅读诗人那看似克制、冷峻的作品，我们总可以在残酷中读出一丝煦暖的意味。这份煦暖正是来自诗人对生命存在善意观照的情怀，因为这份对待生命的大悲悯，诗人才能在诗歌中以"生命共同体"共情的态度，怀揣着生存中"原罪"般的苦难，带着对生命与存在的尊重与敬畏，直视生存本身，"因为苍天在上/我愿埋首人间"（《六言》），"我学会了不动声色地/埋

　　① 张二棍，花语．张二棍：以诗歌的方式拆迁底层的苦难与疼痛［EB/OL］．中国诗歌网，2016-11-09.

　　② 蒋德均．诗与思［M］．北京：大众文艺出版社，2006：19.

葬溺水的亲人。我和所有的水/没有敌意"（《默》）。这些共同构成了张二棍诗歌"感人"力量的内在质素。

二、修辞策略：冷郁叙述与悲悯情怀的"张力"美学

英美新批评重要代表人物艾伦·退特指出，"张力"是好的诗歌作品共有的特性，其后科林斯·布鲁克斯进一步指出，"诗的结构是由各种张力作用的结果，这种张力则由命题、隐喻、象征等各种手段建立起来的，统一的取得是经过戏剧性的过程，而不是一种逻辑性的过程，它代表了一种力量的均衡"①，在这里"张力"被引申为诗中一切矛盾因素和力量之间的对立与统一。张二棍诗歌整体审美力量的建构，正是在其叙述的"戏剧性过程"中对诗歌的诸种张力要素整合的结果。

张二棍诗歌通俗、简单，没有意象的刻意营建，没有象征主义诗学的隐秘、晦涩，属于典型的口语诗。口语诗歌之所以在当下诗坛大行其道，一方面有中国新诗发展过程中 20 世纪 90 年代口语写作诗潮余韵的影响，另一方面也和当下大众文化特别是网络文化发展有关。张二棍也恰恰是通过网络写作之门最终闯入诗坛的。"口语诗彻底粉碎那些远离生命，远离生态，封闭在象牙塔毫无生机的操作，使真正的生命体悟自然地流淌。"② 口语诗因为其强大的民间基因，来自生活带有体温的语言，在传达现实经验的深度和广度上确实能够更加流畅自然，这从张二棍口语诗中就可见一斑。口语诗讲求对现实生活情景的现场呈现，以叙述代替传统意义上的抒情，将经验世界直接呈现，而不加任何刻意的修辞包装。然而，这并不意味着口语诗不需要诗艺，反而口语诗更考验诗人的写诗技巧。张二棍显然是深谙此道的，他的诗歌技巧成熟，不见丝毫造作，诗艺运用自然流畅，其诗作之感人力量亦源于此。

张二棍诗歌的"张力"之美首先源于口语诗本身的诗体特性——让现象说话，现实生活细节的鲜活性首先增强了作品的真实性，也带给了读者强烈的在场感。例如，《穿墙术》中医院中的孩子因病痛撞墙的动作；《太阳落山了》中落日在任何高高建筑之后；《在乡下，神是朴素的》中农村老人生活无论如何贫寒，也总会为神设一处神龛，进行简单的祭供。这样的场景在日常

---

① 布鲁克斯. 释义谈说 [M]//赵毅衡. "新批评"文集. 北京：中国社会科学出版社，1988：200.

② 陈仲义. 现代诗：语言张力论 [M]. 武汉：长江文艺出版社，2012：245.

生活中是稀松平常的，也正因如此，这些场景一旦入诗，也更容易引起人的"共景"基础上的"共情"。诗人用自己高超的语言处理能力将读者带到情景之中，却迅速抽离，悬置自己的情感与态度。张二棍多数底层写作向度的作品多以第三人称视角切入叙述，这使作者叙述过程中旁观者的语调与对现实真实场景呈现的真诚态度两者之间的反差形成了巨大的张力，使张二棍许多勾描底层生活苦难的作品散发着残酷与痛楚的诗意。

　　张二棍诗歌冷郁叙述态度的传达除了第三人称叙述视角中刻意的情感节制，还通过反讽、悖论等解构性修辞手法来实现。张二棍诗歌中存在大量的反讽、悖论式修辞（前文部分篇幅对此已有论述），它们有的依靠诗歌词句本身词义与句义与诗歌所指的背离来传达，有的依靠诗句上下文语境中语义的互相悖反来传达，有的则依靠诗人叙述语调与诗歌内容呈现之间情感的不一致性来传达。《一个矿工的葬礼》中，诗歌开篇第一句"早就该死了/可是撑到现在，才死"，很明显"早就该死了""现在才死"并不是诗人自己对矿工死亡的态度，而是模拟矿工身边看客的口吻来说的，正是这样的陈述语句让诗人早早从诗中抽离出来，让矿工的死更显突兀、悲凉。《默》中"这生机勃勃的村庄"是对下一句出现的"这沉默入迷的人们"的反讽。《太阳落山了》中对人间从不挑三拣四的太阳是对同一叙述情景中出现的棚户区、垃圾堆、火葬场的反讽。特别是在《一个人的阅兵式》中，诗人将冷郁叙述中反讽而来的张力之美展现得淋漓尽致。"辛苦了，松鼠先生。辛苦了，野猪小姐……/辛苦了，琥珀里的昆虫，雕像上的耶稣/辛苦了，我的十万个法身，和我未长出的一片羽毛/辛苦，十万颗洁净的露珠，和大地尽头/那一片，被污染的愤怒的海/辛苦了，一首诗的结尾/——来不及完成的抒情，以及被用光的批判/辛苦了，读完这首几经修改的诗/稍息，立正/请您解散它！"诗歌中，诗人以动物寓言的形式，创设出一个虚拟的阅兵仪式，而被抒情主人公"我"检阅的是诸多在人类文明发展过程中被借用和践踏的万物，如弱小的动物、纯净的露珠、污染了的海以及"耶稣"这个文明符号，还包括诗人那应对这个光怪陆离世界的"十万个法身"以及抒情和批判都显得无力的这首诗歌本身，全诗以反讽的语调对人类文明发展过程中对万物的戕害与碾压，包括对人类自我的异化，提出了疑问与批判。然而细读本诗，我们会发现诗人批判的情绪有一个发展变化的过程，由平和到渐渐增强的悲愤到结尾的无奈和情感的自我解构。这样表达情感的过程使张二棍的诗歌超越了一般的呼号性的批判性文章，更具沉郁之美。诗歌尾句对读者发出：稍息，立正/请您解散它！从文本之内的斑驳、宏大寓言世界走向文本之外诗歌文本的自我解构，诗人用共情、体谅的目光对万物，包括你我做出"辛苦了"的致谢，进行了情感的表达。这种大悲悯的情怀在诗人冷郁、克制的陈述与抒情中更显绵延、动人。另外，本首诗的题目《一个人的阅兵式》和文本末的"请您解散它！"（张二棍诗歌的末句很少加标点，叹号的使用显示出了诗人吁求读者"解散"它的坚定性，实则这是一种书写意义的自我否定），这些信息自我解构的反讽意味，又构建出了一个孤独、自我怀疑、对自我书写充满焦虑的诗人形象，这都使本首诗产生了巨大的审美张力。

评论家张清华曾以"温柔的反讽"① 来指称张二棍的诗歌风貌，亦是肯定了张二棍诗歌中的"张力"美学，温柔指向其作品中的悲悯情怀，反讽指向他诗歌冷峻的批判立场。"朴素、纯粹、隐忍、悲悯、痛彻、虔敬、荒芜、冷彻、向下、沉入，这是张二棍的精神态度和诗歌质地"②，在张二棍诗歌中，叙述的冷与精神向度的暖共融。

三、美学风格：质朴、干净、有力的精简之美

张二棍的诗歌是质朴的、干净的、有力的，追求精简之美。这种精简首先体现在其诗歌的体式上，其作品大多是短诗的体式，而这些短诗又多由短句构成。他虽然也有个别长诗如《水库的表述》《敖汉牧场·羔羊·雪》等，但这些长诗也多由具有一定关联性的短体组合而成，称其为组诗更为合适。短制的体量以及短句的跳跃感容易在诗歌阅读过程中给人轻盈与灵动的视觉感受，也更容易在较短时间聚集诗意力量，对诗歌审美效力进行瞬间传达。《我已经和这个世界格格不入了》，全诗加上标题共 31 字，仅有两行："哪怕一个人躺在床上/蒙着脸，也有奔波之苦。"短短两行，诗句间、诗句与诗的题目之间现出多种歧义，躺在床上与奔波之苦、蒙着脸与奔波之苦、格格不入与奔波之苦，不到 30 个字，语义与语义的互相冲突、抵牾，人生在世的个中滋味从字句间幽幽而来。唐代司空图《二十四诗品》中有"浅深聚散，万

---

① 诗意呈现现实：张二棍诗歌作品研讨会（发言选编）［N］. 忻州日报，2017-06-11（4）.

② 霍俊明. 谁也没有做好谈论星空的准备［M］//张二棍. 入林记. 北京：中国青年出版社，2018：3.

取一收""不著一字，尽得风流"之说，刘勰在《文心雕龙》中也提出"析辞尚简"的为文主张，认为"以少总多，情貌无遗矣"，中国古人倡导在语言运用上的精简之法，以有限的语言所提供的"实"，去实现审美效果无限的弥漫。张二棍诗歌创作亦遵循此道，只不过他化文人诗句中字词本身，以通感、比喻、含混等修辞手段的蕴藉、唯美为口语诗的直白、通俗，运用来自生活大地带有人体温度的语言去实现"情貌无遗"。当下诗坛对口语诗的态度是褒贬不一的，口语诗的"原罪"之一就是诗歌含蓄、蕴藉味道的丧失，然而张二棍的诗歌证明了优秀的口语诗依然可以具有含蓄、蕴藉的诗味。

　　张二棍诗歌的精简之美除了表现在带给人轻盈、灵动的视觉空间效果的短制、短句上，还表现为诗人提取生活经验的"万取一收"的精准与力度。张二棍指出"我们要避免向语言献媚，要努力向生活致敬"①。诗人虔诚的写作态度使其诗歌创作有着自觉的节制意识，一是对情感的节制，二是对语言的节制，而对情感的节制也正是通过对语言的节制实现的。这种节制意识，使张二棍在诗歌创作中，用词精准，字句处处落到实处。比如，《黄石匠》："他祖传的手艺/无非是，把一尊佛/从石头中/救出来/给他磕头，也无非是，把一个人/囚进石头里/也给他磕头。"本诗共 7 句，依然是短制，字句干净，没有任何对名词或动词多余的修饰，全诗仅凭两个动词"救""囚"以及"给他磕头"的重复，构建出诗的意旨。诗人以石匠的工作为视点，以石匠雕刻佛像与石匠制作石碑（墓碑）打开诗境。人从石头中救出一尊佛，"救"字渲染出急迫性，不是佛欲成佛的急迫，而是人要造佛——要摆脱自我生存困境的焦虑，寻求精神解脱的急迫。人还将自我囚禁在石碑之中，为大人物歌功颂德或为死去的亲人建造墓碑（让死去的亲人在死去之后依然承担庇佑家人的职责）。"救"和"囚"语义相反却共同指向了人对生存焦虑解脱之法的寻求。雕刻佛像与制作石碑对石匠来说仅仅是"祖传的手艺"，造神的荒诞，人自我欺骗的可笑，轻轻被揭穿。"无非是""也无非是""给他磕头""也给他磕头"，诗人以看似漫不经心的叙述语调，传达出的却是对生与死、救赎与信仰的反思。以轻漫之姿和微小之式去做"宏大叙事"，这是张二棍所独具的诗艺。

　　另外，张二棍诗歌的精简之美还体现在他善于寻找"诗意瞬间"，他以此

---

① 张二棍. 文化与生活的共振写作［J］. 诗探索，2016（8）：6.

为点，瞬间打开整个文本的诗意空间，以小博大。他认为："好诗人应该是个狙击手，隐忍、冷静，有一击必杀，然后迅速抽身的本能。"① 他诗中的"诗意爆破点"多数出现在诗句的结尾外，诗意爆破点引爆之后，全诗终结，诗人撤离，诗歌的审美涟漪才刚刚开始荡漾。"人群中，又有人问起我/你母亲的身体如何/又一次，母亲/被我从远处，拉回来/又一次，露出/她的笑容，又一次拉着/我的手，说/妈不疼。"（《又一问》）"又一次"的反复出现，一步步将诗歌的情绪向前推进，末句"妈不疼"，一下子点燃全诗在前面积聚的情感，母亲的宽厚、善良、隐忍跃然纸上，"我"对母亲的记挂，母亲对"我"的安慰，母子之间的情感感人至深。全诗戛然而止之后，又不禁留下悬疑——母亲的身体到底如何？《恩光》："光，也曾是母亲的母亲啊/现在变成了，比我们孝顺的孩子。"《一个矿工的葬礼》："在葬礼上/她孤独地哭着/像极了一个，嗷嗷待哺的女儿。"《清晨的噩耗，黄昏的捷报》："是的，清晨的噩耗/是一个少女的溺亡/而黄昏的捷报/就是找到她的遗体。"它们都是各自诗歌的"诗意爆破点"，都出现在诗的结尾处，诗句之前的铺陈，在句末找到突破口，诗人不纠缠于继续渲染，迅速离场后的空白更加拓展了诗意空间。

综上所述，张二棍的诗歌有其独特的审美追求。诗歌语言的干净、写作姿态的虔诚，使他的诗歌散发着质朴的光芒，对世间万物的悲悯、独特的诗艺技巧又让他的诗歌能够久久激荡人心。

注释：

本节批评实践一中所引诗歌作品均出自张二棍. 入林记［M］. 北京：中国青年出版社，2018.

载《重庆交通大学学报》（社会科学版）2021 年第 2 期

---

① 张二棍. 文化与生活的共振写作［J］. 诗探索，2016（8）：6.

批评实践二

诗歌写作的另一种可能
——评刘阶耳诗集《强迫症》

毫无疑问，刘阶耳的诗是难懂的，这种难懂源于诗人对当下大众普适的审美范式与写作方式的有意背离。有研究者指出："批评家的诗常常带给人一种异样的愉悦，知识体系的庞博、思想的深湛、学理的深厚，加以语言上游刃有余的运度，往往使他们的诗歌呈现出一种极具混沌经验的出其不意的表达，同时又传达出一种对语言诡秘的惬意。"①② 作为评论家、学者诗人，刘阶耳的诗歌亦呈现出"混沌经验"式的表达。凭借深厚的中西方诗学理论功底与长期对当代诗歌的批评实践，刘阶耳自然更加通晓当下诗歌写作的流行密码，也更明白诗歌写作若是一味沉溺在自己表达的"舒适圈"内，多少人去写多少首诗，这对诗歌本身的发展毫无意义。正因为这样的一种长期在高处的"审视"姿态与对诗歌这一文体内在生长的自觉意识，刘阶耳诗歌写作自觉背离当下诗歌写作的一般路径，呈现出了鲜明的"先锋"向度。

一、诗歌语体的杂糅性

"诗歌语言是悖论的语言"，刘阶耳诗歌的语言含混嘈杂，充满歧义、断裂，为读者进入文本内部设立了诸多障碍。刘阶耳诗歌的独特性表现为诗歌语体的杂糅性。在《强迫症》中，除了个别短诗，大多数诗歌作品都呈现出语体的杂糅性。在刘阶耳的诗歌中，雅致的文言语体、精准的科技词汇、深奥的学术术语（政治学、经济学、社会学等各个学科）、通俗的日常口语、网络热词以及流行歌曲的"歌词"、传统戏曲的唱腔情绪词等同时出现在一首诗中，再加上诗人有意暴露自己写作痕迹的声音——诗句中常括注进行解释、说明，使其作品具有断裂、悬停、冲撞、自我消解的"后现代"意味。诸如：

……若外语若方音/若手风琴/若观景房/二叠纪流连/然后哺乳/支开

---

① 赵目珍. 卜辞的艺术与熵的法则：论耿占春的近期诗歌写作［J］. 新文学评论，2019，8（1）：117-121.

② 布鲁克斯. 精致的瓮：诗歌结构研究［M］. 郭乙瑶，等译，上海：上海人民出版社，2008：5.

CEO/鸡零狗碎/若服过了激素。（节选《忆一家实体书店》）

破"五"的功夫/外面。似雨在搅合/远足者被召唤（办公室/或同事）；后天签到/两千里旅程将安抚/……"史诗"后情绪的推进/远足无奈我何？兀自僬侥。（节选《惜别》）

没有天鹅/（黑的概率/极小）/没有交换生/（指标/轮不到）/没有退守/（一头挖空心思的/蓝鲸一点不幽默）……（节选《想想蚯蚓，亲亲木瓜》）

代言、立言/恩宠之外/一概（或许？）拉黑/在故里，携程网/弃而不论，再吸氧/为了转氨酶/为了便捷而标配/哪些数倍于/灰白质/高阶次的/演算？哦/"微雨燕双飞"/我的故里/你的孤独。（《孤独》）

他的人格变数/他在 PPT 上换算 GDP/替古人落泪/"万里长城永不倒"……似工兵蚁脱先似海东青的/翼展，"梦里总有你相随"/他遍历三界似与薰衣草/物语，歌手般换肤、扮酷/　　/（一点痛/风雨中/又算什么/他说）。（节选《裸·奔》）

这些诗句中有"CEO""PPT""GDP"这样的英文缩写词，有"签到""拉黑""扮酷"等动词性的日常口语及网络用语，有"二叠纪""激素""转氨酶""灰白质"等专业术语，有"兀自僬侥"刻意雅化的文白结合语体，也有"微雨燕双飞"这样的古诗词及"万里长城永不倒""梦里总有你相随"的现代流行歌曲歌词，还有大量出现在诗歌中如"（办公室/或同事）""（黑的概率/极小）""（指标/轮不到）""（或许？）"等刻意带出介入诗歌写作事实的注释、说明性文字。这些不同语体色彩的语言被混杂使用，由于呈现空间极为有限，这些词句只能以词、短语、短句等极简的方式组合。这使刘阶耳诗歌的语言整体呈现出跳跃、斑驳、怪异离散性，读者阅读会因诗歌语言运用逻辑的不连贯性、跳脱性被打断，对诗歌意义的探索不由自主地转到对语言本身的关注，大量专业术语的使用更使读者屡屡受挫。

细究刘阶耳这种诗歌语体的杂糅式使用，我们又会发现其内部存在着某种规律性的平衡。这些语言的使用，并非"后现代"式语词的狂欢或者诗人情绪化写作意义的无效增生，而是诗人的刻意为之，这也是刘阶耳诗歌作品诗意的来由。"若外语若方音"一句，"外语"相对直白口语化，"方音"则更加文雅，两者语音错落；"若手风琴/若观景房"诗意情绪延续，而后文

"二叠纪流连/然后哺乳/支开CEO/鸡零狗碎/若服过了激素"则有意在语词的雅致性诗歌韵律美的追求上做出规避；"后天签到/两千里旅程将安抚"中，"后天签到"属日常陈述，勾连人机械性工作的倦怠感，"两千里旅程将安抚"则更具有诗意想象性，"安抚"具有情感温度性；"代言、立言/恩宠之外/一概（或许?）拉黑"，"代言、立言/恩宠之外"属雅正、精练的书面语表达，"一概（或许?）拉黑"则相对饶舌且粗直；"似工兵蚁脱先似海东青的/翼展，'梦里总有你相随'"中，"似工兵蚁脱先似海东青的/翼展"，有着形象化的关于运筹帷幄的想象性构建，"脱先""翼展"呈现对诗歌韵律的追求，"梦里总有你相随"则伴着流行歌曲的直白与琐屑，将诗意化想象拉进世俗尘埃中。这样的例子不胜枚举，也就是说，在刘阶耳的诗歌中，语体杂糅的语言分布是有其呈现规律的。诗人利用不同语体具有的对冲性审美效果，使其并置呈现，从而形成诗歌语言的参差、错杂。通过文言语汇雅致化与口语世俗化、直白化的对冲，术语、概念的严谨性与世俗俚语的松散性的对冲，注释、说明的烦冗、饶舌与语词排列的精简、节制的对冲，诗人一边借用传统诗学审美力量，一边冲撞这种力量，由此刘阶耳诗歌语言运用呈现一种"张力"美学。"诗的结构是由于各种张力作用的结果……它代表了一种力量的均衡。"① 在刘阶耳的诗歌中，这种"张力"不是一般诗歌写作中情感与意象关联的张力。例如，张枣的《镜中》，"只要想起一生中后悔的事/梅花便落了下来"，"后悔的事"与"梅花落下"利用隐喻修辞形成审美情感的张力，不是顾城《一代人》中"黑夜给了我黑色的眼睛/我却用它寻找光明"，利用文化语境的错位在审美义理表达上形成张力，而是直接依靠不同语体风格差异间的冲撞，在互相消解对方一般表达情绪的基础上，实现内在的情绪传达与深层文化批判的表达张力，这是文本表层结构与深层结构表意向度对峙的张力。杂糅语体的并置运用使刘阶耳诗歌语言形式成为其诗歌义理的重要一环，不同语体携带的情绪经验、认知经验互相碰撞，不同文化经验及其背后的社会群体身份由此在一首诗中冲突又和谐，从而增加了刘阶耳诗歌展示现实生活"横截面"的可能性，增强了其诗歌审美内蕴性。"诗歌作为对生命和

---

① 布鲁克斯.释义谈说［M］//赵毅衡."新批评"文集.北京：中国社会科学出版社，1988：200.

语言无限可能性的洞开，其话语领域是无限广阔的。"①

二、反意象、去情境化

刘阶耳的诗歌写作有着鲜明的反意象与去情境化特征，这是刘阶耳诗歌"先锋性"的体现。追求诗意的形象化构建，强调意象与情境化的设置，可以说是诗歌作为一种文体与大众早已达成的一种审美共识。新诗诞生之初，"两只蝴蝶"的翩跹，已经预示了新诗写作与意象营造的亲和关系，"朦胧诗"潮更是将诗歌写作与意象构建紧紧捆绑在一起。意象构建是中国传统诗歌创作的自觉审美追求，新诗虽然以不同于传统诗歌的面貌出现，意象的营造，依然是大众对诗歌这一文体形象化构建的自觉要求。然而，当意象构建成为诗歌写作成规之一时，其对诗歌表意空间无疑又会形成另一种遮挡，正如诗人西渡所言："在以意象为构造基础的写作中，创始的诗歌变成了已成的诗歌，意象以其已成的意义遮蔽了诗人对世界的原初体验、感受和发现。"②

20 世纪末口语写作的兴起到今天口语诗的遍地开花，诗歌的口语写作明显反意象，但"口语诗"诗意的生成依赖叙述构造的"情境"实现形象化设置。这里的"情境"既包含古典诗学中追寻伴随景语而来的物理时空的相对稳定性，也强调诗歌诗意生成的文化语境的稳定性，因此"口语诗"写作一般遵循一个稳定的意义生成逻辑。伊沙的《车过黄河》中诗意的生成依赖的就是火车从黄河经过的"情境"；赵丽华的《一个人来到田纳西》中诗意的生成依赖"田纳西"与"一个人""情境"关系的锚定；乌青的《天上的白云真白啊》中天空、白云设置的物理文化空间相对稳定，由此而来的意义生成逻辑也是相对稳定的。

刘阶耳的诗歌有着"口语"写作的某些特点，语言自由、随意，就地取材，表现对象日常化，大量运用反讽手法。其语言呈现语体杂糅现象，特别是一些专业术语的混用，但是这些语言多已被日常化，因此其诗歌作品整体呈现出一定的粗放、随意、日常的"口语"化特质。然而，相对一般"口语诗"，刘阶耳的诗歌又是晦涩不明的，究其原因就在于诗人写作过程中有意去

---

① 陈超．求真意志：先锋诗的困境和可能前景（节选）［M］//陈超．最新先锋诗论选．石家庄：河北教育出版社，2003：6.
② 西渡．当代诗歌中的意象问题［J］．扬子江评论，2017（3）：57-67.

"情境化"，不同调质的语言混用，割裂了其中直接的逻辑性关系，作品意义生成的物理时空语境与文化生成语境呈现出不稳定性。

收录在《强迫症》中的多首诗，个别诗歌中虽然出现对"意象"营造的用心，如《春杏花》《北中国的微型胶卷》等，也有《枣木疙瘩》《忆老舅》明显口语写作向度的作品对"情境"清晰设置，但其他多数作品则通过言语自身的表意功能与不同语词自由勾连，带动文化信息传达诗意。因此，刘阶耳的诗歌整体呈现出淡化"形象化"创造的倾向，而这一点恰恰削弱了其诗歌的审美性。文学作为审美的艺术，特别是诗歌这一传统体裁，其发生发展都与情感性、形象性有着紧密的联系。刘阶耳诗歌写作有意规避"形象化"的建构，且保留"情感"的零度在场，无疑是大胆的"先锋"行为。

> 青春期，更年期，孤独共享/除非自渎、不期然、立项/——遭提成的暗涌；被拥趸/——切近评议；洵非春闱。（《邻居阿二》）
> 苜蓿花连片。教科书/坐大。青葱见笑。群主/贪黑起早，烦；装明白/似囤积糇事。次生林带/设卡子又卖乖；缉拿/那些可疑的形色。似/蜂鸣，似虎跳，避雷针/下，花心，热吻者抱愧/似远芳古道的穷磨叽/美味抱团，挺进三甲。《苜蓿花连片……》

只看诗歌题目容易让人产生形象化诗意构造期待，然而阅读诗句，我们会发现其形象化表达是稀薄的。诗人对"邻居阿二"更多的是"抽象化"的建构，且诗句间缺少稳定的诗意生成语境。如果"青春期，更年期，孤独共享"有某种内在关于生命感性经验的关联，"除非自渎、不期然、立项/——遭提成的暗涌；被拥趸/——切近评议；洵非春闱"表达隐晦。一是词与词缺少必要的关联与界定，语义表达含混；二是如"立项""提成的暗涌""被拥趸""洵非春闱"语体的差异性，以及"隐喻"修辞忽然介入带来的阅读经验的跳脱与受挫。《苜蓿花连片……》中虽然有"苜蓿花""青葱""蜂鸣""虎跳""远芳古道"形象化的词语，然而这些词语是点缀在诗意表达中的，既形不成稳定意象又构不成"情境"，诗歌整体依然少了"形象化"的生动与立体。在《审慎地对待意义》《发现箴言还不够》《拒付合金漫游的分成》《暌违》等其他收录在《强迫症》的大量诗歌中，淡化"形象化"的构建或者去"形象化"构建的倾向是非常清晰的。

诗人通过意象与情境设置实现"形象化"的感性构建是诗歌创作的审美共识，自有其合理之处，古今中外诗论对此有太多理论阐述。然而，稳定的意象与容易形成闭环的诗歌情节化的"情境"设置，固然给读者增加了阅读过程中声色参与的愉悦感，增强了作品的感染力，同时也在声色的有形参与中为诗意的传达增加了某种确定性、安全性，导致诗歌表意空间衍生与拓展受限。

"诗歌虽然神圣，本质上却是一种不敬神的亢奋。"① 刘阶耳的诗歌呈现出一种生硬又畅快、冷峻又热烈的"混沌"质感，诗人去掉了语言的"形象化"遮蔽，让语词直接出场言说自身，由诗义衍生诗意，因此其诗作篇幅短小，却信息量密集。其诗作多短语、短句，依靠语词直接勾连，增加了作品触及生活生存的受力面积，其诗歌内部呈现出光怪陆离、影影绰绰的文化景象。庞杂的文化信息与复杂的个人生存体验糅合在一起，其作品由此延宕出一种"语象"并置于狂欢的场景中，在这些断裂、碎片的"语象"群落里，体现出现代生活中人割裂、零碎、浮荡无根的生存体验。

> 外景昏昏欲睡，一个伟大的风格/充实，抵制，似被包装过，生吞活剥/多界面，共时性，嵌套，俯视或鄙视/青葱、利落。脆；快捷地推拉，又似泡沫。（节选《累终究免不了》）
>
> 如转蓬/如聚焦的光圈/移向高铁之侧/在故里，头顶的/小客机定期呼啸/"适彼乐土"/仿佛观光。（节选《靠市场调节》）
>
> 道/与术割裂。你要把真诚汇总/充军/填海/解码/想入编/先期自虐。（节选《审慎地对待意义》）

类似短句、短语密集的作品在诗集中还有很多，这些诗句依靠字词、短语、短句搭建，给人以节奏明快、语势酣畅之感。这些词句前后并置，彼此间无直接修饰关系，独立表意，并且在语词或语句间形成了一定的"张力"。语词的单独意指与语词关联间的"含混"或"悖反"极大地拓展了诗歌的表意空间，人生存体验的复杂性、文化空间与生存际遇的非理性、非逻辑性得到极大呈现。当然，这样的表意结构，也使作品呈现出不稳定性，因为各个分散的词句独立表意的同时，意味着各自携带生成自身表意空间的文化语境，

---

① 齐奥朗. 眼泪与圣徒 [M]. 沙湄, 译. 北京：商务印书馆, 2014：99.

不兼容的语词并置呈现，势必相互消解彼此表意的确定性，从而造成整个作品的"含混"和晦涩。

三、哲思与批判

21世纪初，诗评家陈超有言曰："我认为有必要增强诗歌文体的包容力，由抒情性转入经验性，由不容分说的主观宣泄，转入对生存和生命的命名乃至'研究'。"[①] 刘阶耳诗歌自觉实践了诗歌文体包容的可能性，其作品经验性强，始终对生存进行关注与"研究"。整体来看《强迫症》，其有两个写作向度：一是向内的诗人自身情感、情绪、生存体验的言说与自省；二是向外的诗人对世界的审视与批判。当然，作者的界限并非泾渭分明，多数作品呈现的是在外世界的"压迫"之下，诗人对"生"与"存在""戏谑"式的思考。在第一、二小辑中，《赞美》《道不得，说不得》《再童话》《把眼罩掖好》《审慎地对待意义》《挂失》等多数作品，更多呈现的是诗人对外在世界的审视与批判；在第三、四、五小辑中，诗人自我言说与省思性更强，如《暌违》《青春的诗话》《我以偶然的机会吸纳》《伟大的仿佛之际》《我是，我遵循，适其所愿的……》等。无论向内或向外，由外而内，由内而外，诗人始终以一种戏谑的口吻和反讽的语调对人之存在境遇进行着长长的嘲讽。

《强迫症》的多数作品都可以看到诗人对"人"之存在的思考。作为独立个体的"人"与作为社会群体中的"人"之间始终有着一种撕裂，这种撕裂表现为一种被成规、制度裹挟与规训的顺从、逢迎，以及对这种顺从、逢迎的嘲讽。

> 吸纳或弃绝，针对自身，又是一种体裁；集天下之美与异地；乃好人好事中见，巡回演讲的铿锵。仁人志士，树碑立传，为尊者讳，乃常情/小学生的习作，矜夸的微博，白领趣味的美文，无奈行贿的明细，止于性爱全程恣意的敞开/势若盛夏，迫近的多少标杆的影长归零兀自不甘；多少裸露令奔雷复沓于闪电的观瞻；迄今多少妙不可言的新型合金材料下注、上市、整改……/且秒杀、蝶变——/那昔日灵魂的落寞、善

---

① 陈超. 求真意志：先锋诗的困境和可能前景（节选）[M]//陈超. 最新先锋诗论选. 石家庄：河北教育出版社，2003：5.

良/娱乐刺激下像素正激扬/异常严肃的游戏，可倒腾的/时差，忧伤般临盆；巨大，便于蛊惑/想象和机智：无论与永恒的同行/还是无限充实中的混沌。唉！嗨起来。

——节选《嗨起来》

"嗨起来"本是一种自我放纵、自我娱乐，是人投入"异常严肃的游戏"的忘我。人之存在本就需要冠以意义与价值，是"树碑立传"，是"与永恒的同行"，是"无限充实"在"存在"这场"异常严肃的游戏"中，人形形色色行为的"裸露"。诗人以上帝的视角，用酣畅淋漓的语言——短句连缀形成长句，将人之存在种种勾写，将人投入"存在"意义、价值追寻逢迎与沉溺描摹中，而"唉！嗨起来"则将人行动的自我欺骗与盲目性轻轻戳破。《常运动没有害处》中，以"这样的高度"测量，用"立场或角度，观点及方法"考察，人人行为本身处于不断被既定规则测评之中，对无休止的"被考量"，诗人发出"常运动没有害处"看似逢迎实则嘲讽的感慨。《陌生的陷入》中，在"你当下的匆匆"与"身份证必不可少"的社会性行动中，有"明媚""热烈"的"清晨的去向"，也有"却之不恭"的个人醒思的"卓越的孤独"。刘阶耳的诗歌对人之个体性存在与人之群体性存在，个人与文化成规（集权制度）之间撕裂对抗，又不得与之为谋的暧昧关系的思考，始终伴随其中。

刘阶耳诗歌中对"人"存在的思考，还表现为对人类行为的文化编码属性的反思与解构。

翻检成语/无涘无涯矣/譬若庙堂/譬若低俗/如何由/尘浪勘探/说话方草根/好似代言苦难/如何底层？如何预约/黄花木的蝴蝶纹趋势/脚踝与手腕/规范下的璎珞/哺乳/卵生/大宇宙的/碳水化合物/孔子的/尼采的/级差或烦恼……满实满载/之外，求证/咿咿呀呀。

——选自《由尘浪勘探》

人是"符号的动物"，其存在需要意义世界的构建。"庙堂""低俗""代言苦难""底层"等文化意义的构建，在现实中"由尘浪勘探"。人按照既有的文化成规生活，赋予生存形而上的意义，这些文化行为成为自我装饰的"璎珞"，人对世界的洞察与描摹，对世界的善恶辨识，对世界在意义上的占有"满实满载"，求证则"咿咿呀呀"般空洞无力。《赞美》中，赞美作为人类的文化行为是"大众的美学"，是"可沟通的记忆"，"在本义和引申义间无穷动"，人类文明发展史似乎是一部赞美史，它有"仪式"与"章程"的外包装，有宏大世界的构想，然而赞美又是"实名登记"，记录了其落在实处的"成因"与去处。《可逆的曲径》中，诗人以若干词、短语连缀而来的长句展开对人与外在世界关系的确认。自然的、科学的、经济的、生理的、社会的人类文化行为尽列其中，道出人在文化符号中存在与漂浮的状貌。《在瞑者的家园》《伟大的仿佛之际》《我是，我遵循，适其所愿的……》等相对篇幅较长的诗作，诗人以酣畅淋漓的气势、内省批判的语调，对个人沉溺的种种进行了勾描，诗人辨识出所谓意义世界的虚伪性、盲目性，却又无法抽离出这个意义系统对自身的定位，咄咄的语言似控诉又似安慰与自我疗愈。

对人之"存在"的思考使刘阶耳诗歌具有明显的批判向度。物质的、精神的、肉体的、灵魂的，相互交错、互相盘剥；集权制度与个人自我的暧昧不明、纠缠不清；荒诞虚伪与真实鲜活相互伴生；粗鄙无聊与精致优雅相拥共存。人之存在始终陷入物质体系、制度体系与种种意识形态的编织与把控之中，人或不自知，或知而拒之却不得，《强迫症》表达更多的是后一种情境。由此在《强迫症》中，诗人呈现更多的是对世界分裂的认知，是对由各类不同语体构筑的不同意义世界横截面的观望与哂笑。刘阶耳诗歌由此呈现出一种"混沌"的特质，诗歌的语言放纵又收敛，情感热烈又含蓄，表意含混又澄明，是诸多矛盾性因素互不兼容的碰撞与对望。"有效的先锋诗写作，既不指望得到主流文化的理解和撑持，也不会靠仅仅与此对抗来获具单薄的寄生性'意义'，它的话语场和魅力来源要广泛得多。"①

综上所述，《强迫症》以抽象思维为主构筑诗篇，绕过叙述与意象的刻意经营，省略形象化的大肆构建，让不同语体语词携带自身文化意义直接出场，在彼此碰撞中进行意义勾连与增值，增加了诗歌言说现实与存在的直接接触面积，诗歌意义空间不断扩展。由此，《强迫症》呈现出庞杂、斑驳、混沌的现代人生活"浮世绘"拼图，拼图表意的不稳定性中潜藏着整体世界稳定的可能性，这种稳定性背后指向的正是诗人对人现实存在的盲目、无力的理性接纳与感性逃离。"凡先锋者无不反叛意识强劲，致力于求新。这种本性能给

---

① 陈超．"先锋流行诗"的写作误区［J］．山花，2008（10）：149-154．

诗坛带来一汪活水，使诗人以前卫而新锐的尝试与创造，冲击传统秩序，甚至引发思想或艺术革命。"① 在诗歌写作越来越同质化的今天，刘阶耳诗歌先锋式的写作方式，对诗歌文体自身的发展，无疑提供了另外一种可能性图景。

注释：

本节批判实践三中所引刘阶耳诗歌作品均出自刘阶耳．强迫症：刘阶耳诗歌精选集［M］．石家庄：花山文艺出版社，2022.

载《中北大学学报》（社会科学版）2024 年第 3 期

---

① 罗振亚．先锋的孤独与边缘的力量［J］．文艺争鸣，2023（4）：1-3.

参考文献

一、专著

[1] 陈平原. 中国小说叙事模式的转变 [M]. 北京：北京大学出版社，2010.

[2] 陈思和. 中国当代文学关键词十讲 [M]. 上海：复旦大学出版社，2002.

[3] 方珊. 形式主义文论 [M]. 济南：山东教育出版社，1999.

[4] 郭绍虞. 中国文学批评史 [M]. 北京：商务印书馆，2010.

[5] 胡经之，张首映. 西方二十世纪文论选 [M]. 北京：中国社会科学出版社，1989.

[6] 胡亚敏. 叙事学 [M]. 上海：华中师范大学出版社，2004.

[7] 乐黛云. 比较文学与中国现代文学 [M]. 北京：北京大学出版社，1987.

[8] 李健吾. 咀华集·咀华二集 [M]. 上海：复旦大学出版社，2005.

[9] 梁宗岱. 诗与真 [M]. 北京：中央编译出版社，2006.

[10] 凌晨光. 当代文学批评学 [M]. 济南：山东大学出版社，2001.

[11] 刘北成. 福柯思想肖像 [M]. 北京：北京大学出版社，1995.

[12] 刘勰. 文心雕龙 [M]. 范文澜，注. 北京：人民文学出版社，1958.

[13] 鲁迅. 中国小说史略 [M]. 北京：人民文学出版社，2006.

[14] 罗刚，刘象愚. 文化研究读本 [M]. 北京：中国社会科学出版社，2000.

[15] 罗钢. 叙事学导论 [M]. 昆明：云南人民出版社，1994.

228

［16］马新国．西方文论史［M］．北京：高等教育出版社，1994．

［17］孟悦，戴锦华．浮出历史地表［M］．北京：中国人民大学出版社，2004．

［18］南帆．文学的维度［M］．北京：中国人民大学出版社，2009．

［19］南帆．文学批评手册：观念与实践［M］．北京：北京师范大学出版社，2011．

［20］钱钟书．谈艺录［M］．北京：中华书局，1984．

［21］邱运华．文学批评方法与案例［M］．北京：北京大学出版社，2005．

［22］司空图．二十四诗品［M］．罗仲鼎，蔡乃中，译注．杭州：浙江古籍出版社，2018．

［23］汪晖，等．文化与公共性［M］．北京：生活·读书·新知三联书店，1998．

［24］汪晖．现代中国思想的兴起［M］．北京：生活·读书·新知三联书店，2004．

［25］王德威．被压抑的现代性［M］．北京：北京大学出版社，2005．

［26］王国维．蕙风词话人间词话［M］．北京：人民文学出版社，1960．

［27］王先霈，胡亚敏．文学批评导引［M］．北京：高等教育出版社，2005．

［28］王先霈．文学批评原理［M］．武汉：华中师范大学出版社，1999．

［29］王晓路，等．当代西方文化批评读本［M］．成都：四川大学出版社，2004．

［30］王一川．文学批评教程［M］．北京：高等教育出版社，2009．

［31］王宇．性别表述与现代认同［M］．上海：上海三联书店，2006．

［32］温儒敏．中国现代文学批评史［M］．北京：北京大学出版社，1993．

［33］伍蠡甫，胡经之．西方文艺理论名著选编：中卷［M］．北京：北京大学出版社，1986．

［34］严羽．沧浪诗话［M］．郭绍虞，校释．北京：人民文学出版社，1961．

［35］余虹．中国文论与西方诗学［M］．北京：生活·读书·新知三联

书店，1999.

　　[36] 袁行霈. 中国诗歌艺术研究 [M]. 北京：北京大学出版社，2009.

　　[37] 赵澧，徐京安. 唯美主义 [M]. 北京：中国人民大学出版社，1988.

　　[38] 赵炎秋. 文学批评实践教程 [M]. 长沙：中南大学出版社，2011.

　　[39] 赵毅衡. 符号学文学论文集 [M]. 天津：百花文艺出版社，2004.

　　[40] 赵毅衡. 新批评文集 [M]. 北京：中国社会科学出版社，1988.

　　[41] 赵毅衡. 新批评文集 [M]. 天津：百花文艺出版社，2001.

　　[42] 中共中央马克思恩格斯列宁斯大林著作编译局. 马克思恩格斯全集：第1卷 [M]. 北京：人民出版社，1972.

　　[43] 钟嵘. 诗品注 [M]. 陈延杰，注. 北京：人民文学出版社，1958.

　　[44] 周宪，罗务恒，戴耘. 当代西方艺术文化学 [M]. 北京：北京大学出版社，1988.

　　[45] 朱光潜. 诗论 [M]. 北京：生活·读书·新知三联书店，1984.

　　[46] 朱光潜. 西方美学史 [M]. 北京：人民文学出版社，1979.

　　[47] 朱立元. 当代西方文艺理论 [M]. 上海：华东师范大学出版社，1997.

　　[48] 宗白华. 美学散步 [M]. 上海：上海人民出版社，1981.

二、译著

　　[1] 艾布拉姆斯. 镜与灯 [M]. 郦稚牛，张照进，童庆生，译. 北京：北京大学出版社，1989.

　　[2] 巴尔特. 批评与真实 [M]. 温晋仪，译. 上海：上海人民出版社，2016.

　　[3] 鲍尔德温，朗赫斯特，麦克拉肯，等. 文化研究导论 [M]. 陶东风，和磊，王瑾，等译. 北京：高等教育出版社，2004.

　　[4] 别林斯基. 别林斯基选集：第三卷 [M]. 满涛，译. 上海：上海译文出版社，1980.

　　[5] 波德里亚. 消费社会 [M]. 全志钢，刘成富，译. 南京：南京大学出版社，2001.

　　[6] 波伏娃. 第二性：女人 [M]. 桑竹影，南珊，译. 长沙：湖南文艺

出版社，1986．

[7] 布鲁姆．影响的焦虑 ［M］．徐文博，译．南京：江苏教育出版社，2006．

[8] 德克霍夫．文化肌肤：真实世界的电子克隆 ［M］．汪冰，译．保定：河北大学出版社，1998．

[9] 弗莱．批评的解剖 ［M］．陈慧，等译．天津：百花文艺出版社，2006．

[10] 弗洛伊德．作家与白日梦 ［M］．张唤民，陈伟奇，译．上海：上海译文出版社，2020．

[11] 伽达默尔．真理与方法 ［M］．洪汉鼎，译．上海：上海译文出版社，1999．

[12] 格雷马斯．结构语义学 ［M］．蒋梓骅，译．天津：百花文艺出版社，2001．

[13] 海德格尔．存在与时间 ［M］．陈嘉映，王庆节，译．北京：生活·读书·新知三联书店，2006．

[14] 贺拉斯．诗学·诗艺 ［M］．杨周翰，译．北京：人民文学出版社，1962．

[15] 黑格尔．美学 ［M］．朱光潜，译．北京：商务印书馆，1996．

[16] 卡勒．当代学术入门：文学理论 ［M］．李平，译．沈阳：辽宁教育出版社，1998．

[17] 康德．判断力批判：上卷 ［M］．邓晓芒，译．北京：人民出版社，2002．

[18] 拉康．拉康选集 ［M］．褚孝泉，译．上海：上海三联书店，2001．

[19] 列维-斯特劳斯．野性的思维 ［M］．李幼蒸，译．北京：商务印书馆，1987．

[20] 琉威松．近世文学批评 ［M］．傅东华，译．上海：商务印书馆，1928．

[21] 米利特．性政治 ［M］．钟良明，译．北京：社会科学文献出版社，1999．

[22] 尼采．悲剧的诞生 ［M］．周国平，译．北京：生活·读书·新知三联书店，1986．

[23] 热奈特. 叙事话语·新叙事话语 [M]. 王文融, 译. 北京: 中国社会科学出版社, 1990.

[24] 桑塔格. 反对阐释 [M]. 程巍, 译. 上海: 上海译文出版社, 2003.

[25] 桑塔格. 疾病的隐喻 [M]. 程巍, 译. 上海: 上海译文出版社, 2003.

[26] 斯皮瓦克. 后殖民理性批判 [M]. 严蓓雯, 译. 南京: 南京大学出版社, 2014.

[27] 托多罗夫. 俄苏形式主义文论选 [M]. 蔡鸿滨, 译. 北京: 中国社会科学出版社, 1989.

[28] 韦勒克, 沃伦. 文学理论 [M]. 刘象愚, 等译. 北京: 生活·读书·新知三联书店, 1984.

[29] 韦勒克. 近代文学批评史: 第4卷 [M]. 杨自伍, 译. 上海: 上海译文出版社, 1997.

[30] 亚里士多德. 诗学 [M]. 陈中梅, 译. 北京: 商务印书馆, 1996.

[31] 燕卜荪. 朦胧的七种类型 [M]. 周邦宪, 译. 杭州: 中国美术学院出版社, 1996.

[32] 姚斯. 接受美学与接受理论 [M]. 金元浦, 周宁, 译. 沈阳: 辽宁人民出版社, 1987.

[33] 伊格尔顿. 二十世纪西方文学理论 [M]. 伍晓明, 译. 北京: 北京大学出版社, 2007.